王忆云 | 著

文坛女将 *A Literary Maestro—Alice Munro*

——艾丽丝·门罗

天津大学出版社
TIANJIN UNIVERSITY PRESS

图书在版编目(CIP)数据

文坛女将——艾丽丝·门罗 / 王忆云著. —天津：天津大学出版社，2018.12（2025.4 重印）
ISBN 978-7-5618-6301-5

Ⅰ.①文… Ⅱ.①王… Ⅲ.①艾丽丝·门罗－妇女文学－文学研究 Ⅳ.①I711.065

中国版本图书馆CIP数据核字(2018)第260836号

Wentan Nüjiang: Ailisi Menluo

本书为天津市哲学社会科学规划基金项目“从加拿大性角度研究门罗作品中的女性意识”（TJWW16-016）最终成果

出版发行 天津大学出版社
地　　址 天津市卫津路92号天津大学内(邮编:300072)
电　　话 发行部:022-27403647
网　　址 www.tjupress.com.cn
印　　刷 河北晔盛亚印刷有限公司
经　　销 全国各地新华书店
开　　本 169mm×239mm
印　　张 9.75
字　　数 206千
版　　次 2018年12月第1版
印　　次 2025年 4 月第2次
定　　价 58.00元

目　录
Contents

绪论

在风起云涌的世界文学界，一直以来都是以欧美文学为主流的，它们在世界文学界占据着主要地位，成为世界文学的主体。长久以来，我们称呼外国文学，大多数指的是欧美文学。随着时间的推移、时代的变迁、社会的变革，在世界文学的大家庭里，不再是欧美文学一枝独秀，拉美文学、亚洲文学，甚至是非洲文学开始崛起，并且不断地壮大起来。这使得世界文学的内容更加丰富多彩，更加全面地反映出各个地域人民的生存状态与内心世界。

本书以加拿大文学为例，专门分析加拿大文学中的女性意识。对加拿大文学中的女性意识、女性主义的分析研究始终是存在的，特别是近些年来加拿大文学在世界文坛上崛起之后，各国学界对加拿大文学的关注与研究便与日俱增。学者大多从不同的女性主义派别出发，研究代表加拿大文学的某些作者或作品；更有学者是从加拿大地域性特点出发分析加拿大的文学作品，分析其地域性形成的历史原因、地理原因、政治原因和经济原因。本书所做研究与众多前人所做研究的侧重点有所不同。本书试图从加拿大性的角度出发，并与女性主义意识结合，有针对性地对艾丽丝·门罗的众多作品进行比较分析，挖掘门罗作品中独特的女性意识。

对于“加拿大性”这个概念，最早是由周怡提出的，可以说周怡是提出加拿大性，并对此加以界定和研究的第一人。本书在周怡的理论研究基础之上，分别从加拿大历史、加拿大心理（守备心理、受害者心理、戍边心理、殖民地心理）和加拿大边缘性三方面出发，以加拿大文学作品（以艾丽丝·门罗的作品为主）为载体，分析探讨加拿大所独有的既不“激进”又不“温和”的女性主义意识。最终，我们发现加拿大这种独特的女性主义思想与中国道家“天人合一”的思想精髓不谋而合。

本书所分析的作品，基本上都出自艾丽丝·门罗之手。之所以选取艾丽丝·门罗的作品进行分析研究，主要是因为门罗是加拿大著名的女性主义作家。她曾于2013年获得了诺贝尔文学奖，以短篇小说大师而闻名。她的文学创作往往融入了加拿大的历史背景和社会背景，这些要素能很好地体现出加拿大文学作品中的加拿大性。其次，门罗的小说涵盖了各式各样、各种层次的女性形象——她们都有着不同的社会文化背景和历史背景——反映出门罗对于女性命运和女性主义的深刻思考。再有，门罗的心理或多或少地受到了加拿大性的影响，这导致她的女性主义意识既不是激进主义女性主义，也不是自由主义女性主义，而是介于两者之间的。

本书由五个章节构成，从加拿大性的角度出发，对艾丽丝·门罗作品中的女性意识进行详尽的阐述。

第一章对艾丽丝·门罗的生平经历进行了全面、完整的梳理，并对她的代表作《逃离》进行了详细的介绍。《逃离》由八篇短篇小说组成，分别为《逃离》《机缘》《匆匆》《沉寂》《侵犯》《激情》《播弄》《法力》。该章节对《逃离》一书中的每一篇都进行了简要的内容分析。门罗作品的主题始终是围绕着描写在加拿大偏僻的小镇里生活的不同女性的生存状态，其采用了典型的心理现实主义手法，展现出加拿大特有的女性主义思想。与此同时，作品也简单介绍了别国获得诺贝尔文学奖的女性作家及其作品，其中有：瑞典作家塞尔玛·拉格洛夫及其作品《尼尔斯骑鹅旅行记》，意大利作家格拉齐娅·黛莱达及其作品《邪恶之路》，挪威作家西格丽德·温塞特及其作品《新娘·主人·十字架》，美国作家赛珍珠及其作品《大地》，智利作家加夫列拉·米斯特拉尔及其作品《柔情》，瑞典作家奈莉·萨克斯及其作品《逃亡》，波兰作家维斯瓦娃·辛波丝卡及其作品《呼唤雪人》，英国作家多丽丝·莱辛及其作品《金色笔记》。

第二章着重阐述女性主义的内涵，详细论述经历三个女性运动阶段的西方女性主义思想的发展历程，并对女性主义思想灵魂人物西蒙娜·德·波伏娃的女性主义理论进行详尽的分析。此外，本章还对比研究了四种主要女性主义派别——自由主义女性主义、激进主义女性主义、生态女性主义和后现代主义女性主义。最后，本章针对加拿大文坛的两大女性主义作家艾丽丝·门罗和玛格丽特·阿特伍德的女性主义思想进行深入的比对研究。

第三章主要关注加拿大文学的特性。本章叙述了加拿大文学的发展历程，最突出的是，从加拿大文学批评史角度去探讨加拿大的地域主义文学及其批评的历史、形式及特征，归纳总结出加拿大文学的特征，并分类说明加拿大文学发展的四个时期，即不列颠北美殖民地时期，联邦初建时期，20 世纪上半叶、特别是两次世界大战之间的时期和第二次世界大战后的时期。加拿大文学的风格是其作品中体现出了浓郁的边缘性风格，同时加拿大文学反映了加拿大人受殖民历史的影响所不断映射出的生存主题。

第四章重点把加拿大性和女性主义相结合进行研究。艾丽丝·门罗笔下的加拿大女性主义的特点是介于“激进”和“温和”之间的；同时加拿大文化多元化决定了其女性主义的形式具有多样性与多元化的特点；在众多的女性主义类别中，最独具特色的当属加拿大生态女性主义。本章分别从加拿大历史、加拿大心理和加拿大边缘性三方面深入地分析、研究它们分别对加拿大女性主义产生的影响，同时也分析了加拿大生态女性主义对二元对立社会瓦解所产生的影响。

第五章详细地介绍了生态女性主义的观点和中国道家思想的内涵，对比、分析艾丽丝·门罗的生态主义思想和道家“天人合一”思想的异同。

第一章　门罗生平

第一节　门罗简介

文学殿堂中极富声望的奖项不多，包括英国的布克奖、美国的普利策奖、法国的龚古尔奖等，而瑞典学院颁发的诺贝尔文学奖一直被视为文学领域的最高荣誉。1901 年起至今，获得诺贝尔文学奖的作家已过百位，该奖项所涉及的语言多达 20 余种，其间英语文学领域创作巨匠频出。然而，无论是在国土面积还是在经济影响上都占据着世界重要地位的加拿大，却是直到 2013 年才被纳入诺贝尔文学奖的版图。那一年，诺贝尔文学奖花落 82 岁高龄的加拿大女作家艾丽丝·门罗。她是第 110 位诺贝尔文学奖得主，亦是该奖项的第 13 位女性得主，更是首位问鼎诺贝尔文学奖的加拿大作家！负责评议颁发诺贝尔文学奖的瑞典学院盛赞她为“当代短篇小说大师”。

早在 1818 年，艾丽丝·门罗的祖先漂洋过海从遥远的苏格兰，到位于加拿大东部的安大略省，最终选择在这个广阔无垠的由众多不同种族人群构成的国家定居。门罗一家居住在乡村，他们过着清贫且终日忙碌的生活，每星期劳作六天，周日上午去教堂做礼拜，下午才可以在家读书。然而幸运的是，平淡无奇的生活中有一抹瑰丽亮色，那就是家族中总有人颇具文采擅长撰写书信。而且，他们能将平凡日子写得妙趣横生，令收信者读之饶有兴致。

1931 年的 7 月，在这个位于加拿大安大略省休伦县文海姆镇以饲养家禽和狐狸为生的牧场主家中，他们的长女诞生，取名艾丽丝·安·莱德劳（Alice Anne Laidlaw），即我们熟知的艾丽丝·门罗。门罗的母亲安·克拉克·莱德劳（Anne Clarke Laidlaw）是名学校教师。门罗的父亲罗伯特·埃里克·莱德劳（Robert Eric Laidlaw）平日酷爱阅读英国作家赫伯特·乔治·威尔斯（Herbert George Wells）的科幻小说，甚至在劳作之余出版了一本描述拓荒者的长篇小说。他获诺贝尔文学奖的长女艾丽丝·门罗也曾夸赞道：“这是本好书。”

作为家中的长女，艾丽丝继承了家族的写作基因。然而，她从小长大的村庄保守闭塞，女孩子往往只能留在家中打理家务做杂活，少有人能上大学，写书当作家更是异想天开。因此，艾丽丝只能静悄悄地自编自话，生怕旁人责问自己："你以为你是谁？"后来这句话甚至成了她第四本书的书名。该书讲述了不甘平庸的女主角罗斯，在封闭沉闷的环境中从少女时代到中年时期奋斗的故事。艾丽丝成名后回忆起自己成长的青涩岁月，这般感慨："最糟糕的事莫过于让他人注意到自己，我对一些不愉快的事总是保持安静，从不抱怨。所以，没有人挑剔我，我感觉自己像一个局外人。"

据 2001 年加拿大人口统计数字显示，艾丽丝从小生活的文海姆镇常住人口仅仅有 2875 人。该镇的邮政编码为 NOG 2WO，当地人颇为自嘲地解释："这是因为没有人要去文海姆（No One Goes to Wingham，Ontario）。"这个人口不足 3000 人的小镇却也有着中心地带与边缘区域的划分。读过艾丽丝·门罗作品的人，多半都会对一幢房子印象颇深。从房子往东看，是越来越密的房屋排列；但从房子向西看，只见大片绵延的农田，以及远处山顶上的另一幢房屋。艾丽丝·门罗作品里反复出现的经典意象，就是这座夹在两个迥异世界之间的房子。在她的作品集《岩石堡风景》当中，艾丽丝·门罗这般讲述：她就出生于这样一幢位置颇为尴尬且属性模糊不明的房屋中。这幢房屋位于文海姆镇维多利亚路的尽头，艾丽丝曾在那里生活到高中毕业。

1949 年，艾丽丝高中毕业后，谋求到一份教职。正当她为如何教 11 个学生的这份工作忐忑不安时，西安大略大学的奖学金解救了她，艾丽丝从而成为该校的一名学生。大学生活对艾丽丝而言是无比解放和自由的。在大学期间，她先后当过服务生、图书馆管理员，甚至做过烟草采摘工。1950 年，艾丽丝发表了自己的第一篇作品《影子的维度》。她从中体验到一种前所未有的快乐："周围没人搞文学，我生活的农村又远离真正的世界。于是，我自信极了，对自己的写作能力不免高估。这算是在农村长大的好处吧。"

1951 年，艾丽丝离开大学嫁给詹姆斯·门罗（James Munro），夫妇俩从加拿大东部移居到几乎是加拿大最西边的不列颠哥伦比亚省温哥华。1953 年到 1957 年间，他们的三个女儿希拉（Sheila）、凯瑟琳（Catherine）和珍妮（Jenny）相继出生，忙碌的艾丽丝·门罗身陷母亲和家庭主妇两个角色。但她利用孩子午休或家务间歇，如同幼时那样悄悄地构想、练笔。她坐在椅子上歇息时，边喝咖啡边构思，等到构思得差不多了，再找时机将其落在笔头，有时甚至灵感突来她便半夜起身修改稿子。门罗相信自己既能做个合格的家庭主妇，也能当好作家。

她在接受采访时曾这般表示：“即便没有洗衣机之类的家电，写作也不成问题。人只要能控制自己的生活，就总能找到时间。”1963 年，门罗夫妇迁居到维多利亚城，夫妇俩共同创办了门罗图书公司。其后在 1966 年，他们的第四个女儿 Andrea 出生。尽管身为四个女儿安德里亚 (Andrea) 的母亲，她终日忙碌不得闲，但仍然笔耕不辍。她在接受美国著名杂志《纽约客》的专访时，这样表示：“我从来没觉得做家务和当母亲是一种负担。我从小就是在做家务中长大的。”1968 年，她的第一部小说合集《快乐影子之舞》出版，该书一经出版即夺得了加拿大最高文学奖——加拿大总督奖，得到众多读者的喜爱和盛赞。此后，她又出版了《女孩和女人的生活》，该书讲述了一组相互关联的故事。1972 年，门罗夫妇离婚，艾丽丝回到安大略省，受聘为西安大略大学的住校作家。1976 年，艾丽丝与地理学家杰拉尔德·弗雷姆林（Gerald Fremlin）结婚，夫妇俩搬到安大略省克林顿镇郊区的一个农场居住，而后又从农场搬到克林顿镇上，此后一直居住于该镇。1978 年，艾丽斯·门罗出版小说集《你以为你是谁？》，该小说集以串联式短篇小说的形式讲述了一组相互关联的故事。同时该书为她赢得了写作生涯的第二个加拿大总督奖。1979 年至 1982 年间，门罗为丰富自己的写作素材，跨洋游历了澳大利亚、斯堪的纳维亚半岛和中国。在此期间，她还同时担任新西兰昆士兰大学与加拿大不列颠哥伦比亚大学两所大学的住校作家。此后，在《纽约客》《大西洋月刊》《女士》《巴黎评论》以及《格兰德大街》等各类知名刊物上，读者们经常可以读到艾丽丝·门罗所撰写的小说。

2004 年，门罗最负盛名的代表作《逃离》出版。该书荣获当年的加拿大吉勒文学奖，并同时入选当年《纽约时报》年度图书榜单。2005 年，门罗被美国《时代周刊》评为“世界 100 名最具影响力的人物”之一。2006 年，门罗出版小说集《城堡岩石上的眺望》。在宣传该书的一次访谈中，门罗谈起日后打算不再发表新的小说集。但让门罗的读者们高兴的是，后来她放弃了这个想法，开始陆续有新的作品问世。同一时期，她的小说《越山而来的熊》被搬上大银幕，该片由著名导演萨拉·波莉（Sarah Polley）执导。2006 年，该影片在多伦多国际电影节成功首映。之后，该影片获奥斯卡最佳改编剧本奖提名。2009 年，门罗再次获得文坛重要奖项，她凭借此前出版的《逃离》一举赢得第三届布克国际文学奖。最终在 2013 年，已 82 岁高龄的门罗获得诺贝尔文学奖的垂青，可谓实至名归。

第二节 艾丽丝·门罗主要作品介绍

艾丽丝·门罗的出生地是加拿大安大略省一个偏僻安静的小镇，她的成长环境保守闭塞，乡村传统根深蒂固，加之此后门罗长期生活于远离大都市的宁静之地，故此造就了门罗作品的两个鲜明特点。其一是她的作品具有强烈的地域性，她的小说背景总以自己生活的乡村小镇及周边为原型，“那儿除了季节的变迁，似乎没有什么事情在发生”。小镇的宁静偏僻与在小镇上生活的形形色色的女子们内心的思潮起伏形成强烈对比。其二是身为女性的门罗从其独特的女性视角来进行创作。门罗的小说主人公多为女性。她创作的故事多来源于自己的亲身经历和见闻，具有很强的写实性。正是这些糅合了多年的经历及内省，加上对人生思考于一体的创作风格，造就了独一无二的“既精妙又准确、几近完美”的门罗。

一、 门罗作品内容分析

门罗的作品，尤其是早期作品的常见主题是讲述从少女时期步入成年期的女孩面对自己所生长的家庭以及从小成长的小镇时的两难境地。之后，门罗的作品主题开始转向中年人、独居女子以及老人的孤苦困顿。

她最负盛名的代表作《逃离》于 2004 年出版，并在 2009 年为其赢得了文学界的重要奖项——布克国际文学奖。布克奖的评委这般评价门罗：“每读艾丽丝·门罗的小说，便知生命中未曾想到之事。”该书由八篇短篇小说组成，分别为《逃离》《机缘》《匆匆》《沉寂》《激情》《侵犯》《播弄》《法力》，分别从不同角度讲述了一群成长生活环境迥异的女性的“逃离”经历。这八个女性的人生故事，看似毫无交集，却在人物的境遇、情感经历方面有颇多相通之处，从而形成不同故事有相似气质之感，混搭成一组女性人生卷幅。门罗的这八篇作品，体现了其深受读者喜爱且受文学界欣赏的文学造诣。

接下来笔者简要地介绍这八篇短篇小说的内容。

《逃离》的主人公卡拉，为了摆脱父母的禁锢，在 18 岁那年，义无反顾地离家出走，和男友克拉克一同经营一家骑马场。然而随着少年时期热烈燃烧的爱情火焰慢慢熄灭，昔日的翩翩少年不知不觉中变身成了一个脾气暴躁、只知终日对着电脑、从不打理生意也从不关心身边妻子的中年男人。所有的这些，使卡拉当年的逃离之心再次复燃。然而，最终卡拉选择回到原点，她意识到所有的逃离不过是徒劳，身为女性，生活如同轮回，其间的痛苦、矛盾、纠葛是无法通过逃离这一简单行为解决的。只是，她深知“她像是肺里什么地方扎进了一根致命的针。浅一些呼吸时不感到疼，可是每当她需要深深吸一口气时，她便能觉出那根针依然存在”。生活在继续，“对于那埋在心里的刺痛她已经能够习惯”。然而，“现在她心里埋藏着一个总是对她有吸引力的潜意识，一个永远深藏着的诱惑”。

《机缘》《匆匆》《沉寂》讲述的是主人公朱丽叶的人生三部曲。《机缘》当中，正当妙龄的朱丽叶，已是古典文学硕士，正在撰写博士论文。然而，一次火车上的邂逅，一个没有任何出彩之处且已婚的渔夫，却成为朱丽叶一直想离开父母、希望过一种所谓正常生活而逃离的理由。“凭着一股热情与好奇去赴陌生人之约，沿途的一切注定了她要发生的一切缘分。”《匆匆》当中的朱丽叶，已为人母，离家多年的她带着性情别扭的女儿佩内洛普回小镇探访父母。整篇小说中，朱丽叶的感受反思和父母等人的交流糅合在一起，拼接描绘出一幅中年女性心理的图样。《沉寂》当中，当年逃离的朱丽叶成了被逃离的对象，女儿佩内洛普出走，独留朱丽叶一人品尝失意、孤独与沉寂。

《激情》的主人公格蕾丝的未婚夫莫里有着一双温暖的眼睛、一个可依靠的宽厚肩膀、一份美好的前途。然而，他却从来不清楚自己的未婚妻真正想要的是什么。在订婚前一天，格蕾丝以想要“上来透口气”的理由，决定短暂出走。但格蕾斯阴差阳错遇见同样想要逃离的未婚夫莫里同母异父的哥哥。这样一个试图发现自我的下午，却有着无比惨重的代价。一起出逃的未婚夫哥哥决定用自杀了结性命，未婚夫也离她而去。这样的逃离，到底是对是错，无人能解。

《侵犯》的主人公劳莲，因德尔芬对自己的莫名关怀而惶惑不安。她不知其间的内幕，而德尔芬误以为自己是她的生母，这种迷惑惶恐最终导致了劳莲的逃离。最后，劳莲的父母把过往的辛酸往事讲述出来，真相大白。德尔芬并非劳莲的生母。了解真相的人最终得到解脱与释然。然而，疑惑本身是可以解释清楚的，随之而来的困惑则是对人性的思考。

《播弄》的主人公与一男子邂逅，彼此心生爱慕，两人约定转年此时如果心意未改就在某处相见。然而第二年，主人公依约而来，却被男子惊慌失措地挡在门外。伤心绝望的她逃离心之向往的他，独自一人度过漫长的大半生。之后的一天她意外发现当年事情的真相，曾经爱恋的男子有个双胞胎兄弟，第二年赴约的她见到的是那个有轻微智障的弟弟。人生的播弄，就是这样，一个个细微的扭转，便悄悄改变了主人公的一生。

《法力》的主人公是一位克制的年轻女子，她和男性朋友有着持续一生的纠葛。甚至直到年迈，女主人公重新遇见当年的男性朋友，却仍然隐藏困惑自己一生的疑问，彼此撒谎。她是爱他的，曾经花了数十年时光，想要追寻出答案，却在最后遇到系铃人之时，选择了停顿。

门罗小说里的主人公，有着各自的人生图景，未婚的姑娘、已婚的妇人、生活在封闭小镇的女性、单身的大学女老师。尽管她们各有各的人生，却无一例外地有着想要逃离庸常生活的渴望。即将步入婚姻礼堂的姑娘决定和一个陌生的男子短暂出逃一个下午；一个从父母亲身边逃离和男友组建家庭的女子，突然跳上大巴，想要再一次逃离；单身的大学女老师仅仅因为邂逅了一个火车上遇到的男子，便抛下一切去到他的小镇，在那里定居并与其生儿育女。

每一个故事中，人与人之间的连接细微巧妙，却又泾渭分明地彼此分离。人生就是如此荒唐怪诞，却又有着一种切切实实的温暖。荒唐之地又可见令人心驰神往的瑰丽景象。生活的温情需要每个人亲身体验再做回顾，所以生活哪怕再荒诞扭曲，都有其存在的必要性，有其独特性及共性。故事的最后，主人公的逃离均以失败结束：卡拉在出逃的途中发现自己根本无以为生，最终去而复返，重新回到暴躁自私的丈夫身边；格蕾丝在和尼尔度过一个浪漫的下午后，发现无法忍受尼尔的酗酒成性，而尼尔最终选择撞车自杀；逃离大学教职的朱丽叶在打鱼男子出海失踪之后，选择回到大学，继续完成她之前抛之脑后的博士论文。

门罗小说中的这些女子，无论是自觉，还是不自觉地一次次逃离，奔向未知，其实都不过是在寻找新的生活，希冀从新的生活中找回自我，最终也都是为了回归本我。

短篇小说集《逃离》中的《沉寂》，小说题目“silence”一词，不仅仅指文中几位女子在生活中的最终沉寂，更是她们的梦想在现实生活中被碰得粉碎幻灭，更是这些女子不断衰弱的自我意识。文中几位女子之所以归于沉寂，并非主动选择，而是她们无法逃脱现实生活的捆绑：朱丽叶想要逃离平淡生活却最终不得不归于平凡；佩内洛普想要逃离物质生活的束缚却最终为物质所羁绊；克里斯塔想要逃离疾病的困扰却最终被病痛缠身。所有的这些都在鲜活地描绘现实生活中的女性，或是所有人面对生活的无可奈何。门罗小说的精髓之处就是读者与小说角色情感上的互动和互通。

现实生活不仅是平凡无奇的，还杂糅着难以察觉的诡异感。或者可以这么说，处于平淡生活中的人们选择忽视这种诡异感。无可置疑的是，现实远比小说描绘的更为惊奇、诡谲、异彩纷呈。一位出色作家的出彩之处就在于其擅长通过语言和故事，将生活中发生的普通事件通过再创作组合给读者带来心灵的震撼和对人生的思考，引领读者走出原始的蛮荒之地去寻觅本真的自我，思索自我和外部世界的关系。

正如同《逃离》那样，书中讲述的都是简单却又意味深长的故事。故事中女子们生老病死、追求爱情与婚姻，在平淡婚姻中渴求温情。所有的这些无不倾注着门罗对生与死、成长苦痛等人生无法逃离的话题的探讨。这些故事没有赞歌，也没有泪水，亦没有试图对读者进行谆谆教导。但是门罗看似不经意的转换视角和节奏，却赋予了故事无穷的内涵和韵律美。这些无不触动读者的心灵，也得以升华故事的主题。这其中的奥妙，可以借由《逃离》一书管中窥豹，体会到门罗冷静文笔及恰到好处的节奏把握，体验到何谓无声处听惊雷。

二、 门罗作品的艺术特色

门罗擅长利用刻画人物的心理活动来塑造其形象，通过这种刻画反映人物所处年代的风貌。这种写作方法典型地继承了心理现实主义的手法。门罗深入人物的内心，倾听其内心独白，细致入微地描绘人物内心的波澜起伏，从而揭示人物未来的走向。这些也无不遵循了心理现实主义的传统。文学界公认门罗独特而深刻的心理描写手法属世界一流，那种无论在刻画程度还是审美视角方面的丰富、多样，无不入木三分。门罗特别善于深入人物内心深处，攫取人物意识中一闪而过、转瞬即逝的一个个细小片段，再将其排列组合落在笔端，展现人性最隐秘且不可捉摸的心理状态及种种复杂变化，从而尽可能地挖掘人物心灵的广度与深度。与此同时，她却是以心理现实主义为基准和导向的，尽管她通过深入人物内心来达到揭示其内在的精神状态，门罗的终极目标却是展现人物的理性思维、行为的客观规律以及固有的社会秩序。描绘刻画人物内心深处的矛盾冲突和各种渴望不过是她使用的手法。她一直以理性视角旁观世界，看待两性，探索男性与女性隐秘的内心世界。

和前辈威廉·福克纳（William Faulkner）笔下的人物相同，门罗作品中的人物时常面临所处社会环境下不可撼动的传统和习俗。但区别在于，门罗所创作的人物对传统和习惯的反应没那么强烈。众多的文学创作中，作家们往往倾向于将男性描写成客观、理性、独立且处处占主动权的形象，而将女性描述为主观、感性、依附、被动、任性的群体。但在门罗的创作中，两性之间虽有明确的差异，却皆是客观而理性的，仅仅在其程度表现方面呈现出区别。我们经常在门罗的作品中读到这样暗含的思想。那就是，无论男性还是女性，在某个人生需要做出决断或选择的阶段，并没有那么大的差异性，他们最本能、最直接的反应可能都是非理性的，只不过在这一点上女性尤为突出。但随着事件的发展和时间的推移，男性和女性皆愈来愈倾向于理性和客观。

门罗的小说还有着浓郁的地域特色，她创作的故事多源自亲身体验或广博的见闻。记忆是门罗取之不竭的灵感来源，小说中的许多情节都是她记忆的重现或再加工。那些反复在门罗的笔端现身的人物——诸如逃避现实、郁郁不得志的父亲，雄心勃发、不甘于现状的母亲，耽于幻想且敏感多思的女儿——这些在压抑和孤独中成长的人物，无不来自她的记忆之中。门罗利用一支笔来撰写记忆，并将想象与现实、记忆与虚拟糅合在一起，将其重新排列组合，为读者们描绘了一个异彩纷呈的文字世界。门罗亦借此表达她的态度与观点：除了从平常的角度看待世界万物，我们也可以尝试更换一个视角。而文学，也恰好给我们提供了一个重新认识世界的方式。她在一篇文章中这般介绍阅读小说的方法："小说不像一条道路，它更像一座房子。你走进里面，待一小会儿，这边走走，那边转转，观察房间和走廊间的关联，然后再望向窗外，从这个角度看外面的世界发生了什么变化。"每一个读者在读完门罗的小说之后，也不妨思索一下步入门罗这座房子之后的自己是否有了那么一点点不同，哪怕再细微，亦是种可贵的体验与自我提升。

门罗的语言简洁练达，对细节的明晰描绘及娴熟的把握使得她的小说有一种"令人瞩目的精确"。同时她又通过叙述的方式为读者们揭示了生活的多样性："讽刺与严肃同时出现"，"专门而无用的知识"，"神圣庄严的箴言与炙热的偏见"，"庸俗趣味，冷漠无情，以及由此带来的欢乐"等。

三、门罗作品中的婚姻暴力现象与女性成长意识

在门罗的诸多作品中，她颇为关注婚姻中的暴力现象，主要是深受家暴残害的女性心理上的变化，从而反思社会伦理观念中一贯推崇的男性至上对婚姻中男性女性心理的影响，并试图通过作品从侧面审视婚姻暴力现象。这些作品中，她不但直截了当地描述了婚姻中的肢体暴力，而且剖析了婚姻暴力中受害女性的心理状态，既揭示了婚姻暴力中丈夫试图以心理压抑控制妻子，达到自我意识的目

的，也展现了暴力频发的婚姻表层之下女性自我意识萌芽并成长的过程。例如，在描述20世纪五六十年代加拿大社会中婚姻暴力普遍性的短篇小说《父亲们》中，三个父亲分别来自农庄、乡镇、大都市这三个颇具代表性的不同地域。而短篇小说《逃离》和《空间》则鲜明地体现了传统社会里婚姻中施暴者的特点。身为体力劳动者的他们，身强力壮、富有主见且控制欲强，不管是在生理上还是心理上都具备强于女性的力量。但由于身处社会的底层，他们在经济方面却承受着较大的压力。在与社会不同阶层的交往中，他们表现出藐视社会规则的特征，难以与周围的人相处，因而容易滋生自卑与封闭自我的心理。而且，身为男性，他们自幼接受的教育要求他们强势、具备强大力量、不露声色、富有攻击性，从而具备能力控制周边环境及他人；他们本能地拒绝任何带有女性特质的东西；在解决矛盾冲突时，他们通常采用的手段就是使用暴力去控制对方以获得更大的权力，也令对方臣服于自己。这种类型的丈夫控制妻子采用最直接的手段就是暴力。

由于深受传统男性社会对女性规约的影响，门罗小说中的女性往往顺从、柔弱，无法获得人格的独立，难以摆脱暴力婚姻的禁锢。她们大多生活在荒僻宁静的小镇，年龄有老有少，乍眼看上去，她们是万千平凡中的一员，生活平淡无奇。但门罗却擅长撷取她们身上与众不同之处，敏锐地洞察她们心灵深处泛起的细微波澜。对那些容易引发社会伦理道德评判的行为，如离婚、出走、与人私通、谋杀等，门罗甚少表明自身的立场，她只是一个冷静的旁观者，冷眼旁观继而客观描述世事。事实上，在加拿大不同的历史阶段当中，社会公众对婚姻暴力的反应和态度是一个由默许到干涉的过程，并逐步建立起一个完整体系以救助婚姻暴力的受害方。这样的发展历程反映出西方世界婚姻伦理的嬗变，也显示出在女性主义运动浪潮的影响下，女性地位的逐渐提高以及社会对女性自我意识觉醒的尊重。女性自我意识日益苏醒的同时，另一变化也在悄然发生，那就是女性在家庭中生存方式的变化。社会开始干预女性在传统家庭中扮演的被动角色，婚姻暴力的双方在公众意志的介入下也都得到了救助。这些在很大程度上帮助婚姻暴力中的受害者摆脱对施暴者经济方面的依赖，自救自立从而获得人格独立。社会公众也开始意识到婚姻暴力并不能体现所谓的男子气概，而是男性人格缺失、心理失常、缺乏自我控制的表现。

门罗的小说通过刻画女性在经历婚姻暴力与折磨之后，在哀痛中努力追寻自我以及寻找人生意义的心路历程，揭示女性追寻自我的深层次含义。一方面，通过这些女性的内心嬗变以及命运变化反映女性主义运动的积极意义；另一方面，尽管社会意志的干预与生存环境的变化能帮助女性走出暴力婚姻的悲剧，但这些女性需要内省式的自我修复。门罗的作品之所以具有如此打动人心的效果，主要是因为她的作品积极剖析了个体在寻求自我的过程中难以左右命运的无力感，也表现了她对女性个体生存状态的关切，对人类普适性的心理诉求与人性错综复杂的探索。

总而言之，门罗的作品是具有写实性的，她鲜少说教，仅描绘人生百态，而不试图归纳总结。那些喜好华彩乐章、热热闹闹文章的读者，初期阅读门罗的作品时可能会觉得太过琐屑、进度迟缓。可是，如果他们能静下心来，完整地读上三两篇，门罗的文字会让他们产生渐入佳境之感。她也许不像简·奥斯汀（Jane Austen）那样善于精心雕琢文字，却有着不乏幽默感的独特的门罗气息。

第三节　获诺贝尔文学奖的女性作家简介

自 1896 年诺贝尔奖设立，诺贝尔的遗嘱中特别指出要奖励曾创作出有理想主义倾向的最佳作品的人。至 1901 年始，瑞典学院的评委们就何谓“理想主义倾向”进行了不断的探讨，迄今为止已颁发逾百次的诺贝尔文学奖。这逾百次的评奖过程，可说是不同年代、社会背景下文学理念、审美情趣的磨合与转变的具体表现。这百位获奖者中，女性作家所占比例不过 10% 左右，虽然势单力薄，但她们却以女性独有的视角为我们诉说了人类亘古不变的灵魂探索与情感追寻。以下笔者将选取几位女作家从其生平、文学活动、创作风格、代表作品及获奖理由等各方面逐一介绍，以期纵览、回顾、鉴赏文学潮流的嬗变。

1.1909 年诺贝尔文学奖获得者 [瑞典] 塞尔玛·拉格洛夫（Selma Lagerlöf, 1858—1940）

·获奖词：“作品中特有的高贵的理想主义、丰富的想象力、平易而优美的风格”

塞尔玛·拉格洛夫出生于瑞典西部韦姆兰省的一个庄园里。家族是世袭的贵族，父亲是一位热爱文学的陆军中尉。她 3 岁时因下肢患疾，终生不良于行。这般不幸的童年却幸得擅长讲故事的外祖母的陪伴，口耳相授许多当地民间传说。并且她通过大量阅读接触了许多北欧的古代童话以及安徒生童话。她自幼居住在美丽的庄园里，在家庭教师的陪伴下度过了她的童年时期。1882 年，塞尔玛·拉格洛夫在斯德哥尔摩皇室女子师范学院就学。在此期间得到科学的启蒙影响，她博览古今，广泛阅读了文学、哲学和神学等各个领域的书籍。1885 年，拉格洛夫从斯德哥尔摩皇室女子师范学院毕业，受聘到小学担任地理教师，在这里她利用业余时间开始撰写文学作品。1891 年，拉格洛夫出版了她的第一部小说《古斯泰·贝林的故事》，并一举成名。此后，拉格洛夫又出版了短篇小说集《无形的锁链》（1894 年）以及《昆加哈拉的王后们》（1899 年），另著有长篇小说《假基督的奇迹》（1899 年）和《耶路撒冷》（1902 年）。使其天下闻名并为其争得诺贝尔文学奖的童话小说《尼尔斯骑鹅旅行记》则创作于 1907 年。其后，她笔耕不辍，又陆续出版《死神的车夫》（1912 年）、《葡萄牙的皇帝》（1914 年）、《妖精和人》（1915—1921 年）、《罪犯们》（1918 年）、《一个孩子的回忆》（1930 年），并于 1938 年，出版了最后一部小说《圣诞节的故事》。

拉格洛夫生前众多荣誉加身，1904 年她就获得了瑞典文学院颁发的金质奖章；在获诺贝尔文学奖之后的 1914 年，她成为瑞典文学院历史上的第一位女院士。

同时塞尔玛·拉格洛夫也并非一位离群索居、不关心时局的作家。二战爆发后，她甚至将诺贝尔奖章送给芬兰政府，希望能为政府筹钱保卫国家。在人生的最后一段时间里，拉格洛夫还凭借个人的影响力，通过瑞典皇室与德国纳粹政权进行交涉，从集中营里营救出了一位文学史上的重要人物——一位犹太裔女作家，即后于 1966 年获得诺贝尔文学奖的奈莉·萨克斯（Nelly Sachs）。

·获奖作品:《尼尔斯骑鹅旅行记》

完成《尼尔斯骑鹅旅行记》的创作时，拉格洛夫已年近 50 岁。这部闻名遐迩的长篇童话到目前为止是世界文学史上第一部也是唯一一部获得诺贝尔文学奖的童话作品。在这部童话的创作过程中，拉格洛夫为取得第一手资料跋山涉水、不畏艰难，最终创作完成了这部世界儿童文学宝库中的璀璨明珠。该作品将地理、历史、瑞典民间故事等巧妙结合，笔风流畅清新，情节令读者不忍释卷。

《尼尔斯骑鹅旅行记》的主人公尼尔斯，是一个只爱恶作剧不爱学习的顽皮男孩，他在一个恶作剧中无意得罪了一只精灵，精灵将其变成了一个体型和老鼠差不多大小的小人儿。之后小人儿骑上家里的大白鹅，和一群大雁一起周游瑞典。在这样的奇妙旅行中，尼尔斯历经艰险，认识了许多善良的人，也遭遇过凶恶的对手，但他最终战胜了各种困难，历经磨难回到家中，恢复男孩原形，变成了一个好孩子。

2.1926 年诺贝尔文学奖获得者 [意大利] 格拉齐娅 · 黛莱达（Grazia Deledda，1871—1936）

· 获奖词：“为了表扬她由理想主义所激发的作品，以温柔透彻的文字描绘了她所生长的岛屿上的生活；在洞察人类一般问题上，表现出异于常人的深度与怜悯”

黛莱达生于意大利撒丁岛的一个富裕家庭，在六个孩子中排行第二。富裕的家庭环境使她受到了良好的教育，深受传统文化的熏陶。她从童年时期就酷爱文学，然而依照当时的习俗女性鲜有机会接受完整的教育。于是黛莱达师从一位亲戚，学习了意大利语、法语和拉丁语。她刻苦自学从而踏上文学之路，早慧的她在 13 岁时便已发表了作品。黛莱达的早期作品受大仲马（Alexandre Dumas）、雨果（Vitor Hugo）等人的影响，充满瑰丽的浪漫主义色彩，如 1892 年她发表的《撒丁尼亚之花》。此后黛莱达逐渐受到巴尔扎克（Honoré de Balzac）以及其他古典作家的影响，特别是受到以乔万尼 · 维尔加（Giovanni Verga）为代表的真实主义主张之后，她的小说风格逐渐由浪漫主义转变为现实主义风格，并逐步形成独属于黛莱达的特有风格。黛莱达的作品多以家乡撒丁岛为创作背景，那里风光旖旎，风土人情古朴。然而浓郁的乡村气息在资本主义萌芽时期开始受到冲击，古老闭塞的宗法社会逐步解体。此后黛莱达作品的视野逐步开阔，她开始尝试挖掘人物的内心世界，用细腻的笔触描绘故事的同时表现出某种无可奈何花落去的宿命观。黛莱达的主要作品有《伊利亚斯 · 波尔托卢》（1903 年）、《灰烬》（1904 年）、《鸽子与老鹰》（1912 年）、《橄榄园的火灾》（1918 年）等。

· 获奖作品：《邪恶之路》

《邪恶之路》以撒丁岛的乡村为背景，描写了这样的一个故事：年轻的雇农彼特罗鼓足勇气大胆追求女主人玛丽亚，二人坠入情网，但门第悬殊令玛丽亚改变初衷，转而嫁给了地主佛兰切斯科，失意的彼特罗从此走上了邪恶之路。

黛莱达以罪与罚、爱情与道德的矛盾冲突为切入点，展现了古老的宗法社会和文明规约下的海岛乡村生活，以清新柔婉的笔触叩动读者的心弦。

3.1928 年诺贝尔文学奖获得者 [挪威] 西格丽德 · 温塞特（Sigrid Undest,1882—1949）

· 获奖词：“她对中世纪北国生活的有力描绘”

温塞特于丹麦凯隆堡出生，两岁的时候，全家移居挪威。温塞特受到身为考古学家父亲的影响，从小就对历史，尤其是挪威的中世纪史有着浓厚的兴趣。11岁那年，温塞特丧父，而后进入一家商业学校念书，她16岁起在一家商行任职，工作期间接触到底层人民的生活，这为她日后的写作积累了不少素材。1907年，她发表了第一部长篇小说《玛尔塔·埃乌里夫人》，这部爱情小说以日记体的形式写成，表现了个人情感与家庭日常生活的矛盾冲突。之后温塞特于1911年创作发表了长篇小说《珍妮》，小说描绘了少女珍妮梦想获得一对父子的爱情。温塞特将虚幻爱情中少女的复杂心理和悲剧结局描写得细腻感人，文笔触动人心。这部小说使温塞特在北欧文学占有了一席之地。随后，温塞特于1920年至1922年陆续发表《劳伦斯之女克里斯汀》三部曲，包括《新娘》《主人》《十字架》该三部曲助其达到了创作的巅峰，也为其赢得了诺贝尔文学奖。二战期间，挪威沦陷，温塞特因为反对纳粹德国而流亡到瑞典，之后去到美国，直到1945年二战结束，她才重返挪威。温塞特的主要作品还包括《幸福的年纪》（1908年）、《春天》（1914年）、《吉姆纳德尼亚》（1929年）、《燃烧的荆棘》（1930年）、《忠实的女人》（1936年）等。

颇值得一提的是，温塞特除了二战期间积极参加反法西斯斗争外，还是个富有爱心的人。她获得诺贝尔文学奖后，将奖金全额捐赠给了社会福利机构以设立基金会帮助智障儿童家庭。

·获奖作品:《新娘·主人·十字架》

该作品以14世纪上半叶的挪威社会为历史背景，再现中古时代的生活面貌。描述了一个女性漫长的人生经历，温塞特借此抨击了当时社会深植的弊病——暴力与不义。温塞特的写作技巧炉火纯青，因家学渊源的关系，她深刻地了解古代社会生活，拿捏起历史细节得心应手。她用现代语言赋予那些身着14世纪衣装的人物以新鲜的活力，因此这部讲述14世纪故事的小说令读者阅之毫无隔世之感，觉得它就是活生生的现实，其中的人物和现代小说中的人物一样惟妙惟肖。

4.1938年诺贝尔文学奖获得者［美国］赛珍珠（Pearl S.Buck，1892—1973）

·获奖词:"她对于中国农民的丰富生活和真正史诗气概的描述，以及她自传性的杰作"

1892年，赛珍珠出生在美国的西弗吉尼亚州，父亲是美南长老会的传教士。在她出生4个月后全家来到中国江苏清江浦（今淮安市），后搬到江苏镇江，赛珍珠在那里长大成人。也正因此，她先学会的语言是汉语，之后母亲才开始教她英语。从赛珍珠幼年时期，母亲就鼓励她学习写作。1909 年，赛珍珠回到美国在大学攻读心理学。1914 年，她从美国马康女子学院毕业后重返中国，之后陆续在安徽、南京等地教授英文，直到 1927 年赛珍珠才离开中国。正是这段长期在中国生活的经历使她得以接触中国的底层人民，深入了解到中国原汁原味的民风，从而创作出许多反映 20 世纪二三十年代中国农村生活的小说。其中最为著名的就是三部曲《大地的房子》，包括《大地》（1931 年）、《儿子们》（1932 年）、《分家》（1935 年）。《大地》一经出版即成为畅销书，为其在 1932 年夺得了美国文学重要奖项之一的普利策奖，并在 1938 年为其赢得了诺贝尔文学奖。这些散发浓郁中国乡土气息的作品展现了中国社会的一个侧影，为当时对中国知之甚少的西方人打开了一扇窗户，使他们开始了解 20 世纪二三十年代中国农村社会的风貌。1937 年中国的全面抗日战争爆发，赛珍珠为中国人民的反侵略战争四处奔走。众多美国人正是因为阅读赛珍珠的小说后才了解到中国，进而愿意为中国人民的抗日战争慷慨解囊。赛珍珠去世之后被后人称为连接东西方文明的"人桥"。

赛珍珠的主要作品还包括《母亲》（1934 年）、《爱国者》（1939 年）、《龙种》（1942 年）、《北京来信》（1957 年）、《新年》（1968 年）、《梁太太的三个女儿》（1969 年）。

· 获奖作品：《大地》

《大地》讲述了质朴勤劳的中国农民的一系列家庭生活故事，赛珍珠的创作包含浓郁的人道主义色彩，她以颇具同情的笔触描绘塑造了栩栩如生的中国农民形象，细致地捕捉中国农民灵魂的不同侧面。瑞典皇家学院称该作品"对中国农村生活具有史诗般描述"。

5.1945 年诺贝尔文学奖获得者［智利］加夫列拉 · 米斯特拉尔（Gabriela Mistral，1889—1957）

· 获奖词："她那由强烈感情孕育而成的抒情诗，已经使得她的名字成为整个拉丁美洲世界渴求理想的象征"

1889 年，加夫列拉 · 米斯特拉尔生于智利首都圣地亚哥北部的一个小镇。因为自幼家境贫困，她未曾踏足过学校，靠自学和身为小学教员的姐姐为她辅导完成了学业。1905 年，米斯特拉尔在小学担任教职，在此期间开始在地方报刊发表诗歌。第二年，17 岁的她爱上了一位年轻的铁路工人。然而好景不长，对方在婚前抛弃了她。数年后，此人又因生活失意自杀身亡。爱情催生的甜蜜与痛苦，开启了米斯特拉尔的诗歌创作之路。1914 年，在圣地亚哥艺术家协会主办的“花节诗歌比赛”当中，米斯特拉尔以悼念亡故恋人的《死的十四行诗》获得第一名，从此名震智利诗坛。1922 年她出版了自己的第一本诗集《孤寂》，其中的大部分诗作皆抒发的是女性深邃的觉醒、对爱的渴望和憧憬以及绝望。她通过独特清丽的诗歌形式来表现自我的内心世界，笔触细腻感人，词句质朴、清新，感情浓烈、深厚，突破了当时拉丁美洲风行的现代主义诗歌风格，为此后抒情诗的发展开辟了一条新的道路。1924 年，米斯特拉尔第二本也是后来为她赢得诺贝尔文学奖的诗集《柔情》出版。1938 年，她出版了第三本诗集《有刺的树》，从这本诗集开始，她尝试放开眼界，扩展胸怀与视野，诗歌的内容和情调有了明显的转变，由个人的哀叹思索转而深思博爱与人道主义等问题。此本诗集具有鲜明的拉丁美洲民族特色，大量采用民间质朴的创作手法，她的这一改变对其后拉丁美洲抒情诗歌的发展走向产生了颇为深远的影响。纵观米斯特拉尔的创作，诗歌的取材都相当广泛，既有对大自然的歌颂，有赞叹母爱的博大胸怀，也有反映印第安人遭遇的苦难和为不幸的犹太民族鸣不平。

·获奖作品:《柔情》

这是一本歌颂母爱与童心的诗集。遣词造句细微动人，以质朴言语表达出了丰富的情感，足以打动人心。

6.1966 年诺贝尔文学奖获得者[瑞典]奈莉·萨克斯（Nelly Sachs，1891—1970）

·获奖词:“她杰出的抒情与戏剧作品，以感人的力量阐述了以色列的命运”

1891 年，萨克斯生于德国柏林一个富有的犹太家庭。她幼年成长于优越的家庭环境，每天的主要内容就是学音乐、习舞和练习写作。1921 年萨克斯发表她的处女作《传说与故事》。1940 年，为躲避纳粹对犹太人的迫害，在瑞典女作家拉格洛夫的帮助下她逃亡到瑞典，而后加入瑞典国籍。她的作品均以德文写成，二战后她发表了众多有关纳粹党在欧洲大肆屠杀犹太人的诗作。她的主要作品有诗集《在死亡的寓所》（1947 年）、《度日如年》（1956 年）、《无人再知晓》（1957 年）、《逃亡与蜕变》（1959 年，获德国工业聪明文化奖）、《无尘世界的旅行》（1961 年，获德国多特蒙德文学奖）、《死亡的依旧庆祝生命》（1961 年）、《晚期诗作》（1965 年，获德国出版界和平奖）和《分开吧，黑夜》（1971 年）等。

1966 年她与以色列作家萨缪尔·约瑟夫·阿格农（Shmuel Yosef Agnon）共

获诺贝尔文学奖。

·获奖作品:《逃亡》

因为身为犹太人而遭遇的流亡经历，使得萨克斯的创作主要探讨追逐与逃亡、杀戮与被杀戮、暴力与死亡的关系，这些深刻的话题使得她的诗作充满神秘色彩和殉道精神。

7.1996 年诺贝尔文学奖获得者[波兰]维斯瓦娃·辛波丝卡(Wislawa Szymborska，1923—2012)

·获奖词:“其在诗歌艺术中精辟精妙的反讽，一点一滴地挖掘出了人类现实生活背后的历史更迭与生物演化”

1923 年，辛波丝卡出生于波兹南省附近的布宁村。1931 年，她随家人迁往克拉科夫，此后长居于此。1945 年，她进入克拉科夫的雅盖隆大学（波兰首席学府）攻读波兰语和波兰文学，而后转到社会学系。其间，她发表了第一首诗《我追寻文字》，展现了她的诗歌才赋。1952 年，她出版第一部诗集《我们为此而活着》；1954 年，她的第二部诗集《向自己提问题》出版，获得当年的克拉科夫城市奖，她开始在诗坛崭露头角。她早期的诗歌深受当时波兰局势的影响，主要是歌颂党和国、反对帝国主义、呼唤和平等。1957 年，她出版的诗集《呼唤雪人》标志着辛波丝卡的诗歌创作进入全新阶段，她不再像从前那样关注政治，转而开始撰写哲理诗，用自由诗取代过往的韵律诗。

辛波丝卡的主要作品还有《盐》《一百种乐趣》《桥上的历史》《结束与开始》等。她本人也表示:“诗歌只有一个职责，把自己和他人沟通起来。我的诗在中国如果能遇到细心的读者，我将是幸福的。”

·代表作品:《呼唤雪人》

诗集《呼唤雪人》中，辛波丝卡抛开以前的政治主题，开始描绘人与自然、爱情、历史、社会的关系。她的作品里充满了微妙、不直露、意味深刻的讽刺。她擅长从日常生活中最容易被人忽略的地方落笔，写人们最常见的东西，却能写得颇具见地。

8.2007 年诺贝尔文学奖获得者[英国]多丽丝·莱辛(Doris Lessing，1919—2013)

·获奖词:“她以怀疑主义、激情和想象力审视一个分裂的文明，她登上了女性体验的史诗巅峰”

1919 年，莱辛出生于一个英国殖民官员家庭，父亲是帝国银行的职员。

1925 年，5 岁的莱辛随父母迁居到非洲的英属殖民地罗德西亚（即津巴布韦）南部。16 岁时她开始工作，先后做过电话接线员、速记员、保姆等工作。在非洲早年的艰苦生活中，19 世纪的小说大师如查尔斯·狄更斯（Charles Dickens）、托尔斯泰（Толстой）、陀思妥耶夫斯基（Достоéвский），成为莱辛最重要的精神依靠，也为她此后的文学创作生涯奠定了坚实基础。

1949 年，两度离异的莱辛回到英国，她一贫如洗，唯一家当就是一本小说书稿。该书在 1950 年得以出版，这部名为《野草在歌唱》的小说使莱辛一举成名。该小说描述了黑人男仆杀死因家庭拮据而深陷困境从而心态失衡的白人女主人，该书对人物的心理刻画细腻，表现了非洲殖民地的种族矛盾与压迫问题。此后，莱辛又陆续发表了《暴力的孩子们》（1952 年）、《良缘》（1954 年）、《风暴的余波》（1958 年）、《被陆地围住的》（1965 年）以及《四门之城》（1969 年），这五本小说是一位白人青年女子的人生求索五部曲，颇具印象主义色彩，笔触细腻真实。

1962 年她完成了代表作《金色笔记》，这部作品奠定了莱辛在西方文坛颇具声望的地位。诺贝尔文学奖颁奖词将《金色笔记》称赞为："一部先锋作品，是 20 世纪审视男女关系的巅峰之作"。

1970 年后，莱辛的创作风格与题材历经数次转变。这期间她的主要作品有《简述下地狱》（1971 年）、《幸存者回忆录》（1974 年）、《天黑前的夏天》（1973 年）等。之后莱辛甚至开始尝试创作科幻小说，如《什卡斯塔》（1979 年）、《第三、四、五区域间的联姻》（1980 年）、《天狼星试验》（1981 年）、《八号行星代表的产生》（1982 年）等。

·代表作品:《金色笔记》

该作品描述了女主人公安娜追寻个人生活的成长记录，由五本笔记、一个故事组成。黑色笔记代表主人公在非洲的作家生活，红色笔记代表其对斯大林主义由憧憬到幻想破灭的政治生活，黄色笔记根据莱辛自己的爱情生活所作，蓝色笔记代表主人公的精神生活，金色笔记是作者对人生尝试性地进行哲理总结。这部小说在艺术形式上进行了颇为大胆的改革，给予读者一种全新的体验。

纵观诺贝尔百年历史，这些问鼎文学奖的文学巨匠们路数迥异，但他们求索自由的精神是相同的；对于其中熠熠生辉的十多位获奖女性作家，尽管她们生活的年代迥异，语言不同、背景不同、经历不同，但她们对于人类生存困境、生存价值的真实描述与深刻思考，无不渗透于作品的字里行间。她们的作品跨世纪地书写了不同种族的精神、不同地域的丰富文化，以女性的独到视角记录了历史、战争、流亡、成长与寻根等多元化主题。出生于20世纪上半叶的门罗立足于加拿大这个由多种族人群组成的国家，以其精致的讲故事方式，不追求“光怪陆离的形式和冷涩生僻的语言”，去探寻普通女性纷繁复杂的心理，将平凡女性的丰富内心情感世界以故事的形式娓娓道来，给读者一种洞察人生百态的感受及见微知著的震撼阅读体验。可以这么说，让艾丽丝·门罗不平凡的正是她的这种平凡。

第二章 女性主义

第一节 女性主义的释义

女性主义又称女权主义，这种说法最早出现在20世纪初的英文单词中。《布莱克维尔政治思想百科全书》一书中，给予女性主义的解释是该词描述了一种复杂的现象，它所追求的目标是男女平等，提高女性的社会地位，排除一切解放女性道路上的阻碍。

若要对女性主义的含义进行完整的诠释，那就必须追溯西方女性主义的形成和发展过程；西方女性主义的重要代表人物西蒙娜·德·波伏娃(Simone de Beauvoir）的女性主义思想是女性主义的重要基础。

一、 女性主义思想形成的历史过程

女性主义思想产生和发展的源头要属西方的女性主义思想。我们可以把女性主义的发展过程分成三个重要的历史阶段。

早在19世纪末到20世纪的上半叶，早期的女性主义就开始萌动发芽。这第一代的女性主义主张女性同男性一样，应具有平等的政治权利，并认为男女在身体和心理层面上都应是相同的，同时它还强烈地批判了只属于贵族的特权，提倡女性要努力挣脱束缚自己的身体和由此产生的情感。第一代女性主义追求的是女性群体获得教育权、就业权和选举权。这个时期的女性主义观点为后来女性主义的发展和研究奠定了基础。

早期的女性主义代表人物之一——来自英国的哈丽特·泰勒·密尔（Harriet Taylor Mill）的观点是社会习俗和传统文化造成了男女之间的不平等。另外一位代表人物是美国的夏洛特·珀金斯·吉尔曼（Charlotte Perkins Gilman）。她曾在代表作《黄色壁纸》中这样写道：已婚妇女不以参与社会生产的经济价值或者作为母亲和妻子的人的价值来维系自身是造成其被动性和在家庭与社会中丧失价值与地位的根源。她的这种认知和观点对之后女性主义思想的产生和发展起到了重

要的作用。

20 世纪 60 年代中期，第二代的女性主义逐渐形成并发展起来，它最先出现在美国。当时的美国学生运动、民权运动和反战运动声势浩大，影响极远，其主旨是消灭两性间的差别，为女性争得更多方面的自由。同时第二代女性主义提出了极为重要的概念，即社会属性 / 性别，以此揭露社会中男女两性的不平等之处。与此同时，多个女性主义派别形成了。从不同角度概括和解释属性，它们依次为：自由主义女性主义、社会主义女性主义和激进主义女性主义。

在众多的女性主义流派中，持续时间最长、影响范围最广的莫过于自由主义女性主义。该流派的中坚力量当属拜仁的中产阶层女性群体。她们主张在原来的社会制度基础上，为广大女性同胞争取与男性平等的地位、同等的权利。同时，她们还剖析了女性群体受到压迫的原因，即法律的制约。她们认为只有法律给予男女同等的权利之后，女性才能摆脱压迫，重获自由。因此，她们斗争的范围一般是在政治、法律的上层建筑内。

来自中产阶层家庭的年轻女学生是构成激进主义女性主义的主要力量。激进主义女性主义者们认为父权制造成了大多数的不平等的关系。她们奋斗的目标是消灭父权制，改变社会体制，以推翻男性的统治。在她们看来，只有全体女性团结起来推翻旧有的不公的社会体制，建立起一个男女平等的社会，女性才能从根本上取得解放。因此，激进主义女性主义者们的斗争方式普遍激进。

时至 20 世纪 70 年代，在激进主义女性主义理论的基础上，又形成了一个新的派别——社会主义女性主义。它认为造成女性群体社会地位低下的根源来自资本主义的社会结构和父权制思想；若要解决这种困境，必须通过颠覆各种旧有体制的运动来实现，以最终达到男女地位平等，保护女性这一弱势群体，改善女性群体的生活，使广大女性得到真正的自由。

同在第二次女性运动大潮中，除社会主义女性主义外，还有一个重要派别存在，即马克思主义女性主义。正如恩格斯所说，“妇女解放的第一个先决条件就是一切女性重新回到公共的事业中去；而要达到这一点，又要求消除个体家庭作为社会的经济单位的属性。”马克思主义女性主义主张只有社会主义才能从根本上消灭掉私有制。同时，它认为在家务劳动面前，男女应该是平等的，都应该承担起做家务的责任；而再生产是导致女性群体受剥削、社会地位低下的根源。这个派别对女性运动的诠释都是从马克思主义思想原理出发的。代表人物——凯瑟琳·麦金农（Catharine McKinnon）揭示了男女之间的不平等关系就是压迫和被压迫、剥削和被剥削的关系。她通过人的经济关系和两性关系相对比，把马克思主义思想和女性主义思想有机地结合起来。在当时，麦金农严厉地抨击了强奸法和色情制品的存在，认为它们都是男性压迫女性的产物，是证实了男女不平等的存在。

20 世纪末期，掀起了第三次女性运动的新浪潮。不同前两次的女性运动仅关注和发掘女性问题，这次的女性运动更进步的地方在于其提出了解决女性问题的办法和措施，并且对当时已有的女性主义流派的思想理论进行了论证和比对。

若放眼整个女性主义理论的发展过程，最具影响力、波及范围最广的当属三大女性主义派别。此外，后现代化时代后出现的后现代女性主义对女性主义的发展也起到了重大的作用。后现代女性主义者们一开始就批判和否决了传统女性主义提倡的“男女平等”的论调，她们认为这种主张男女平等的观点实际上是男性思想的延续，无法真正挖掘出女性受压迫的原因。此派别对女性运动主要作出了理论方面的贡献，后现代女性主义认为，所谓的真理、理性和人的观念实际上都是男性社会里的产物，同时男女平等的观念更是属于男性的思想理念，因此男女平等中的理论与实践都无法从根本上改变女性的社会地位。这是因为处在男性社会中，实际上女性的角色都是根据男性所制定的标准发挥作用的。在后现代主义思想理论的基础之上，后现代女性主义意图解构一切社会中男性思想的社会意识，以此保证女性运动的顺利进行。

后现代女性主义的主要思想理论：① 彻底否决了其他女性主义理论，并且认为找寻男女两性之间不平等的根源，就是对男性思想的肯定；② 彻底否定了传统的女性都是受男性压迫的观点，同时否定了男性制度的存在。

二、 波伏娃的女性主义思想

西蒙娜·德·波伏娃（1908—1986），被公认为是 20 世纪最重要的女性之一。波伏娃被誉为女性主义文学界的缔造者，她的理论思想对全世界范围内的女性主义思想和女性主义文学都起到了指引的作用，受到了众多学者的重视与探究。

波伏娃的女性主义思想的核心观念是“女人不是天生的，而是变成的”，这是极具独创性和开拓性的观点。要想研究波伏娃的女性主义文学理论，必然要涉及她的女性主义思想。前者是在后者的基础上发展形成的，二者紧密相连。“女性主义思想在波伏娃的作品中占据着首要地位，而且也将会成为她在法国文学中流芳百世的基本因素。”

波伏娃的女性主义理论和哲学方面的重要论著《第二性》（*Le Deuxième Sexe*，1949）对女性主义的发展起到基石的作用。她的众多作品都涉及妇女的问题。实际上，波伏娃自从20世纪下半叶创作的众多的作品和发表的文章，进一步将她在《第二性》中建立的理论和思想进行完善和发展，使得她的理论更加激进和积极。

（一）波伏娃女性主义思想理论

笔者将对波伏娃的女性主义思想内容从如下三方面进行分析。一是她极力地批判了在父权制社会里所谓的“第二性”的观点。在她的代表作《第二性》中，波伏娃从多个学科领域出发，分析作为社会中“第二性”的女性群体在各个社会历史阶段中的作用。她强调到：是社会历史造就了女性处境，形成了女性特征，而并非天生。二是波伏娃提出了女性价值理论，提出在人类的存在中，男女只是同时存在的两个性别而已，他们都是平等、独立的存在，男人和女人具有一样的能力、一样的潜质。因此，男女应该具有相同的价值。女性群体自身的价值，是每个女性的价值，并不存在先天、普遍或是固定的女性价值。这必须通过每一个女性个体的具体行为来进行衡量。三是在之前两个理论的基础上去寻求女性理想中的生存环境。在人们社会制度观念转换的基础上，去挣脱父权制思想下男性中心主义文化的束缚，并且要克服女性自身的艰难困境，最终实现女性真正意义上的解放，获得自由，实现自我价值。

波伏娃的《第二性》在问世伊始便受到了诸多争议，众说纷纭。到了20世纪的下半叶，第二次女性运动进行得如火如荼，女性主义的文学理论批评才真正地形成和发展起来。至此，人们才重新地认识到《第二性》的价值，女性运动的参与者和拥护者也视其为“专为女性书写的经典”，最终女性主义文学批评也真正成为一个流派而存在。在《第二性》中波伏娃开辟出独立的章节剖析大量男性作家笔下的女性主义，以此表达她对旧有传统女性主义思想意识的反对，并对其加以严厉的抨击和批判。此外，其他看法也分布在各个章节和其他的一些演讲词中，如：在《妇女与创造力》（1966）和《我的作家经历》（1966）中，她分别评论了男性作家书写的女性观念，同时提出自己的女性主义观点，归纳总结了女性作家文学作品中反映出的女性主义特点和自己对于女性作家的希冀及要求等。

评判波伏娃的女性主义文学理论的主要贡献，可以分为如下四点。第一，波伏娃对男性作家的文学创作进行了审视并提出了新的批判标准。虽然她的语言可见其矛盾的思想，但是她对待女性作家及其创作作品和对女性文学的未来发展前景是基本肯定的。波伏娃强烈地批判了传统批评文学给予女作家及其创作作品的贬低，她认为这主要是由于男性文化对女性毒害造成的。第二，她针对五名男性作家文学作品中表现的女性人物进行了深刻的剖析和严厉的抨击。波伏娃意图通过对这些女性形象的批评，从本质上打破男性作家在作品中所创造的虚伪形象，进而为世人揭露男性作家视角下的父权制思想和男性对女性的歧视，大力呼吁女性群体应当用批评式和对抗式的阅读方法发掘其中蕴含的男性中心思想，并对此进行深刻的抨击，只有这样才能维护女性的自身权益、获得自由。第三，波伏娃严厉地批判了父权制社会中男尊女卑的二元对立的意识形态，她反对一切的男女两性对立的观点。第四，波伏娃提倡女性应当超越自我，克服艰辛，拥有文学创作的理想，努力地去创造具有女性主义思想的文学作品。

（二）波伏娃女性文学理论的作用

世人对女性主义文学理论的了解，是通过波伏娃的《第二性》一书得到的。在书中，波伏娃第一次把她的女性主义观点表述出来。她全新的女性主义理论彻底地击垮了传统的男性主义思想，却遭到了一部分女性群体的不赞同和抗议。在20世纪六七十年代的第二次女性运动的发展高潮中，人们才逐步认可了她的女性主义文学理论和女性主义思想，并且认同其对后世的女性主义文学理论的内涵和发展起到了不可或缺的影响。《第二性》中的女性主义思想理论进一步批判了以男性为中心的二元对立观点，同时书中创造出的女性形象研究的批评方法促进了两性和谐目标和超越男女二元对立的创作方法的发展。波伏娃的女性主义理论源自她丰富的生活和社会经历，这使得她的理论更具生命力、广泛被人群认可。

首先，在《第二性》中，波伏娃史无前例地从不同的学科层面对女性历史和现状进行阐述和分析；这是对女性主义批评发展至关重要的一部著作。她所表达的女性观和女性主义文学理论在传统男性中心主义思想统治下的文学界里激起了千层浪，同时她在文学创作中还使用了大量存在主义色彩元素，使得她的创作更加的与众不同。可以说《第二性》所包含的女性观和女性文学批评的方法理论使得它成为女性主义当之无愧的经典著作，同时它所主张的女性主义文学批评方法对后来的女性主义批评者产生了深远的影响，并且影响了此后女性主义文学批评派别的风格和特点。

其次，波伏娃深刻地批判了男性中心话语，这成了当代构成女性主义批评的重要组成部分。《第二性》深刻地抨击了传统男性中心主义社会体制下的男优女劣的腐朽等级制。在菲勒斯话语所表达的传统中，落后的男女二元对立的宗旨给男性和女性之间划定了一道清晰无法逾越的分界线。该时期，波伏娃提出的独具特色的女性主义理论，为后世女性主义者分析在男性主导的社会中男女二元对立及男性中心的思想意识，奠定了坚实的理论基础。她们用无比激进和先锋的思想去批判和颠覆以男性为中心的男性社会和二元对立的思维模式。

再次，波伏娃第一次创造了对女性形象研究的批评方法。正是此批评方法培养了中西方女性主义批评者的思维方式，让广大的女性群体懂得如何对待男性创作出的女性形象，必须从自身的女性视角出发，采取批评式的思考模式去审视，看清其中隐藏的男性意识。以凯特·米勒特（Kate Millett）为代表的女性主义批评者正是在波伏娃的基础之上发展而来的，可见波伏娃的思想被众多女性群体广泛地采纳和使用。

最后，波伏娃为解决男女二元对立提出了她独特的观点，即女性只有在克服了自身的困境、超越了两性的性别对立后，才能创造出伟大的作品。事实上，她的这种想法在一定程度上调和了男女两性的关系，奠定了两性平等与和谐共存的基础。她打破了男女两性二元对立的传统模式，从中抽出男女两性中的优点，进行综合处理，以此来达到女性主义批评的终极目标，即实现理想的双性人格和平等、和谐的男女两性关系。

第二节　女性主义的分类对比

女性主义从诞生之日起，就不断地发展壮大，逐步形成越来越多的派别，不论从纵向还是从横向上，都得到了深远的发展。在女性主义的发展过程中，其不断地与其他的学科相融合，形成了彼此不同的派别：自由主义女性主义、激进主义女性主义、马克思主义女性主义、后现代女性主义、生态女性主义等。不同派别的女性主义力求从不同的视角和层面寻找女性社会地位低下的原因，并寻求女性获得自由的方法。各个女性主义派别的理论不尽相同，不足之处又互相补充。同时它们都一致认为男女两性之间的不平等是可以转变的，还一致反对二分法等。

当今社会，在面对科学这个主题的时候，各个派别的女性主义都会从各自不同的视角和出发点对现代科学发表自己的学说。虽说各个派别的女性主义的观点各不相同，但是她们对待现代科学都保持一致的批评态度。各个学派的女性主义都从性别的角度切入，但是又都有各自不同的侧重点。各个派别的女性主义都从相互独立、不同的角度去看待和分析现在的各个学科中的已有概念，并在此基础之上提出许多与传统的观点与众不同，甚至截然相反的理论。

从广义上来讲，女性主义最早源于古希腊。出生于莱斯波斯岛的一个贵族家庭中的古希腊著名女性诗人萨福（Sapphpo），在岛上创建了女子学校，教导女孩子们书写诗歌，演奏音乐等，传播女性主义思想。欧洲文艺复兴时期，自由平等的口号一直回荡，激发了女性们渴望与男性获得同等权利的愿望。1791年法国革命的著名女性领袖编写了《女性与女性公民权宣言》，这是人类历史上第一部女性宣言，由此女性运动拉开了序幕。19世纪后期，女性运动开始提出男女平等的口号，要求女性与男性有同等的公民权利、政治权利、选举权利，并最终成功地取得了选举权利。这次历时近七十年的女性运动掀起了女性主义的第一次浪潮。20世纪60年代，第二次女性主义浪潮开始，这次的女性主义思潮更加深入，直接指向父权制这一核心思想，追求全面平等。80年代，第三次女性主义浪潮开启，思想更加进步，主张寻求多元化方式以化解两性二元对立，认同两性差异的思想观念。在一浪高过一浪的女性主义浪潮中也出现了不同的声音，各种流派纷纷涌现，其中具有代表性的流派包括激进主义女性主义、自由主义女性主义、生态女性主义、后现代女性主义、马克思主义女性主义等。

一、 自由主义女性主义

在现代自由主义思想理论的基础上，女性主义逐渐衍生出一个重要派别——自由主义女性主义。它打开了女性主义运动的大门，也在此基础上为之后女性主义其他流派的产生和发展奠定了牢固的理论基础。它的核心思想是：女性的从属地位根源于传统的社会习惯和法律规定，这些习惯和规定阻止女性群体进入到公共领域，阻止女性群体取得成功。传统社会上固有的错误观念——女性的智力和体力天生就不如男性，致使女性群体自古至今不被社会承认，并且致使女性群体徘徊在各个学科领域之外。

自由主义女性主义主张的是要平等对待女性和男性，使之拥有平等的受教育机会和公民权利。在科学领域，自由主义女性主义致力于挖掘出阻碍女性群体进入学术领域的理由，给予女性和男性一样得到平等受教育和进入学术领域进行研究的机会。

（一）自由主义女性主义理论的发展历史

1. 从启蒙运动中得到启发

自由主义女性主义发展的基础是西方启蒙运动中“人具有相同的理性潜能”的准则；同时自由主义女性主义者从启蒙运动中吸取了“自由与平等”“天赋人权”等思想理论，逐步发展形成了自由主义女性主义的思想理论。受到启蒙运动的启发后，自由主义女性主义的理论宗旨是每个人（包括男性和女性在内）都应该是平等的、自由的，女性的权利不应该被剥夺，而是应该得到社会的承认和保护的。然而，现实社会中的男女不平等则是由于社会的教育体制和社会大环境造成的。

2. 自由主义思想理论给女性主义带来的影响

自由主义女性主义理论来源于自由主义思想，那么自由主义思想理论就十分重要。自由主义思想追求的是一个公正的社会，在社会中人人都能实现自身的价值。自由主义包含两个派别：古典自由主义和社会福利自由主义。在当代的自由主义女性主义理论中都能找到这两个派别思潮的影子，但是当代的自由主义女性主义者们好像更加倾向于后者。

3. 早期的自由主义女性主义思想

自由主义女性主义思想早在18、19世纪就已经萌发了，当时自由主义女性主义的奋斗目标是为广大妇女争取受教育和参与政治、经济活动的机会，追求男女平等。玛丽·沃尔斯通克拉夫特（Mary Wollstonecraft）在她的重要代表作《女性辩护》中揭示出，当女性受困于家庭便会致使女性失去发展理性一面的机会，只能是将情绪化的一面无限放大。她认为女性只有在接受了和男性同等的教育状况下，女性才能和男性一样具有理性。所以，她极力地呼吁社会给予女性同男性一样的受教育的机会。19世纪的自由主义女性主义的代表人物约翰·斯图尔特·穆勒（John Stuart Mill）也曾为广大的女性同胞能够获得和男性一样的受教育权利而振臂高呼，除此之外她还为女性争取同男性一样的政治权利和经济机会作出了巨大的贡献。

由此可见，自由主义女性主义理论的中心主旨是要为全体的妇女同胞争取和男性一样的机会和权利，这包含了社会中的方方面面，就连科学领域也包含在内。在现代社会里，科技的发展关乎整个社会的发展，自由主义女性主义者们始终致力于发掘和排除阻碍女性进入科学领域的歧视和阻碍，她们明晰女性群体渴望获得同男性一样平等的机会和权利。

（二）自由主义女性主义独特的新科学观

1. 科学学界应该有女性的一席之地

自由主义女性主义者经过观察证实了科学自从其产生便一直是男性的专利，几乎没有能够进入到科学学界的女性存在过，即使是有极少数的女性能够涉足该领域，但是由于性别歧视的存在，她们的所有发展都受到了男高女低的性别歧视的阻碍。而这种不公正的待遇是由于女性没有受到高等教育直接导致的，众多的妇女同胞没有权利和能力迈入科学领域，也剥夺了她们可能存在的科研资质与才能，也导致了女性群体在科学学界中只能是少数族群的角色特点。自由主义女性主义者们主张推翻父权制思想的控制，给予女性群体同等的受教育的权利，允许女性同男性一样进入科学领域的科研活动中，以此改变“坏科学”的现象。

2. 新的科学观描述应是客观、中立的

自由主义女性主义者认为传统科学的内容和方法是有失偏颇的。她们主张对自然界的描述必须是客观和中立的。科学家应该避免自身或是外界因素造成的偏见，并且遵循适当的科学方法，维护科学的客观性。但是在传统科学领域中却是男性占大多数，女性不论从人数上还是地位上都不及男性，男性成为科学学界的发声者，这种科学领域必然是受到了父权制思想的影响，致使应当中性的科学内容与方式偏离了轨道，最终让客观存在的科学变成“坏科学”。而自由主义女性主义对待科学和自然界都秉持了对待科学应有的客观性和中立态度，可以说这恰恰是自由主义女性主义不同于其他派别的女性主义的独特之处。

3. 自由主义女性主义的科学价值观

“自由主义女性主义的科学观昭示了女性主义科学观激进的未来”。该理论认知下的科学价值观是要秉持科学学界的客观原则，并采取适当合理的科学方法论，这对主流科学带来的威胁性比较小，也使得她们的研究成果被主流知识体系所认可。同时社会和政治都大力支持她们所提倡的语言系统和概念框架，她们的这种理论也对社会和科学的发展起到了推波助澜的效用，从而使得女性主义的发

展能够得到各个方面的支持，给予在主流社会中没有话语权和不被信任的女性群体及其科学观“激进的未来”和希望。尽管如此，该理论主张的科学价值观依旧存在着显著的缺陷。

自由主义女性主义科学观仅仅是对“坏科学”提出批评而已，并没有进一步深入地思考科学本身，这根本无法撼动传统科学的认识论，也就显得其批判力度不够强硬，态度又太过温和。自由主义女性主义者主张现代科学的众多女性群体涉足科学领域；然而自由主义女性主义者没有考虑到男女性别差异上的生理不同。自由主义女性主义的评判标准是从男性社会中男性的标准继承过来的，以此来衡量女性，却没有考虑到女性自身的生理特质。那么，从男性为主的科学价值观也不能成为真正的科学，它是具有偏见性的，这与自由主义女性主义一直高唱追求价值中立的科学观是截然不同的，更是相互矛盾的。

二、 激进主义女性主义

激进主义女性主义最早产生于20世纪60年代、它的基本主张是：两性之间男性对女性的压迫和剥削，以及女性社会地位的低下都是人类社会中最古老和最普通的存在形式。著名的激进主义女性主义者舒拉米斯·费尔斯通（Shulamith Firestone）提出：“性别冲突是人类冲突最基本的形式，是其他冲突形式的根源。”其不同于自由主义女性主义的思想理论基础是存在于男性社会体制下的男性价值观和经验，激进主义女性主义的思想理论基础来自女性自身的社会和生活经验，同时受女性群体的积累进一步发展。在科学研究学界中，激进主义女性主义的理论反对当时社会中流行的科学认识论中的许多观点和在某些知识领域中一直应用的思想理论和理论方法。

（一）激进主义女性主义提倡的科学价值观

1. 对社会性别制度的认知

对于女性主义的发展进程来说，20世纪的六七十年代是一个重要的历史阶段，这期间女性主义发展登上了一个全新的台阶。该时期的女性主义思想理论提出了女性群体受到社会歧视、遭到男性压迫的根本原因来自社会性别制度。盖尔·鲁宾（Gayle Rubin）认为社会性别制度是一套安排，社会通过这套安排把生物学意义上的性转变为人类活动的产物。父权制社会行事历来奉行男性气质和女性气质的原则，遵循赋权男人和削弱女人的思想，他们把这套理论建立在男性和女性生理学的一些差异上。父权制社会在实现这个意识形态的过程中，努力地说服自身的文化构成是建立在“自然的”基础之上的；所以，要评判一个人“正常”与否要取决于这个人的性别身份和其行为能力，而这两点又都是由社会意识所规范的，这样就造成了在文化形态和思想意识上把一切都与生理性别联系在了一起。女性群体若要得到彻底的解放必须要完全推翻这一整套社会性别制度才行。

2. 黑格尔（Hegel）对主奴关系的释义

黑格尔认为，站在奴隶视角看到的奴隶主和奴隶关系，与从奴隶主立场出发得出的关系是截然不同的。站在奴隶的立场，奴隶不能被称为完整的人，奴隶是在奴隶主的旨意下行事的。但站在奴隶主生活的立场，奴隶们为了反抗奴隶主经常消极怠工，甚至是集体逃亡，这样看来，奴隶又属于完整的人。换句话说，“阶级不同造成了社会地位的不同，那他们看待社会的视角也会不同，他们的社会地位造就了他们对社会关系的不同看法、立场”。后来，马克思（Marx）、恩格斯（Engels）和卢卡奇（Lukács）将这种见解发展为“无产阶级的立场”理论，并且认为，受压迫的阶级往往会对社会提供更少的扭曲的理解。激进主义女性主义就是受到了该立场思想的极大启发，根据其核心思想，她们认为正是因为女性群体在社会中所处的边缘地位，她们才能够以一个独特的视角去观察和挖掘社会的本质和现实情况。所以说女性群体能够从女性自身经验出发，完善对社会的认知并且能反映社会本质。

（二）激进主义女性主义对传统科学领域理论的抨击

1. 严厉地抨击了传统科学领域中男性为中心的思想存在

在激进主义女性主义的发展过程中，激进主义女性主义者逐渐意识到传统文化中存在的父权制，为世人揭示以男性为中心的社会中存在性别压迫的根本性质。该理论主张在社会中起着主导作用，也致使控制社会政治和各个机构的自始至终是男性，因此社会意识形态定然反映出男性立场，并对女性群体形成压迫。大多数女性主义者证实，由男性占据主导地位的各个机构都能变化成父权制社会重伤女性群体的武器。而激进主义女性主义面对社会科学领域中的种种不公待遇，勇敢挑战科学学界，揭露和批判父权制社会下的科学学界受到男性的主控，失去了客观的科学理论的合法性。在性别的社会意识形态下，科学与男性主导的社会文化共同使得科学权威变得合理，并为社会权利的增加而服务。正是因为科学领域中的绝大多数理论都是男性中心主义推出的，没有考虑到女性群体，甚至反对和排斥女性群体的介入，所以激进主义女性主义才严厉地抨击它。

2. 严厉地抨击了以男性为中心的传统科学所提倡的理论

对待传统科学中一直使用的认识论和方法论，激进主义女性主义采取全面的否定和批判的态度。其大力赞扬女性群体所具备的独特的气质和经验，并且颂扬女性的独到之处，应当对其予以肯定，而不应该否定其存在的价值。譬如女性看重情感的感性可以避免对待生命无情感的理性，但是由男性主宰的传统科学则忽略了女性群体的特质，导致其认识论到方法论的发展不是十分完善且存在着巨大的缺陷。由此可见，若要去除传统科学中的缺陷就要发挥女性经验和特质的作用，同时这也是科学的最高希望。在此基础之上，激进主义女性主义者主张要重新构建传统科学，同时传统科学的构建必须要在女性经验和特质的前提条件下，这样效果会更好。相比较而言，传统科学具有“弱客观性”，而激进主义女性主义提倡的科学更具“强客观性”。

自由主义女性主义是对“坏科学”进行批判；激进主义女性主义是对“传统科学”进行批判。也就是说最早的自由主义女性主义是认同传统科学的客观性的，而激进主义女性主义则质疑科学学界的认识论和方法论。但随着女性主义的不断发展，其对科学的认识与批判也在不断深刻，对传统科学的颠覆性也更加强烈。

3. 激进主义女性主义提倡的科学价值观的重大意义

激进主义女性主义肯定了女性群体的特性和作用，希望能够产生独特的女性主义科学。面对传统科学领域存在的男性中心主义，激进主义女性主义主张两性和谐的客观性，排斥和否定以男性为中心的传统科学，找出其不和谐的根源，推翻传统科学的统治地位。激进主义女性主义最大的贡献是提出和肯定了女性特性和经验的重要性。例如，女人天生热爱生命，这使得女性特有的不同于男性的价值取向，这种特性可以让女性群体在一些科学范畴内获得比男性群体更加好的发展，而科学学界也会因为女性的参与而变得更加全面、更加客观；同时女性不同于男性的价值观和情感重点，也会使得理性的科技增添一抹感性的色彩；女性多是关注科学研究和生产之后带来的情感价值。对这方面加以关注和重视，会更加有利于人和自然的和谐发展，使科学的发展更加全面。

“激进主义女性主义强调女性特质与女性经验在知识增长中的作用，在认识视角上有对女性的立场具有更大的优势，为我们提供了认识上的多元趋向。它提示我们有对客观现象不同的陈述方式，提醒我们除了统一的女性立场外，还存在其他不同的立场。”虽说激进主义女性主义的批判思想更为激烈，批判的意义更加深刻，但是不可否认它还是具有一定的局限性。

激进主义女性主义主张女性在认识上比男性更具有优越性，而这种说法本身就具有一定的问题。若说男性在认知上的局限性是由于其在社会中所处的统治地位导致的，那女性在社会中的被统治地位也同样的具有一定的局限性。同理可证，单独的男性或是女性视角下的科学都不具备客观性。激进主义女性主义在科学价值观上，在否定男性中心主义的同时，又无可避免地犯了倾向于女性中心主义的错误。从整体上看，科学的发展应当是由方方面面的因素决定的。每种因素只能代表一个方面，不能代表全部。因此，激进主义女性主义从女性的视角出发的科学价值观，只是代表了女性的观点，不能称为客观的科学价值观。

总之，在近代理性主义思想的熏染下，激进主义女性主义看待科学的眼光带有一定的批判性。它认为传统科学中客观中立的价值原则是传统的父权制社会中男性为中心的思想产物。女性主义是希望从性别的角度去揭露科学知识生产和科学实践的本质，从深层次去解构科学领域的事实性和合理性，去解构传统科学中话语的权威性。与此同时，女性主义在批判科学的同时，还试图为女性群体树立起一个全新的科学价值观。

女性主义是“由女性既是学科的局内人又是局外人的事实所引发的；而她们身份所带来的矛盾在她们的意识和行动之间产生了决裂；导致了批判性的对话和创造知识的新源泉”。由此可见，女性主义是带着强烈政治和伦理色彩去看待科学领域的，使得女性运动和知识的变革始终纠结在一起。很明显，不论是建立在男性主义还是女性主义基础之上的科学价值观，都带有性别局限性，由此诞生的科学是狭隘的，不客观的，不全面的。基于这个缘由，女性主义提倡的科学价值观也不能彻底地推翻传统科学价值观。即使如此，女性主义科学观的诞生也为人们看待现代科学带来了一个全新的角度，相信随着女性主义的不断发展和完善，其提倡的科学价值观也将不断完善与发展。

三、生态女性主义

（一）生态女性主义的形成和发展

生态女性主义实践最早出现在 20 世纪 60 年代，当时出现了美国妇女反核电站运动与印度的抱树抗议运动等群众性运动。它们的共性是，把女性在日常活动中产生的生态意识和周围的生态自然环境相结合。“相应地，自 20 世纪 70 年代初起生态女性主义作为一个学术术语在世界各地开始出现”。早期的生态女性主义最重要的两个论著分别是由法国的弗朗索瓦兹·德奥波纳（Francoised ’Eaubonne) 撰写的《女性主义还是毁灭》和美国民主社会主义者罗斯玛丽·鲁特尔 (Rosemary Roether) 书写的《新女性、新地球》。70 年代以后，全世界掀起了大范围的群众抗议浪潮，生态女性主义不仅在报刊上，还更深一层地有了自己的学术性论著。其中具有代表性同时影响最广的有《妇女与自然：发自内心处的呼喊》《女性生态学》《失去的绿色伊甸园》等。它们都从不同程度、不同角度叙述了欧洲男性中心社会的男性群体，试图创建一种新的语言，把理性和感性紧密结合起来。

在 80 年代期间，众多生态女性主义作家纷纷出版了女性主义的书籍，并把女性主义理论和生态环境关联起来，着重强调了女性群体在与自然和谐共处的过程中所进行的各式各样的劳动形式。

生态女性主义发展的一个重要的转折点出现在 20 世纪 90 年代初，其严厉批判了压迫性的超国家结构。通过《坚强生存：妇女、生态和发展》和《妇女与斗争》，生态女性主义者先后揭露了世界的新秩序是受西方发达国家控制的，却又不得不受到不发达国家的资源和劳动的支配。生态女性主义者诗娃（Shiva）认为：“生态女性主义的重要使命之一是重新界定社会看待妇女和自然的生产力与活动的态度，因为它在现代社会中的理解与利用是错误的。比如，无论是河流还是森林都只有在有助于国内生产总值增长的情况下才会被认为是有价值的。”1990 年，吉恩·维克尔斯（Jeanne Vickers）和希尔卡·皮提拉（Hilkka Pietila）共同发表了《发挥妇女的作用：联合国扮演的角色》一书，书中深刻地阐述了在全球范围兴起的女性主义思潮普遍存在于世界范围内的各个国家。

同一时期，对世人影响广泛的生态女性主义相关著作相继问世，例如《重构世界：生态女性主义的兴起》和《治愈创伤：生态女性主义的承诺》。《资本主义、社会主义、自然》着重反映出了社会生态学和生态女性主义之间的辩证关系，相应的，该时期的生态女性主义的发展受到了“世界环境和发展大会”的极大推动。英国和美国的妇女杂志分别刊登了有关生态女性主义的文章，为生态女性主义理论的发展提供了巨大的帮助。之后大批量的生态女性主义著作问世，例如《女性主义和自然的统治》和《生态女性主义：妇女、动物和自然》等。

从20世纪90年代中期伊始，生态女性主义者们尝试着从全新的不同的角度，全面深刻分析妇女和自然同时遭受着资本主义制度的统治和压迫。其中著名的论著有《全球化的新战争：种子、水和生命形式》《生态伟人及其品德》《动物与女性：女性主义理论分析》等。

（二）生态女性主义的概念

根据不同的概念，生态女性主义可以分为不同的派别。从狭义的层面来看，生态女性主义主张女性与自然一样受到男性主流的压迫。女性主义环境主义者们强调由于男女在日常生活工作中职责的不同，致使他们对自然资源的兴趣重点也不尽相同。社会女性主义者研究的是男女两个群体的生产活动对社会制度产生的影响。后建构主义的女性主义认为身份认同的概念应当包含环境和性别的概念，这样就可以更加明确地反映出性别、年龄、种族和阶层各个方面的不同。生态女性主义从狭义的层面分析，可以分为两点：第一，“从哲学认识论上说，生态女性主义是一种由人类身体特点决定的或者说是躯体性的（embodied）唯物主义。”从哲学的视角看，生态女性主义是要推翻传统欧洲思想——男性是高于女性、高于自然的最高级别的存在，并且生态女性主义主张只有消除“男性 / 女性 = 自然”的对立之后，女性主义、社会主义和生态学才能够在后殖民时期的对抗中得到理论的支持。生态女性主义理论看重女性自身独具的生育能力。恰恰是女性的这种特质，导致女性对待生命的进程往往是具体和感性的；相反男性对待生命的进程却是抽象和理性的。

女性崇尚的是唯物主义，而男性更偏向于唯心主义的认知论，不得不说这种认知论的形成与人体的生理构造有着必然的联系。在欧洲传统文化的认知里，女性这个特质不被理解，甚至遭到了严重的歧视。举世闻名的黑格尔和马克思就对女性有着严重的偏见和歧视。他们认为女性不具备改变世界的自我意识，同时黑格尔提出女性只是具备了提供生命的本能，没有主动去承担生命危险的主动意识；马克思认为是人类社会中的生产活动促进了人类意识的发展。

在人类历史发展演变的长河中，以男性为中心的社会文化一点点从欧洲辐射到全世界的社会发展中，或者说是“生物能量的性别化的社会建构”在资本主义父权制的时代发展到了顶点。资本主义所崇尚的所有权和商品生产观，严重地伤害到了不发达国家人们的身体权利，并且严重威胁到生物栖息地和它们生存的权利。在不同体制的国家里（例如，发达的资本主义国家），能够享受社会中的各种权利的是男性群体，相反承担社会责任和弥补生态破坏恶果的往往却是女性群体。

生态女性主义者艾瑞尔·萨勒（Ariel Salleh）极力否定以男性为中心的社会文化，“‘厚此薄彼’的两性文化传统：男性体现为1，往往与理性、太阳、能动性、善、光明和秩序等联系在一起；女性则是0，因而是‘缺乏的’‘低等的’和‘不同的’的‘其他’，往往与本能的非理性动物、妖妇、地球母亲、黑暗、邪恶、被动和月亮女神等联系在一起”。这种文化意识自始至终贯穿于西方的宗教信仰和政治哲学中，也成了人们长久以来的强烈的认知和心理定式。但是来自生物学的科学结果一再证实：历史和自然、男性和女性应该属于一个整体，而不是对立的，不认同二元对立主义的存在。

第二，如果站在政治角度看待生态女性主义，那么它从本质上严厉地抨击了资本主义社会的文化和经济。生态女性主义认为地球的生态危机是在父权制社会里起主导作用的男性对自然和女性的统治和压迫造成的，是必然的。“生态危机是一种统治女性和统治自然的文化下的不可避免的结果。”首先，生态女性主义者们对抗的是当代资本主义体制中的以男性为中心的思想文化，她们希望得到妇女主义政治，并不是女性主义政治，即女性主义者在承认女性与男性差异性的前提下进行的政治活动和抗争，她们不再单单追求受到和男性相同的对待。生态女性主义已然超越了女性的阶级、年龄和种族的差异，致力于使全世界范围内把生活重于自由抗争的姊妹（re/sisters）的经历进行选择性的理论化，它把焦点也放在社会再生产上，即女性的声誉活动上。它表达了女性同胞的基本政治意愿。同时，生态女性主义不仅仅追求女性身份政治的体现，而且力图建造全世界范畴通行的、真正的民主。

生态女性主义较之前的女性主义进步的地方在于，它的理论不再局限于人类存在的某个社会体制下，而是完全扩展到了整个地球、自然界中的两性存在。在她看来，父权制社会中男性统治自然的发展关系，会逐渐形成女性的边缘化。

社会主义女性主义和自由主义女性主义都没有把自然和女性放到同一个位

置上讨论研究，防止男性为主体的社会暴露出对女性群体的歧视；看中的是两性之间平等、没有差异的观点。而这种主流的女性主义理论却不被生态女性主义所认同，它认为男性同女性一样都是存在于自然界的。而男性偏离了这个事实，导致了女性成为男性主义下的身份存在。那么，生态女性主义的奋斗目标不是在现有的父权制社会体制下争夺男女两性的平等权，而是力求在全部的地球范畴内实现人类和自然界的可持续发展。

此外，在很多方面，生态女性主义和生态马克思主义对待现行资本主义制度的态度都是一致的，它们都持否定态度，即“妇女在男性和自然之间的传统地位是资本主义的主要矛盾之一，而且很可能是其最根本性的矛盾”。生态女性主义的主要代表人物有罗斯玛丽·鲁特尔、卡罗琳·默昌特（Carolyn Merchant）和玛丽亚·米斯（Maria Mies）等。她们都或多或少地受到了马克思主义思想和恩格斯思想的浸润，即受到资本主义社会制度的各种生产关系的影响。南北方的众多女性同胞不得不离开以土地为本的生活，来到和自然环境脱节的城市中谋求一席之地，但是却受到父权制社会体制的剥削和压迫，变成等同于男性的劳动者，或者更可悲地变成性商品，最终演变成无产阶级的新生力量。

在资本主义社会生产过程中，劳动主体失去了在自然环境中创造性的原始的劳动意义，变成失去思维能力的机器。由此，生态女性主义赞同马克思、恩格斯所论述的人与自然的辩证关系中有关超时代的生态智慧的观点。艾瑞尔·萨勒认为人类与自然的相互作用恰恰证实了生命的存在，主张有效的知识基础应该是可感知的实践。

生态女性主义者普遍认为，马克思主义思想是具有一定约束性的，这是由马克思、恩格斯自身的思想意识所决定的。在马克思看来，人类对自然界的统治是属于线性发展的。人类对自然的统治体现在男性把女性和自然视为物质和资源，这样使得自然失去了其主体性，丧失了它在人类历史进程中的伙伴关系。

其次，马克思、恩格斯并不是十分注重男女平等和女性权利的问题。因此，在马克思、恩格斯的论著中，并没有清晰明了地论述西方社会中“男性 / 女性 = 自然”这一模式。这也变成了之后社会主义理论的首要缺陷：没有明确的性别分析角度。同时在生态女性主义者的眼中，马克思主义理论中存在着大量的“男性 / 女性 = 自然”模式，这必将变成一个不可避免的矛盾冲突，还有可能导致生态社会主义的构建变成泡影。

(三)生态女性主义思想理论内容

在20世纪70年代，随着环境运动和世界范围的妇女运动的互相影响，逐步形成了一个崭新的女性主义思潮——生态女性主义。该理论同时关注女性和自然两个问题，希望能够在这两者间确立某种关系，从而找寻到妇女受压迫的根源及解决办法。"'女性主义和环境保护运动之间有着密切联系'的思想构成了国内学者对生态女性主义核心概念的诠释。"其代表人物有艾瑞尔·萨勒、范达娜·席瓦(Vandana Shiva)、查伦·斯普瑞特奈克(Charlene Spretnak)、凯伦·沃伦(Karen Warren)、玛丽亚·米斯等。

相较于传统的女性主义，生态女性主义的思想和流派呈现出异彩纷呈的属性。但是一般被众人所接纳的观点可以归为以下三点。第一，它主要关注的是受到男性统治和压迫的女性与自然二者之间的关系。绝大多数的生态女性主义者对待女性和自然的关系有着一致的看法，即正是因为女性群体承担着生育下一代的自然活动的任务，女性才更能体现出人类的自然属性，更加贴近自然；同时，相较于男性从事的对自然具有破坏性的劳作，女性在社会中承担的工作性质，更加有利于生态环境的发展，所以说女性与自然之间的关系极具相似性和关联性。正是如此，女性自身具备不同于男性的认知方式，进而更利于变革的发展。第二，它严厉地抨击了父权制和二元对立的思想意识。在西方父权制的历史进程中，男性对女性和自然的统治之间存在历史、政治的关系，人与自然、男与女、社会与文化，众多二元对立的理论思想的根源都是对女性的贬低和鄙视。第三，生态女性主义极力地提倡女性原则，以此来反对男性对女性的压迫。男性对待自然环境和女性的方法是侵略和压迫，而女性却采取关心和保护的方式对待自然。

(四)文学批评中的生态女性主义

生态女性主义在文学批评中的主要论点是主张女性和自然之间存在着天然的紧密关系。一般通过研究分析作品中女性和自然角色、地位和被剥削的原因，以更深层的哲学视角分析父权制所采用的社会等级体系、二元论和统治的逻辑以达到压迫女性和统治自然的目的。因此生态女性主义在文学批评中的价值和意义也就更加清晰明了了。

1. 注重女性和自然之间的关联性

女性与自然之间存在着历史久远的同源关系。早在母神崇拜时期就已经有了这种关系。同时在众多的宗教文化信仰中，虽说女性和自然之间的相互关系和象征意义不尽相同，但均表现出二者都承担着繁衍后代的自然任务的内容。在众多不同的人类文明历史体系中，都会把自然界的可持续存在和发展能力比作母亲繁衍后代的能力。

在文化生态女性主义理论的认知里，母系的原始社会中，人们推崇母亲强大的生命赋予力。社会中是以女性为中心的，女性像自然一样拥有创造生命和生产活动的能力，并且她和自然、土地、动植物之间的密切关系是男性所不能达到的，这便是女性与自然的同源结构的伊始。在精神生态女性主义理论的认知里，自然同母亲和女神一样具备能够让人类获得巨大能量的能力，人们都应对其充满敬畏之心。同时自然对于人类来说亦是神圣的，人是大自然的产物；女性在创造和控制自然的过程中，又表现出她的母性，生态女性主义恰恰就崇尚这种具备了女性精神和价值的生态智慧。

然而，随着人类社会文明的不断发展，科技不断提升，工业化推翻了人们对自然的依赖，人类对待自然的态度由最初的崇尚和敬畏转变为可以随意处置和使用。同时，女性也失去了社会的中心地位，女性的能力被不同的先进科学技术所代替。同时存在于社会中的二元论因素也发生了相应的改变，不再是等级制度，不再是统治逻辑；而是演变成了人类文明对自然、男性对女性，因此社会中的女性中心主义也逐渐地被男性中心主义所代替。男性开始剥削和压迫女性，开始统治和侵略自然界。这种新诞生的关系在现代文学创作中往往会在女性和自然相关的一些具有象征性的语言中得以体现。例如文学作品中经常使用女性词语，诸如“处女地”“强暴”，用来说明自然遭受人类残酷的掠夺。

这种语言互通现象不仅表现出了男性对女性和自然的剥削和压制，还说明了女性和自然的命运是紧密相关的。生态女性主义承载着两个任务：第一，自然界应该是独立存在的，不应该受到人类的统治，人类文明应该是与自然和谐共存的，而不是对立存在的；第二，否决和推翻父权制文化，提高女性的社会地位，达到男女两性和谐共处的目标。显然，这两个任务同时反对的是男性中心主义。男性中心主义主张压迫和忽视女性与自然，将其压至边缘的地位，以此来维护男性在“父权制”社会中各个领域的统治地位。生态女性主义正是要推翻男性对女性和自然的统治，力图把女性和自然有机地结合起来，对“父权制”下的种种压迫和不公进行批判。

2. 批判父权制对女性和自然的压迫、统治

著名哲学生态女性主义者凯伦·沃伦从等级制度、价值二元论和统治逻辑三个方面深刻地说明了正是由于社会中的家长制体系造成了女性和自然陷入受压迫、被统治的困境。首先，等级制度指的是父权制社会中的男尊女卑的不公正的思想观点。同人与自然之间的不平等关系一样，男女两性之间的关系同样是压迫与被压迫的关系。

其次，价值二元论更广泛地总结了各种意义的阴阳对立，其中以人与自然的对立最为突出。然而人类社会的思想体系是遵循人类自身利益而建立的，这就造成了自然和人类对立的结果，自然被人类无情地侵略和统治。

最后，统治逻辑，即父权制下男性对女性和自然的征服和掠夺的发展逻辑。自古以来，父权制的社会中一直沿用着逻辑中心主义的思维模式，即压迫与被压迫。也正是在该理论的基础上，西方文化得以发展，在理性和权利的基础上，构建出了一个所谓的普遍存在的话语体系。在这种社会制度下，与之相背离的都会被看作是不合理的，会受到驱逐，这就是统治逻辑。

凯伦·沃伦挖掘出了统治逻辑对女性等弱势群体和自然的统治合理化的根源。人类是具有自我意识的，并且能够主动地去改变世界，而动植物等自然要素则不具备这个属性，而女性又被视为与自然同等的地位。从道德层面上来言，具备改变世界的主动意识群体就优越于缺乏此种意识的群体。按此论调得出的，人类优于自然，而男性优于女性的结论，也就说明了：人类统治自然、男性压迫女性都是具有合理性的。从这种推论中可以看出各种压迫形成的根本原因在于统治逻辑的存在。

男性对自然的统治、对女性的压迫等，这些不同的二元对立间互相影响，互相加强。鲁枢元认为，沃伦“从哲学的高度，从逻辑的推理中得出男性统治女性与人类统治自然具有同一性”。在生态女性主义的理论模式下，二元对立思维模式下的各种对立实际上都是等级制度的体现，都反映出了各个层面间的等级区别。在以男性为中心的社会文化的影响下，男性与女性、人与自然变得更加互不相容，走向价值链条的两极。父权制的世界观认为女性是以男性为中心的社会附属品，而与女性关系密切的自然则成为男性侵略和统治的对象。因此女性与自然不得不游离于社会的主流中心地带，被排斥到边缘地带，变成了被动的存在，受到了极度的压迫。

生态女性主义文学批评的最终目的在于，消除“压迫性的观念结构”，即建

立在男性中心主义基础上的价值二元论、等级制度和统治逻辑，同时消灭二元对立，达到主客合一。只要推翻了特权观念，这些二元对立的存在就失去了理论依据。由此可见，生态女性主义是建立在坚实的现实基础和深厚的理论依据之上的，同时女性和自然必将结成同盟，拥有共同的立场。

四、后现代女性主义

（一）后现代女性主义的理论根源

后现代女性主义，顾名思义，是后现代主义与女性主义的结合，它受到后现代思潮的影响。雅克·德里达 (Jacques Derrida) 著名的解构主义论述、米歇尔·福柯（Michel Foucault）的权力话语理论、雅克·拉康（Jacques Lacan）的精神分析学说都在共同作用影响着后现代女性主义思想。传统的西方哲学认为，物质与意识、主体与客体、理性与感性、男性与女性都存在着二元对立的关系，而二元对立中总是由一元处于核心位置，占据主要地位；而另一元则是处于边缘地位，占据次要位置。在两性关系中，男性始终占据中心位置，女性无论在政治、社会、家庭中，则永远扮演次要角色，甚至是男性的附属品。

著名的解构主义大师德里达认为二元中心论应该被破除，应打破二元对立的思维模式。如果我们用德里达的理论来看待两性关系，则男性的中心地位应该被消解，相对的女性边缘位置也就不复存在。解构主义更加强调承认二元之间的差异，于边缘发掘中心。米歇尔·福柯的权力话语理论认为话语中有权力关系的存在，话语会赋予事物特定的秩序与意义，也会赋予相应的权力；权力会对话语产生影响，控制话语，话语也会执行权力。所谓真理只是人类创造出来的相对真理，而非绝对的真理。他对西方话语进行分析，对宏观理论提出质疑，他认为宏观理论是基于话语权力基础之上的。法国著名精神分析学家雅克·拉康在对患者进行治疗时发现行为与症状是隐藏于身体中的语言，生理感知本身具备语言特性，语言构成症状，就成为人类痛苦的根源。这一理论的提出对笛卡尔的理论——人类是思考的主体提出了质疑，人类被定义为语言的主体。拉康认为“性”并非天生，此理论为后现代女性主义打破传统男性主义思想提供了有力的理论依据。

（二）后现代女性主义的思想内涵

后现代女性主义吸收了后现代理论的内涵，对传统的二元对立的男性中心思想进行了解构，并对宏观理论体系进行了彻底否定，排斥中心理论思想。另外，根据权力话语理论，后现代女性主义积极创建女性话语权力，提出了多元替代二元以扩展两性平等的内涵。传统女性主义对于两性不平等的根源常常从教育、经济、法律等方面进行剖析，而后现代女性主义则是以德里达的解构主义思想为依托，打破传统二元对立的思维模式，认为正是二元模式造成了两性对立的社会现实。后现代女性主义从否定两性对立思维模式入手意图消解男性中心思想的基础，倡导多元思考方式，否定了宏观理论，认为这一理论过于宽泛，无法反映不同女性个体的需求。福柯的权力话语理论对后现代女性主义的贡献是让人们认识到了男性对女性的压迫源于男性中心话语权——男性话语的霸权，也将研究核心由结构转移到了话语，并指出女性话语会传达出女性真实的生理、心理感受。传统精神分析理论认为，“性”是天生的，女性本就是低于男性的低级性别，男性具有不可替代的统治地位。后现代女性主义则对传统精神分析理论进行了重新审视，查究其偏颇之处。作为法国后现代女性主义三大家之一的露西·伊利格瑞（Luce Irigaray）批判传统精神分析仅从男性视角出发，忽视甚至无视女性的存在。她认为这样的理论会让人觉得失之偏颇，缺乏准确性、全面性。她赞同拉康的精神分析理论，主张通过符号分析学说阐释女性伦理观念。

后现代女性主义吸收了后现代主义思想，并与女性主义思想有机融合，建立了全新的理论体系；主张彻底解构二元对立模式，以多元化的视角思考；建立女性话语权，反对男性话语权的统治地位；颠覆传统精神分析理论，倡导全新的女性伦理意识。

然而作为女性主义思想的核心成分，后现代女性主义思想也具有缺陷与弊端。其忽视了理论与实践一致统一的重要性。在固有的社会制度下过于强调女性话语权，忽视了主体消解会弱化女性地位这一现实，导致本来就处于边缘地位的女性更加无法形成主体意识。和前两次女性主义浪潮相比，后现代女性主义思想更偏重于强调女性的内在差异，尽管更加具有广泛性，却忽视了整体性。由此看来，后现代女性主义尽管传承了传统女性主义思想，深入探讨了两性平等的思想内涵，但也会面临更多全新的挑战。

（三）解构传统二元思维结构

西方传统哲学理论中的二元思维模式是将事物分为主体、客体等完全对立的思维模式。作为解构主义大师的德里达全面颠覆了西方哲学二元对立的传统理论。西方著名哲学家亚里士多德、柏拉图、黑格尔等都是形而上学的逻辑中心主义倡导者、拥护者。两千年来西方一直无人敢质疑这些先哲们的经典理论，而德里达敢于挑战传统，开辟了全新的思维体系。著名的逻辑中心主义是以现实为中心的本体论和以口头语言为中心的语言学的结合体。德里达认为用逻辑中心主义观察、认知事物，必然导致形而上学的二元思维模式——世界是由物质与精神、主体与客体、真实与虚构、男性与女性等二元形态对立的出现。这样以二元模式认知事物的做法并非承认二元差异，而是将二元变置于中心与非中心的位置，产生主次之分，导致中心理论的产生，使得平等共存、彼此促进的关系根本无从谈起。德里达的解构主义学说就是对二元中心论的彻底批判与反思，他认为只有去除中心理论才能真正平等看待二元，才得以将二元置于平等位置。用解构主义学说看待主客体、男女两性等问题，对立关系便失去了理论基础。

后现代女性主义就是用德里达的思想看待男女两性关系，认识到逻辑中心主义依然主宰着现代世界的人类社会。在女性主义者们为女性权利斗争的今天，男性中心主义依旧统治着现代文明社会，男性中心话语权未曾被削弱。然而传统女性主义思想的局限性在于过于从表层挖掘两性不平等的根源，仅仅将其归咎于法律、教育、经济、性别差异等因素的综合作用。后现代女性主义则从根本上摆脱了二元对立的思维定式，彻底解构二元等级的差异性。它通过颠倒两性对立等级，试图从根本上瓦解父权制男性中心制的思维模式，建立全新的良性秩序，反对单一的二元模式，倡导多元模式，将两性关系拉到平等的位置，进而为女性主义的理论和实践提供了有力的依据。

（四）后现代女性主义的理论建构

后现代女性主义从根本上解构了传统女性主义思想的理论观点，建立了全新的思维体系，使得女性主义思想有了全新的理论视角。

首先，后现代女性主义发明了女性话语这一全新理论。解构了逻辑中心主义，这样后现代主义便将理论重心转移，由原来的“结构”转变为了“话语”。德里达认为：“由于中心或本源的缺失，一切都变成了话语。”世界因为缺失本源变成了话语的世界。福柯在人类话语运作的过程中看到了权力的关系。自此，德里达、福柯颠覆传统，为我们创造了一个全新的视角，即话语就是一切，文本就是一切。

话语在事物内部运作，赋予事物内部一定的意义和秩序。实质上是在赋予事物产生意义的权力、组建特定秩序的权力。换句话说，影响控制话语的根本原因便是权力，反言之真正权力的实施是需要靠话语来执行的。福柯认为话语和权力之间彼此依赖，互相作用，不可分割。话语的权力性根深蒂固，原因就在于人类属于社会存在群体，话语作用社会秩序的过程就是它在实施话语自身的权力。福柯提出的权力话语分析理论为女性主义提供了看待现存理论的新视角，并且说明女性主义应如何通过权力话语的深层分析来解析女性在社会中的地位。

后现代女性主义正是采纳了福柯的话语等于权力的理论观点，认为人类社会的父权制就是男性对女性的压制，其根源就是话语——男性占据话语权的统治地位。女性主义的思考方式就是要从肤浅的表面现象转移到话语上，重新建立女性话语体系，进而产生女性权力。后现代女性主义者们提出口号："这个世界用的是男人的话语。男人就是这个世界的话语。""我们所要求的一切可以一言以蔽之，那就是我们自己的声音。""男人以男人的名义讲话；女人以女人的名义讲话。""迄今为止所有的女性主义文字一直是在用男人的语言对女人耳语。""我们必须去发明，否则我们将毁灭。"莱克勒克（Leclerc）认为福柯所倡导的赋予女性权力的女性话语就是一种会让人的身体产生难以置信的愉悦的东西。"我一定要提到这件事，因为只有说到它（身体快乐），新的话语才能诞生，那就是女性的话语。""我要揭露你想掩盖的每一件事，因为对它（身体快乐）的压抑是其他一切压抑的起始。你一直把我们所拥有的一切都变成污物、痛苦、责任、下贱、猥琐和奴役。"由此看出，后现代女性主义者强调身体愉悦的重要性，认为女性话语的构建应该在身体快乐的基础之上，因为身体的愉悦有助于建立女性话语权力。

其次，后现代女性主义推翻了固有二元论提出的认识事物的多元论视角。多元论视角比起传统的二元论视角更加具有多变性、差异性、普遍性。它"既不存在任何单一的、永久的、普遍的、独立于主体和历史或社会情境的客观真理，也不存在稳定可靠的、不涉及个人利益和情感的、超越历史的、中立的知识主体"。其认为只有彻底抛弃固有的认知模式，敢于质疑专家提出的观点，对认知和权力之间关系进行不断探索和批判，才能使女性主义的思维方式获得真正的解放。

后现代女性主义始终在竭尽所能地颠覆传统观点，打破传统束缚，将启蒙认知论中的对世界进行普遍性、本质性叙述的唯一真实转变为了多变性、差异性的全新认知模式。美国著名女性主义理论家、后现代主义思想家朱迪斯·巴特勒（Judith Butler）认为世界上不存在普遍、统一的理论，知识也是由权力决定的话语而不是以客观、普遍的状态存在的。她对后现代主义提出的世界是多元差异的理论给予了充分肯定。就此理论来看，女性主义不是作为传统意义上男性中心主义的对立面而存在的，它可以有更多种存在方式，以反映不同民族、种族、阶级女性的呼声。世界是在不停变化的，也并非普遍相同，各种因素的作用必然导致其差异性。女性主义理论也并非具有普遍通用性，而应承认其差异特殊性的存在，应在多元化建构的社会认知中取消单一的女性与女性气质等概念，把性别作为和民族、种族、阶级等相同的概念来关注。

再次，后现代女性主义扩展了男女平等观念的差异性。传统的男女平等观念认为女性和男性一样，要以男性标准来要求女性，忽视了差异性，并以此作为标准衡量男女平等。这样女性获得的所谓“平等”显然过于绝对化，这种单纯地追求外在表象的平等是不可能实现的，反而会成为男性话语权占据统治地位的表现。而后现代女性主义从认知上做了彻底的改变，认识到男女两性在民族、种族、阶级等方面的差异性是客观存在的，认识到女性和男性在政治、经济、工作、家庭、情感等方面存在不同的心理需求，由此提出了应以全新视角认知男女平等观，进而得以取代传统、抽象的男女平等观。

后现代女性主义者们认为应在承认男女两性个体差异的前提下产生男女平等，而并非将男女两性硬性地以一个统一的标准来衡量，以实现所谓“平等”。这种意义下的“平等”不同于传统中将女性置于男性领域内，以男性标准来衡量女性，谋求“不平等”中的“平等”；而是承认差异，构建女性体系，以女性自身标准来衡量，构成真正意义的“男女平等”。后现代女性主义在承认相似性的相对性及差异性的绝对性基础之上，把差异的范畴扩展到男女两性之间存在生理、心理方面的差异；同时社会、文化方面的差距都被囊括其中；此外还包括了民族、种族、阶级、国家、地区等诸多方面的男女两性差异。

由此看出，后现代女性主义颠覆了传统，在寻求“男女平等”的漫长道路上，将视野放得更加广阔，其采用的方法、途径也更加多元化。与保守、传统的女性主义将男性看作女性对立面的观点不同，后现代女性主义更加开明，倡导男女两性彼此依赖，互助共存，应抛弃男性统治地位，以寻求更加和谐的合作、平等关系。将过往激进的冲突、对抗转化为对话、共识，以达成男女差异的平等、共存模式。

第三节　门罗与加拿大著名女作家阿特伍德的生态女性主义思想对比

艾丽丝·门罗和玛格丽特·阿特伍德（Margaret Atwood）都称得上是加拿大首屈一指的女性文坛巨匠，在对加拿大文学进行研究时，就不可避免地会将二人拿来对比。她们所倡导的女性主义思想可以说是不尽相同的，她们作品中的生态女性主义思想差异尤其明显。

一、生态女性主义概述

听其名，辨其义。生态女性主义是生态主义思想和女性主义思想相结合的产物，这一思想始于 20 世纪 70 年代。该词于 1974 年，由弗朗索瓦·德奥波纳在其著作《女性主义还是毁灭》中提出。她在书中号召女性群体发动一场拯救自然生态环境的变革，倡导男与女、人与自然之间不应是二元对立的，而是应建立起二者共存、和谐、一同发展的新关系。生态女性主义的核心观点是，女性和自然同时受到父权制社会男性的压迫和侵略，因此二者具有同源性、一致性。"生态女性主义的宗旨是解放妇女与自然。围绕自然、女性和发展的主题批判父权制的统治和压迫，倡导人与自然的和谐共生。"

总体来说，作为跨学科的新兴文学批评方法的生态女性主义主要关注两个方面：一方面是探索自然生态与女性之间的联系，另一方面是剖析父权制男性中心思想对自然生态和女性的影响。生态女性主义者们强调女性"自然化"和自然的"女性化"。由此可见，自然与女性越来越密不可分了。这种紧密的关联主要表现在符号、经验及地位三个方面。其中，符号方面的关联最为普遍，例如：我们的家园——地球常常被称作孕育世间万种生灵的伟大母亲；中国的黄河也有"母亲河"之称，"她"养育着世世代代的中华儿女；在古代埃及，人们也将女性繁衍后代比喻为生命的重生、作物的丰收等。经验方面的联系则表现为自然生态和女性在男性中心制统治下所遭受的迫害，男性制社会避免不了以牺牲为代价换取社会的快速发展，而这牺牲便是使环境遭到破坏，使女性受到压制。地位方面的联系最为明显：政治、经济、职场、家庭等各个领域都是男性居于领导统治地位，就连文学作品亦是如此；而女性则往往附属于男性，自然则只是以人类活动的背景或场所的角色出现。

综上所述，女性一直和自然有着密不可分的联系。“当自然遭逢劫掠时，女性也必然受到奴役。解放自然也即是解救女性，反之亦然。”在对男性中心社会进行批判的过程中，生态女性主义者们认为：男性将整个自然界看成了任其随意践踏的猎场，对生态环境肆意破坏；而女性在父权制统治的两性社会中被男性视为可随意宰割的猎物，遭受任意的践踏和蹂躏。女性是时候为了自身，为了保护自然奋起反抗，努力创造人类与自然的和谐。于是，她们开始关注两性社会中的女性地位，被破坏的生存环境严重地阻碍着现代文明社会的快速发展。生态女性主义者的看法是:“对地球一切形式的‘强奸’，已成为一种隐喻，就像以种种借口‘强奸’女性一样”。生态女性主义者严厉批判父权制社会，力图借此实现男女两性、人类与自然依赖彼此，和谐共荣的美好蓝图。

同为女性作家的艾丽丝·门罗与玛格丽特·阿特伍德的绝大部分作品都是以女性为故事的主人公。人物形态各异，其中不乏不甘依赖男性，独立、自强的年轻女孩；初为人妇，不甘沦为家庭主妇的职业女性；面对中年危机、情感危机痛苦挣扎的母亲等等。她们都对现实的生存状态充满了怀疑和不满，要冲破生活的桎梏和枷锁，寻求自由和新生。两位女作家用独到的视角和犀利的笔触塑造了一个个经典的女性形象，表达了生态女性主义的思想。

二、 门罗与阿特伍德的生态女性主义思想比较

和世界其他国家的文学相比，加拿大文学在20世纪60年还处于落后地位。那一时期，作家根本不算是职业，写作自然也不是所谓的工作了。作家们出版自己的小说也是机会渺茫，加拿大的出版业也同样是举步维艰。面对这一现状，作家们只能先从短篇小说写起，于是艾丽丝·门罗便脱颖而出了。她的作品贴合实际，极富生活化，情节细腻，具有明显的现实主义色彩。平静、安宁的加拿大小镇常常作为她故事发生的背景，性格迥异的女主人公们面对不公、欺骗、背叛、压抑等负面现象所展示出的不屈、顽强、倔强等被描写得淋漓尽致。门罗不单单描绘男性统治下社会中女性的不满、挣扎、探索，她对自然环境、天气气候、植物动物等也使用了不少笔墨，体现出她独有的生态女性主义思想。“门罗的写作多数以自身经历或小镇上的真人真事为蓝本，形象逼真，情节、语言深入人心。”与之相比，玛格丽特·阿特伍德的人生似乎更加平坦。她自幼受到身为昆虫学家

的父亲的影响，对大自然有着浓厚的兴趣和独特的情感。儿时和父母在野外短暂生存过，这些经历为她后来的生态女性主义文学创作铺垫了坚实的文学基石。同时阿特伍德对于女性、自然的关系，父权制社会下男性对女性和自然带来的种种伤害都进行了透彻的分析和深刻的思考。“阿特伍德的创作动向俨然成了生态女性主义文学批评理论发展的风向标。”

同为加拿大文学巨匠，门罗与阿特伍德的成长历程却截然不同。相较于阿特伍德平顺的成长过程，门罗的写作成长之路充满了艰辛与坎坷。门罗没有完成大学的学业就已结婚生子，不惑之年才凭借着《快乐影子之舞》正式踏入文坛。而阿特伍德年仅 23 岁就已获得剑桥大学拉德克利夫学院文科硕士学位，还曾两次就读于哈佛大学。27 岁就以作品《循环游戏》获得了加拿大总督文学奖。1969 年，阿特伍德还出版了她的第一部长篇小说《可以吃的女人》，小说一经发行便令她在文学界声名鹊起。

对比二人，虽然心路历程大相径庭，但是她们又有着两个不容忽视的交集：她们的童年都和自然脱不开关系，成年后二人又都曾过有两次婚姻。正是这样的经历使得二人在作品中自然地流露出生态女性主义的色彩。

艾丽丝·门罗的本名是艾丽斯·安·莱德劳，1931 年 7 月 10 日出生于加拿大安大略省西南部休伦县的文海姆小镇。父亲是经营养殖场的牧场主，母亲是一名学校教师。出生在这样一个牧场主家庭，门罗自幼就与动物为伴，从小酷爱读书。然而，幸福的生活就在门罗十岁时因母亲患上了帕金森而戛然而止，门罗从此承担起家庭生活的重担。1949 年她因获得了奖学金才得以进入西安大略大学主修英语，由于家庭贫困为了完成学业她做过很多职业。“因家境贫寒，时年 20 岁的门罗只读完大学二年级的课程，1951 年便辍学结婚，嫁给了詹姆斯·门罗，移居到不列颠哥伦比亚省的温哥华。”在当时的加拿大社会这是非常普遍的现象。婚后的门罗相夫教子，成为一名地道的家庭主妇。在之后的几年时间里，门罗生育了四个女儿。因为她认为有了孩子后自己不能再继续文学创作，所以她在怀孕期间便抓住一切的机会进行写作。由于门罗的种种经历，她的作品最为常见的主题也就集中在婚姻、家庭、生活琐事以及大自然上。1972 年，门罗与第一任丈夫詹姆斯·门罗解除婚姻关系，回到故乡的母校当一位驻校作家。四年之后，她与大学校友杰拉尔德·弗雷姆林开始了第二段婚姻生活。他们在安大略省克林顿小镇附近的一个农场安了家，二人的婚姻一直延续到 2013 年弗雷姆林过世。

门罗的作品无一例外都以加拿大小镇作为背景展开故事，自然不难看出这与门罗的现实生活息息相关，故事中不乏作者对于人生起伏、悲欢离合的思考与探究。“门罗笔触简单朴素，却能细腻地刻画出生活的平淡真实，给人以真挚而深沉的情感。简单的文字带来丰厚的情感，这也恰好显示了文学最本质的能量。”

阿特伍德比门罗年轻八岁，出生于加拿大首都渥太华。父亲是昆虫学家，母亲毕业于多伦多大学。年幼的阿特伍德随着父母移居到多伦多，常年生活在野外。正是从小受到加拿大旷野的熏染，阿特伍德幼小的内心世界逐渐地萌发了生态女性主义的意识，这为加拿大未来民族文学的发展埋下了一颗坚实的种子。

阿特伍德从多伦多大学毕业后，又去了美国马萨诸塞州拉德克利夫学院深造，获得了文学硕士学位，并且曾两次就读于哈佛大学攻读博士学位。

在读博期间，她与美国作家吉姆·波尔克（Jim Polk）结为夫妇。婚后的阿特伍德选择辍学回到多伦多，之后她发表了第一部作品《可以吃的女人》。小说一经问世便让阿特伍德迎来了文学人生的第一个巅峰。在而立之年她也得偿所愿，成为一位真正意义上的全职作家。然而现实生活中，事业的成功却没能挽救她与丈夫日益疏远的情感，最终二人分道扬镳。之后，阿特伍德与小说家格雷姆·吉布森（Graeme Gibson）走到了一起，并生下了女儿。

阿特伍德幼年时期在野外的生活经历与她自身的两次婚姻生活，都使得她的文学作品中不经意地流露出生态女性主义的情怀。她常常将视角投射到当前的生态环境和女性的生存状态上。

这两位女作家都是有思想深度的文坛巨匠，都将自己的亲身经历、所感所悟融入自己的作品之中。经历与情感也成为她们创作的灵感，指引了她们创作的方向。从小就与自然亲近，与动物为伴；面对不幸福的婚姻，勇于冲出婚姻的牢笼，追求内心的幸福，这些都促使了门罗与阿特伍德的生态女性主义思想的形成。两位作家原本截然不同的人生道路因为生态女性主义意识而有了交集。成名之后的她们不遗余力地在作品中表达自己对加拿大社会普通女性，对饱受人类破坏、蹂躏的生态环境的关注和对父权制男性中心主义的批判。

而二人成长和生活经历中的不同，造就了这两位作家截然不同的写作风格。门罗着重对短篇小说的书写，反映的多是偏僻小镇的平凡人物，特别是女性人生的悲欢离合。文章的火候把握十分到位，细腻、质朴、深刻，平凡中见内涵，因此她被人们誉为“当代的契诃夫”。而阿特伍德的作品则是涵盖各个文学体裁，甚至诗歌也囊括其中，这其中她最擅长的还属长篇小说。她也经常将女性作为故事的主人公，挖掘女性心理，从个体窥视整个加拿大社会的发展状态，素有“加拿大文学女王”之称。虽然二者作品的形式各不相同，但都表达了作者生态女性主义的思想内涵。门罗与阿特伍德的早期作品都是以20世纪60年代的加拿大小镇为故事背景，对小镇上形形色色的人物进行深入细致的描写；后期则以当今全球一体化的大环境为背景，紧跟时代步伐，注重频发的生态危机和女性生存环境的改善等一系列主题。

门罗在获诺贝尔文学奖之前，名气远远不如阿特伍德，其在中国的知名度，就更加低得可怜。2013年以前，门罗的众多作品中仅《逃离》有中文译本，还有为数不多的几篇作品和少有的一些访谈而已。《逃离》作为门罗当之无愧的代表作，展现了女性生活中的各种细节和问题，囊括了八个不同女性的故事，主人公们一贯地还是生活在加拿大小镇的普通女性。当代小说中常常忽视的细节在门罗的眼中却极其珍贵。例如：女人们的生活细节，她们眼中的美好风景以及困扰她们生活中的种种不幸。阿特伍德笔下人类的自然消亡，恶劣气候、生存环境所造成的死亡都具有独特的加拿大性，也恰恰表达了她浓烈的生态女性主义的主张。但是小说中的女主人公们仅仅是单纯地想要逃避生活中的无奈，盲目逃离，未能深刻思考造成自身处境的根源，作者以此为读者留下了深入思考的空间。

《逃离》的女主人公卡拉面对冷漠的家人、朋友及无情的丈夫，只想从小动物身上获得些许慰藉，却从未想过造成自己陷入如此痛苦窘境的原因到底是什么，当自己无法承受的时候，她只能选择被动逃避，离开让自己痛苦的一切。在《机缘》《匆匆》《沉寂》里，门罗采用了三部曲的方式讲述了女主人公朱丽叶历经生活磨难，最终获得心灵成长的故事。“小说集《逃离》中的八个故事隐隐被一种气质所统一，主人公的生活经历与情感也有几分近似，八个故事并无隔离之感，整篇浑然一体。”这种隐约的气质就是女性和自然所饱受的男性中心主义的压迫。曾经有位中国的女读者给门罗致信道：“你的小说世界中充满了渴望与激情，但我却感到它被一种隐约的绝望感所笼罩。”这种“绝望”是卡拉想要逃出婚姻的枷锁，但是最终又不得不回到牢笼中的一种悲哀。“她像是肺里什么地方扎进去了一根致命的针，浅一些呼吸时可以不感到疼。可是每当她需要深深吸进去一口气时，她便能觉出那根针依然存在。”这段描述表达了卡拉在“逃离”失败后产生的心灵创伤。门罗借此表达了加拿大社会仍然处于男性主义统治之下，女性仍然没有同男性一样的平等地位，仍然处于边缘化位置的女性去挑战男性主义社会的斗争还在延续。

门罗的作品多以她生活过的安大略省西南小镇为写作背景，她深入人物内心，以极其细腻的笔触描写最为朴实的人物、最为真实的生活。她是个天生的作家，总是会留意别人无法察觉的细节，关注身边女性的一点一滴、一言一行。她会从身为女性的自己和离自己最近的母亲身上寻找创作灵感，记录下生活中的点点滴滴、酸甜苦辣，将女人一生各个阶段的心路历程完整记载。她作品的主题几乎都离不开憎恨、友谊、追求、爱情、婚姻，这恰巧和她2001年出版的小说集《憎恨、友谊、追求、爱情、婚姻》一致。

2012年门罗发表的《亲爱的生活》依旧延续了她以往的风格，即利用短小篇幅讲述平凡故事，描写人生。这部作品相比之前的创作，情节更加引人入胜，人物更为鲜明，文笔更为精湛。富家女与已婚律师的相恋，惊心动魄的绑架，年轻士兵回乡寻找未婚妻却在途中偶遇另一名女子并坠入爱河等扣人心弦的故事都在作品中出现。这些在门罗笔下诞生的平凡小人物，在波澜不惊的人生旅途中被各种不幸困住，导致平淡的生活不再平静，每人随着命运的转变不断地改变自身想法。门罗的文学创作最吸引人眼球的地方在于她所创作的主人公都让读者有似曾相识之感，仿佛就是身边的某人，发生的故事也让读者能在自己身上找到些许影子，读后能够引发深入的思考，挖掘作者想要表达的有关两性、人类与自然和谐共存的生态女性主义意识。

对比门罗，阿特伍德的作品更为多样，内容也不拘一格。她的多部长篇小说都蕴含了作者深刻的生态女性主义思想，特别是《可以吃的女人》和《使女的故事》即表明了阿特伍德的文学创作方向，同时也引领着当时生态女性主义思想理论的发展。这两部小说的故事背景虽不同，却都在表达作者对女性生存环境、自然环境的关注，描写了女性面对困境的无奈、彷徨，以及她们所选择的不同处理方式。在男性主义统治的社会中，阿特伍德赋予了女性思考自身处境的智慧和坚韧不拔的反抗男性主义社会的力量。例如，“在《可以吃的女人》中，玛丽安为了抗拒成为未婚夫彼得的附属品的命运，先是抵制食物；后来在经历几次逃跑之后，选择了正视压力，在将亲手烤制代替自身的女人形状蛋糕献给彼得后，与其解除了婚约，从此厌食症也好了起来。”

门罗与阿特伍德所关注的焦点虽然各有侧重，写作风格也各具特色，但是其字里行间所蕴含的生态女性主义思想却尤为鲜明、一致。自1950年以来，她们不约而同地注意到了女性倍受压迫的社会边缘地位和地球环境的恶化，先后为生态女性主义的发展贡献力量。同时，作为加拿大文学界的重要人物，门罗作品中的主角起初多倾向于是年轻女性，她讲述她们在婚姻、爱情、家庭等方面的困扰、无助；后来，伴随年龄增长，门罗又将侧重点转向中年女性所遭遇的情感、家庭危机等问题，在平凡琐碎的生活中，这些主人公们寻求着生存的方式，试图摆脱对生活的无奈和内心的挣扎。而阿特伍德的创作重心在其半个世纪的写作生涯中有着巨大的转变。“从《可以吃的女人》中描写敢于反抗男性主义社会婚姻压迫的白领女孩玛丽安，到《羚羊与秧鸡》中遭受科技过度发展、被不良社会风气毁掉的弱者女孩羚羊”，阿特伍德的创作从关注个体家庭中女性的悲惨遭遇，转向了对科技高度发达的担忧，日益恶化的环境、边缘化女性的生存问题也都成为其深刻思考的主题。进入21世纪，阿特伍德的作品充满了对人类未来以及女性生存状态的担忧，这也恰恰反映了新世纪生态女性主义理论的发展态势。

总而言之，加拿大文坛代表人物——艾丽丝·门罗和玛格丽特·阿特伍德从开始文学创作以来，一直保持着顺应时代发展的创新意识，创作主题不断变化、深入，却始终把女性、生态作为关注焦点。她们在加拿大文学界起着举足轻重的作用，她们的女性思想也影响着生态女性主义文学的发展。对于两位加拿大文坛女性巨匠的对比研究也将帮助我们更好地研究加拿大文学，特别是加拿大女性文学。她们用自己特有的方式倡导生态女性主义思想，她们所表达的对未来两性平等共荣、人类与自然和谐发展的美好愿望也必将引来世界文学界更多关注的目光。

第三章　加拿大文学

第一节　加拿大文学的历史

加拿大地处北美洲，其海岸线长约 24 万千米，是世界上海岸线最长的国家，其国境边界长达 8 892 千米，为全世界最长且不设防疆界线。加拿大的国土面积约 9 984 670 平方千米，是世界上面积仅次于俄罗斯的第二大国家，地广人稀。

加拿大是世界上最发达的资本主义国家之一，然而具有讽刺意味的是，这样如此强大的国家却很难在世界文学史中找到它的踪迹。翻遍我国出版的《外国文学史》《欧美文学史》等书籍，几乎无法找到加拿大文学的部分，甚至于加拿大的一些重要作家及作品都未曾提及。我们不禁要问，加拿大这个国家是否有自己的文学？如果有，它不同于其他国家的文学特征是什么？任何一个国家的文学都与政治、经济、文化、地域、风俗、民族不无关系，加拿大文学和这些因素的关系又是怎样的？研究加拿大民族是否有其本民族的文学还要看加拿大的文学发展历史，从中得到加拿大文学发展的脉络。

加拿大，东北隔巴芬湾与格陵兰岛相望，西北与美国的阿拉斯加接壤，南接美国，东临大西洋，西濒太平洋，北接北冰洋。1867 年 2 月，英国议会正式通过了《不列颠北美法案》。魁北克、安大略、新斯科舍、新不伦瑞克四省联合成立了统一的联邦国家——加拿大，首都定为渥太华，国庆日为每年的 7 月 1 日，自此加拿大宣布成为独立国家。加拿大文学从此初见雏形，后逐步发展形成规模。

加拿大是个移民国家，最初的移民主要来自英、法两国。近百年来，加拿大的移民越来越多元化，其移民遍及世界各地，大部分居民来自英国、法国、意大利、日本、中国等国家，在其境内形成了不同民族的聚居区域，并保持着原有的语言和民俗。正是因为这个原因，加拿大文学具有多元化的特点。加拿大国土辽阔，东部为大西洋的海岛，海岸线绵长曲折；中部是盛产粮食的草原区；西面濒临太平洋，气候较为温暖。安大略省处于圣劳伦斯河流域的上游，而魁北克省则位于河流下游。不同的民族、差异巨大的地理环境构成了异彩纷呈的加拿大文化。加拿大文学自然也无法统一风格。

加拿大与同是移民国家的美国有着巨大的差异。美国是全世界公认的多民族大熔炉，但美国的各个民族已彼此交融，文化融合，移民民族的特色早已磨灭殆尽。加拿大则与美国恰恰相反，其移民民族都保留着自身独有的特色，彼此独立且彼此尊重。正是因为加拿大文化的多元化，使得加拿大文学创作具有多种风格、别具特色。

从语言来看，众所周知，英语和法语是加拿大的官方语言，加拿大文学也是分为英语文学和法语文学两大文学体系，这两个体系彼此相互独立。伏尔泰曾经在《论史诗》一书中谈及英、法两国的差异："对于英国人来说，他们更加讲究作品的力量、活力和雄浑，他们爱讽喻明喻甚于一切。法国人则具有明彻、严密和幽雅的风格。他们没有英国人的力量，也没有意大利人的柔和。前者在他们看来显得凶猛粗暴，后者在他们看来又未免缺乏须眉气概。"这些不同我们都可以在加拿大文学中的英语文学和法语文学中找到端倪，二者也似乎没有任何融合的迹象。虽然加拿大的官方语言为英语和法语，但实际上在加拿大德语、瑞典语、乌克兰语、意大利语、冰岛语等小语种一并存在，同时也有着它们各自的文学作品及发行刊物。

加拿大文学虽然具有民族特色，但是其发展相对其他国家的文学还是较为缓慢的。加拿大的发展史中并没有出现过像英国、法国、美国、中国等国家文豪涌现的高潮。这也是由于加拿大的特殊国情决定的。加拿大属于新兴国家，经济飞速发展使其一跃成为发达国家，但是经济建设的发展却未能使加拿大文学也与其经济的发展速度相当。一个国家，其文学的发展虽然离不开伟大的作家，但是也不能全权依赖于作家。文化与经济是相互依赖、互相影响的。文学艺术等精神层面也应该与经济共同发展，不能因为注重经济发展而忽视文化艺术等精神层面的进步。法国著名的文艺理论家、史学家，被称为"批评家心目中的拿破仑"的伊波利特·阿道尔夫·丹纳（Hippolyte Adolphe Taine）在其论著《艺术哲学》中说过："作品的产生取决于时代精神周围的风俗。"丹纳提出了植物需要自然的气候方能生长，文学亦是如此，需要精神的气候使文学得以成长发展。这种精神的气候指的正是风俗习惯及时代精神，它与自然气候起着相同的作用，它滋养着文学艺术等精神层面的发展。我们可以以丹纳的这个理论作为依据去研究加拿大文学。文学的发展永远脱离不了国家的经济基础，经济和文学的发展也会有发展不够平衡的情况存在，但这种现象还是极少的。

二战以前，加拿大经济落后，人民生活艰苦，发展文化事业更是无所谈起。此时的加拿大没有一位靠写作谋生的作家。加拿大的出版界一直处于低迷萎缩的状态，很多城市乡镇连一家书店都没有。即使找到书店，所能找到的绝大部分文学作品也是国外作家出版的。黯淡的加拿大出版业使得加拿大本土作家不得不从事其他行业以谋求生存。作家们遍布各行各业，有的经商，有的在公司工作，为了温饱，他们无暇顾及自己的创作，这对于加拿大文学创作而言，无疑是雪上加霜，使之长期处于恶性循环的状态。当时巨大的经济压力导致加拿大大批的作家移民海外，此后这些作家的作品也因为作者本人的背井离乡而失去了加拿大民族特有的生机与活力。一些作家看到自己被认定为英美作家时，作品销路会更好，便想要改变身份挤入英美作家行列，却导致画虎不成反类犬。为了趋附于英美读者的喜好，他们作品中的加拿大特色也被抹杀殆尽了。

不可否认的是，语言和地理位置也是形成加拿大文学必不可少的“气候”。加拿大的国情尤为特殊。英、法两种语言在加拿大并存，讲法语的人占据加拿大人口的三分之一，这些法籍加拿大人的民族意识尤其强烈，他们只看法语的文学作品，甚至都不翻阅英语的文学作品，就更不必说其他小语种的文学作品。而加拿大的英语文学作品很少会被翻译成法语，这样作品的阅读者自然也会减少很多。因为英语是世界通用的语言，所以加拿大的英语文学还不断受到英美文学的冲击，英籍加拿大人对英美文学更加感兴趣，更乐于去阅读英美作家的作品，这一系列问题对加拿大文学的发展无疑是种种重创。加拿大出版商也出版了大量英美文学作品，他们摇身一变成了英美文学的代理人，而对本土的加拿大文学作品置之不理，书店中也鲜有加拿大文学作品的身影，这样的情况更令加拿大文学创作雪上加霜。这种“奇特的现象”在其他国家几乎很少出现。绝大部分国家的本国文学一定会因为本国人民的支持而得到更有利的发展，而加拿大文学却是个“特例”。本土文学得不到发展也是由于加拿大文学和英美文学相比较时缺少竞争力，只能处于尴尬的境地。加拿大的地理位置也是其文学得不到长足发展的又一因素。加拿大人口几乎都集中于与美国交界的地带，与美国的亲密程度有时会出乎意料地超过这个移民为主的新兴民族本身的亲密程度。加拿大出版业的中心在多伦多，但温哥华却成了加拿大出版商的云集之处，这种地理距离就导致了出版商到美国采购图书比到多伦多更为便利，美国文学由于此地理位置的优势，也就得以控制加拿大文学市场。

除了以上的重要因素之外，我们还要特别指出一些内在因素，即加拿大民族精神、民族心理以及宗教信仰，毕竟精神意识因素对于文学艺术创作的发展会起到更为重要的作用。从加拿大的历史看，加拿大长期受到英、法两国的殖民统治，经济落后使得很多加拿大人都具有殖民文化心理，他们自暴自弃，认为单靠自身的力量无法发展好自己的国家，只能依附于英、法等国。他们对于自己的文学也不乏一些自卑心理，认为加拿大的一切都属“第二”。很多侨居加拿大的英籍人也都会在死后将自己埋葬回英国，还有很多加拿大人认为移居美国是自己成功的必由之路。这种殖民文化心理使得加拿大人缺少一种自立自强的创新能力，其文学作品的欣赏目光也便转移到了国外的景色，而非加拿大本土的秀丽风光。具有殖民文化心理的加拿大人的读书爱好从很大程度上也影响到了作家们的创作方向，导致很多加拿大文学家只能心猿意马，身在加拿大却要创作一些国外风光与生活的作品。这种殖民文化心理也曾一度被加拿大文学家所不齿，他们提出文学创作要摆脱英美文学的阴影，建立具有加拿大特色的文学，将文学创作重心转向关注本民族，努力反映加拿大人民的呼吁和心声。但是比较悲哀的是这种呼声太过微弱，无法引起加拿大人民的重视，甚至遭到了公开的反对。这些都减缓了加拿大文学发展的速度。这一时期的加拿大难以产生表达本民族心声的作品。此外，加拿大人还培养了一种“西部精神”，这是另外一股阻止加拿大文学发展的力量。这种所谓的“西部精神”推崇的是身居“世外桃源”的环境，与世隔绝，不问世事。在这种精神的驱使下，文学创作只是闲来无事的消遣，可有可无。只有迅速创造经济财富的产业才是人们所追求的，无法满足人们生活需求的文学创作是无用的。在他们的心中，物质需求远远高过精神需求。文学创作仅仅是精神产品，无法像生产劳动那样产生成果。他们认为文学创作只是做一种无用功，对社会发展毫无贡献可言。这种偏向实用主义的“西部精神”重物质、轻精神，导致了加拿大文学创作的滞后。

在加拿大文学发展过程中，不容忽视的还有宗教的力量。它对于加拿大文学的发展也造成了巨大的阻碍。加拿大的清教徒力量十分强大，不管是加拿大的法语文学还是英语文学都对清教徒唯恐避之不及，作家们无论是塑造人物，还是描写故事都会极力避开清教徒所涉及的宗教意识，更不要说想要酣畅淋漓地表达自己的思想了。在这种受限的条件下，作家们的创造性必然受到束缚，他们很难按照自己的意愿去畅快地表达自己的心声。而且，在加拿大历史上，清教徒的地位从未被动摇过，加拿大文学史上也没有一位作家敢与之抗衡。清教徒的思想与柏拉图的思想有着相似之处——对艺术、文学的价值嗤之以鼻，不承认文学、艺术给人类带来的无形的巨大力量。清教徒认为文学只不过是闲人写写文章供世人休闲娱乐的手段，不需要有什么思想内涵，这完全忽视了文学、艺术给人类带来的思考与启迪。在清教徒的意识中，文学作品中的理想生活都是不可取的，只有回到现实的生活才是正确的。对于真实生活的不满、抱怨或者追求更加美好的未来都是不道德、不可取的。清心寡欲的生活是他们信仰的教义。在这种宗教力量盛行的加拿大，文学没有发展的土壤，还经常被打压，就导致了加拿大文学的发展陷入了尴尬局面，阻碍了加拿大文学的长足发展。

虽然加拿大文学的历史并不长，发展也相对缓慢，但是其发展脉络却十分清晰。按照文学作品所表现的主体意识，加拿大文学发展的历史可以分为三个阶段。

第一个阶段是加拿大自治领地成立到第一次世界大战期间。在这一时期得到繁荣发展的是加拿大诗歌，包括抒情诗、叙事诗、民谣、十四行诗等。小说在这个阶段也渐渐兴盛起来。无论是小说还是诗歌，都具有浓厚的乡土气息，多以描写风土人情为主。加拿大美丽的森林、山脉、草场、海岸以及寒冷的天气、多变的自然风光都成为诗人、小说家们的挚爱。加拿大移民和土著民勇往直前、开拓自然的大无畏精神也成为这一时期作家们写作的主题。18 世纪中叶，英国杰出的散文家、诗人和戏剧家奥利弗·哥尔德斯密斯（Oliver Goldsmith）所创作的《新村》就描写了欧洲移民刚到达加拿大在新斯科舍省开拓新兴垦荒区的故事。这些来自欧洲的移民横渡大西洋来到加拿大这片人迹罕至的土地上，充分发挥着勇于开拓的精神，他们披荆斩棘，战胜恶劣的自然环境，一步步将杳无人烟的原始森林变成兴盛的村庄。各行各业的人们用生活的热情过着充实快乐的生活。这部作品情节感人，歌颂了加拿大初期移民的开拓精神。引起我们注意的是，在 50 年前哥尔德斯密斯曾经写过《荒村》，它虽然和《新村》一样都是叙事诗体裁，但内容截然不同。《荒村》描写了英国圈地运动给农民带来的沉重灾难，整首诗氛围沉重、阴暗。移民加拿大之后，哥尔德斯密斯改变了作品的基调。他虽然套用了之前《荒村》的韵律，但受到了加拿大新移民开荒精神的鼓舞和感染，基调与之前相比发生了彻底的改变，转而歌颂人们勇往直前、勇于开拓的移民精神。这种顽强开拓、不屈不挠的移民精神成为这一阶段加拿大文学的主旋律。与之相应的还有亚历山大·麦克拉克伦（Alexander Mclachlan）写的《崛起的人》。这首诗描写了一位普通的劳动者，他拥有着这一时期作家们、诗人们所歌颂的勇于开拓、勇于创新、顽强奋斗的新移民精神。他用不畏困难的勇气将丛林建成一个个繁华的村庄。他不单单是个勤劳勇敢的劳动者，更是一位出类拔萃的政治家。作品中，作者尽情展现了对加拿大开荒者的崇敬之情。这一时期，还有一批加拿大文学家以加拿大秀美风光为主题进行写作，歌颂了加拿大富饶的土地、美丽的山川河流。凯瑟琳·帕尔·特雷尔（Catherine Parr Terrell）用其所特有的女性视角创作的《加拿大的丛林区》将读者带入大自然的神秘意境。加拿大著名诗人、短篇小说家查尔斯·罗伯茨（Charles Roberts）以描写东部渔村和多伦多农村景象的抒情诗见长，其作品抒发了爱国之情，对景色的描写也分外细腻。阿奇博尔德·兰普曼（Archibald Lampman）的代表作《酷热》则将读者带入了一幅惟妙惟肖、充满诗情画意的山水画之中。这些作品都代表着加拿大文学在第一个发展时期的主旋律，表面上是以写景为主题，实则是对加拿大人的勇往直前、开拓进取进行歌颂。人们不畏艰难、勇于开拓的精神在作品中得以彰显。人与自然融为一体，人类在与自然搏斗的过程中也找到了真正的“自我”，体现了人类的价值。无论是歌颂新移民的勇敢坚韧，还是描绘加拿大秀丽的自然风光，都体现了这一阶段加拿大文学的主题是人与自然的关系。

第二个阶段是两次世界大战之间。19 世纪 20 年代末 30 年代初，波及整个资本主义世界的经济危机爆发了，经济状况每况愈下。此次经济危机首先由美国的纽约股票交易所爆发，后开始蔓延除苏联以外的全世界。随着股票下跌，银行纷纷倒闭，工厂破产，工人大规模失业，这次危机成为资本主义经济世界有史以来规模最大、持续时间最长、影响最为深远的一次经济危机。经济危机期间，资本主义世界生产极度过剩，工业产量大幅度下降，各个国家经济纷纷倒退。企业大批破产，工人失业率大幅上升，经济损失远远超过一战造成的经济损失。世界商品市场加速萎缩，货币秩序遭到前所未有的破坏，金本位制崩溃，统一的资本主义世界货币体系被瓦解。这次经济危机表明资本主义生产关系已经不再适应高度发达的生产力，是生产力与生产关系的不适应造成了这次的经济危机。国家之间及国家与殖民地、半殖民地之间由经济引发的矛盾不断激化，造成私人垄断资本主义向国家垄断资本主义进一步发展。由于加拿大经济是殖民地经济，对于英、美等国依赖性极强，国民收入很大程度都来源于出口，因此在此次经济危机中也遭受了巨大的损失。由于世界贸易趋于大幅减少，商品价格下跌严重，国外商品需求量锐减，所有这些都在影响着加拿大经济，随之造成加拿大人民生活水平下跌，社会矛盾也随着经济恶化而不断激化。这一时期，加拿大的文学家们敏锐地洞察着社会，目睹贫富悬殊的社会矛盾、资本家与工人的阶级矛盾，肩负起了揭露资本主义丑恶面目的重任，他们用犀利的笔触揭示了社会中的各种尖锐矛盾。自此加拿大文学进入了崭新的阶段，从第一阶段对自然风光和对勤劳勇敢的人民的歌颂转变为揭露社会阴暗面的现实主义批判。加拿大曾有“美有马克·吐温，加有里柯克”之说。这体现出斯蒂芬·里柯克（Stephen Leacock）在加拿大文学中的地位。《小镇艳阳录》是斯蒂芬·里柯克的一部代表作品。小说中描写了一位普通理发师在矿业、地产等投机买卖中大发特发，之后不断亏空，最后破产的故事。作者用其幽默的语言深刻揭露了资本主义社会的肮脏与丑恶，资本家疯狂敛财，不顾工人死活，造成了贫富差距悬殊等多种社会矛盾。作家们总是希望自己的作品能够给人以启迪，引发人们深刻的思考，促进人们思想的进步，以推动整个人类社会的进步。邓肯·坎贝尔·斯科特（Duncan Campell Scott）的诗作《被遗弃的人》描写了一位母亲为了自己的儿子能够活命宁愿割肉作为鱼饵来钓鱼养活自己的儿子，但儿子长大成为族长之后却无情地抛弃了自己的母亲。作者利用这种人世间最为亲密的母子关系影射了资本主义社会中人与人之间的利用关系。如此冷酷无情的事情竟然发生在最亲密的母子之间，这更能引发读者对资本主义社会丑恶阴暗面的思考。这一时期的很多作品都通过不同体裁在不同程度上勾勒了社会各个阶层的生存状态及当时的阶级矛盾，加拿大文学家们已经从初期与大自然抗衡展现人类顽强品格的积极乐观的主题转移到了现实主义主题。经济的倒退、生活的窘困、阶级矛盾的日益加剧成为加拿大文学发展历史第二阶段的主题，文学家们已经开始思索社会、经济、阶级等人类社会发展的问题。

第三个阶段是二战以后到现在。这一时期的加拿大摆脱了经济的低迷，开始进入恢复发展期。这一时期，加拿大进入现代化发展阶段，经济逐步繁荣，各行各业也逐渐恢复兴盛起来。从前陈旧、落后的户外工作已经被现代化的大机器生产所取代，加拿大的劳动者已经不再是原始的拓荒者和新移民，而担任了企业家、农场主等现代文明社会的新兴职业角色。加拿大人逐渐步入现代社会，物质文明也得到了极大发展，唯一没有改变的就是社会矛盾仍然存在且日益尖锐。由加拿大社会主义运动的创始人之一弗朗西斯·雷金纳德·斯科特（Francis Reginald Scott）所著的《社会札记》就揭示了高度发达的现代工业文明带来的一触即发的阶级矛盾，这种严重的贫富差距造成阶级矛盾的不断升级恶化。高楼林立的繁华都市中，到处是为生活奔波，过着贫困生活的劳苦大众，他们日夜辛勤工作却得不到与其付出同等的所得，他们创造的大量财富却被掌握在少数资本家手中，劳资冲突一直存在。休·加纳（Hugn Garner）就将其作品《坎坷路》的背景设置在了加拿大最大的“白人贫民窟”——多伦多的卡比奇区，书中深刻揭露了被剥削阶级的悲惨生活。这一阶段的加拿大文学和第二阶段相比更加深刻、尖锐，也更加侧重于描写人物内心的矛盾与冲突。在这一时期，作家们对人物的塑造不再是只着重描写外在，而是更加侧重于对人物内心的刻画，作品也不再只是细节的堆砌，而是变为对心灵的剖析。深入探索人的内心世界成为此阶段加拿大文学家们更加重视的主题。这种趋势延续至今，且愈发明显。当代著名的加拿大女作家玛格丽特·劳伦斯（Margaret Laurence）在其创作的《石头天使》中就对海格·史伯丽太太的内心世界做了深入的分析和探究。她的固执无人理解，她不愿意和其他人沟通，这些都造成她内心的孤僻。得不到理解使得海格人际关系很差，长期处于孤立状态。但她并未因为他人而改变自己，仍然按照自己的方式行事，坚持自己的主见，做自己认为正确的事情。她骨子里和她父亲一样，不服输，喜欢和别人对着干，也正是这种不讨人喜欢的性格使她一生孤独、坎坷。虽然人际关系不尽如人意，但是她却活得很自在、充实，内心世界永远平衡着她的外部世界。拥有这种自信、不依赖于男性有着独立性格的女性人物——海格·史伯丽太太成为加拿大文学史上的经典。她的形象也成了加拿大女性所向往的当代女性的模板。《石头天使》在加拿大文学史上是一部里程碑式的作品，它开辟了加拿大女性作家探索现代女性生存方式的道路。《石头天使》作为探索新女性主义的作品，塑造的形象有些过于偏执、顽固。另一位加拿大当代女性作家、诺贝尔文学奖获得者艾丽丝·门罗对当代女性的内心世界则进行了更多元化的探索。她在《我怎样遇到了我的丈夫》中塑造了一位年轻、单纯的女性形象，她对爱情、对生活的追求使其心理产生变化。门罗成功地刻画了一位少女由浪漫转为现实的心路历程，内容虽然平淡，但人物的内心变化却被门罗刻画得入木三分。门罗创作手法为加拿大文学开辟了新路，她的作品相比以往的文学作品有极大的反差。与之前相比，这一时期的加拿大文学开始更加注重挖掘人物内心的更深的层次，不再是以往的非黑即白，非善即恶了。人性的复杂化成为这一时期加拿大文学关注的主题。达到这一层次也预示着加拿大文学已经迈向了新的高度、达到了更高的水平——由人与社会的关系转入了复杂的人的内心世界。

三个不同发展时期的加拿大文学，不单证明了加拿大文学的存在，也说明了加拿大文学同样具有鲜明的特征。加拿大独特的地理、历史、经济、文化等因素，使得加拿大文学有着不同的变化和发展，其发展轨迹也和加拿大社会同步，反映出加拿大人们特有的生存方式和心理变化。加拿大著名文学家德斯蒙德·佩西（Desmond Pacey）就在《加拿大的文学创作》中提到“加拿大文学发展的每个阶段，都是加拿大社会、政治和地理环境的感应”。

在加拿大成为统一的联邦国家时，国家刚刚独立，加拿大当地居民和新移民还处于建立新兴国家的兴奋期。人类与大自然奋力搏斗，展示出了人们勇敢、顽强的奋斗精神，他们建立了无数新兴城镇，人们也过上了充实、快乐的生活。随着加拿大经济的发展繁荣，加拿大也进一步融入世界经济共同体，成为全球经济的重要组成部分，为世界经济发展起到推动作用。对外贸易在加拿大经济中占据主要部分，因此其经济也会受到全球经济的影响。当席卷全球的经济危机爆发时，加拿大经济必然无法幸免，受到波及。加拿大爆发经济危机之时，加拿大社会的各个方面都受到了影响。加拿大文学也因受到经济低迷的影响，开始从最初单纯地描绘勇敢、乐观变成了对丑恶、阴暗社会的思考及对劳资阶级矛盾的深入剖析，现实主义作品层出不穷。随着加拿大经济开始复苏，社会各个方面都在蓬勃发展，加拿大文学家们也与时俱进，将文学焦点转向探索人类文明高度发达下的人类内心世界的复杂性与人格的多重性上。文学是人类历史进程中的产物，它研究人类的历史，自然与人类相关的方方面面都会在文学的探讨范围之内。加拿大文学也是根据人周围因素的变化而不断地变化着研究主题——从人与大自然、人与社会，到人类内心世界。这正如普列汉诺夫（Plekhanov）所说，“文学艺术是社会生活的镜子”。

加拿大文学也是加拿大文学家们精神意识的体现。三个阶段的文学创作特点都十分鲜明，作品一方面展示了客观事物，另一方面又反映了作家们的精神意识，表达了作家们对自然、社会、人性等的探索和研究。文学作品也是创作者自身精神意识的反映，表现了作家们独特的视角和见解。从加拿大文学发展来看，作品表现出的意识、精神、观念等内在思想的变化都超越了文学作品形式上的变化，作家们将自己的艺术追求通过文学作品表现出来。虽然第一阶段文学作品的表现相对表层，仅仅是对秀丽山川、无畏精神的歌颂和赞美，但那美丽的山川、河流、森林、村镇都是文学家们对美好生活的向往。情景交融是第一阶段加拿大文学的创作重心。“作家与自然有着双重关系：他既是自然的主宰者，又是自然的奴隶。他是自然的奴隶，是因为他必须用人世间的材料进行工作，才能使人理解；同时他又是自然的主宰。”

加拿大文学创作也受到了英、美、法等国文化的影响。普列汉诺夫曾说过：“一个国家的文学对另一个国家的文学的影响是和这两个国家相似的社会关系，成正比的”。“因为每个社会都受到其邻接的社会的影响，所以其发展的社会历史环境对于每个社会都有一定的影响。每个特定的社会从其邻接的社会所受到的影响的总和是永远不会等于另一个社会在同一时期所受到的影响的总和的。因此任何社会都生活于特殊的历史环境中。这个历史环境也许——实际上亦时常有过——和其他民族的历史环境很相似，可是永远也不会并且永远也不能和它完全一样。”加拿大的经济发展也是影响加拿大文学发展的因素之一。加拿大由于最初是英、法殖民地，因此经济受到英、法两国的影响、制约。随着美国的异军突起，加之地理环境的因素，加拿大的经济转而依赖美国，继而受到美国很大的影响。据统计，80% 的加拿大贸易掌控在美国手中。虽然加拿大经济已经达到发达国家水平，但还是无法自主掌控经济命脉，精神文化层面也必然受到美国影响。很多加拿大作家的祖籍是英国、美国，根深蒂固的传统思想也在影响他们的文学创作，从他们的作品中不同程度地可以找到到英美文学的影子。但也有不少真正称得上“加拿大文学家”的作家们为加拿大文学做出了自己的贡献，例如法利·莫厄特（Farley Mowat）、玛格丽特·阿特伍德，他们没有照搬英、美作家的写作风格，而是取长补短，发挥出了加拿大本民族的精神气质，创造了真正意义上的加拿大文学。这种真正的加拿大文学表现了加拿大本民族的特色、风俗和时代风貌，体现了加拿大人民勇敢、顽强、不屈不挠的意志品质。

第二节　加拿大文学的地域性

加拿大文学具有非常明显的地域性。从 20 世纪 70 年代开始，加拿大文学的地域性色彩逐渐吸引了学者们的目光，于是地域主义在加拿大文学界掀起了不小的波澜。加拿大这一特色并不鲜明的后殖民主义国家，无论是在政治、经济，还是在文学、社会等领域，地域主义都是一个不可小觑的问题。地域主义这一概念在加拿大文学史中有着深刻的历史根源，而且已深入加拿大的各个方面，成为加拿大意识形态领域中的一个重要部分。

加拿大文学中的英语文学部分，在世界文学史中可以说是历史较短的部分。从加拿大文学形成雏形到逐步发展成熟，也仅仅只有 200 多年的时间。加拿大文学发展史中从来没有出现过像英国威廉·莎士比亚（William Shakespeare）、查尔斯·狄更斯（Charles Dickens）、乔治·戈登·拜伦（George Gordon Byron）、珀西·比希·雪莱（Percy Bysshe Shelley）等众多的文豪泰斗，也没有过众多的宏伟巨著。即使是与美国这样没有长久历史的国家相比，加拿大文学也还是逊色不少。这就是为什么一直有人在怀疑这个地域如此辽阔的国家到底是否有自己的文学。然而加拿大著名的德斯蒙德·佩西教授却给予了我们肯定的答案，"不能说加拿大作家自己创造了重要的、新颖的写作技巧，他们很好地采用了现成的写作技巧，来为自己的创作意图服务。""我们的文学还不是，或者不会成为世界上一种伟大的文学，但它是我们自己的文学，有可喜的成就，也有可悲的失败……我们的文艺史不一定光辉夺目，然而它是我们自己的文艺史，是我们应该知道的，即使仅仅是为了从错误中取得教益也好。"

加拿大文学富于民族性，反映了加拿大各个时期的社会风貌、民俗风情，反映了加拿大人民勤劳、勇敢的高尚品格以及他们艰苦卓绝的奋斗精神和对未来生活的美好憧憬。在加拿大成为独立统一的联邦国家之前，加拿大的文学家们就在努力寻求本民族的特色，以创造自身特色的加拿大文学为己任。在早期的加拿大文学英语文学部分中，作家们抒发着他们对加拿大广阔土地的热爱，充满激情地歌颂着加拿大人民的勤劳勇敢，他们描绘森林、村镇等，无一不是在表达身为加拿大人的民族自豪感。联邦国家建立之时，作家们创作的文学作品都洋溢着加拿大人民的爱国热情，体现着对美国文化的抗拒心理，此时的加拿大文学家希望借此契机创造属于本民族的文学。然而历史、地理因素还是导致加拿大文学在发展的过程中不同程度地受到了英美文学的影响。但是一些真正有成就的加拿大作家不是对英美文学如法炮制、生搬硬套地模仿英美文学的写作手法和技巧，而是汲取精华，取长补短，创造属于加拿大特有的民族文学。

加拿大因其特殊的地理位置，国土辽阔，资源丰富。东临大西洋，海岸线绵长，航运发达。圣劳伦斯河流域是加拿大的平原区，这里人口密集，工业、农业发达，物产丰富，生活水平较高。西部濒临太平洋，海景优美，气候温暖宜人。北部接近北极，气候寒冷，不宜人居。不同的地貌、地理环境、人居条件造成了加拿大在城镇布局、人口分布、风俗习惯、种族文化上的差异。也正是这种差异导致了加拿大不同地区的文学各具特色，形成了具有地域性的加拿大民族文学。加拿大文学虽然受到英美文学的影响，但是加拿大作家们却一直在努力创造属于本民族的文学，他们以加拿大风土人情、地理环境等为创作素材，探索加拿大民族特色，剖析加拿大人民的精神意识，反映加拿大人民的呼声和愿望。加拿大作家李斯特·辛克莱（Lister Sinclair）曾经这样评价本民族的文学："我们人口很少，然而我们希望能够产生影响；我们的声音不强，但是我们希望能让人听见。"加拿大文学中，社会、经济、政治等方方面面地域性的思考及探索对文学的创作及批评都有着深刻的影响。当众多文学批评家研究加拿大文学时，首先考虑到的就是其"地域性"，它是不同于英美等国文学的独有特色。加拿大文学经常被列为不同领域或范畴的文学体系，其空间性或者说地域性又与其特殊的身份及政治因素有着不同程度的关联。

加拿大成立为统一的联邦国家之前，地域就已经成为很多加拿大作家们的写作主题。祖籍英国后移居加拿大的著名女作家凯瑟琳·帕尔·特雷尔及她的妹妹苏珊娜·穆迪（Susanna Moodie）都是以加拿大地方风貌、拓荒精神为主题进行创作的。她们最著名的作品就是《加拿大的丛林区》和《丛林中的艰苦岁月》，书中生动描写了她们及家人在加拿大丛林安家所度过的艰苦岁月。对于加拿大的新移民来说加拿大并非乐土，荒芜的土地、艰苦的环境、恶劣的气候都不能带给他们对未来美好的憧憬。然而，随着联邦国家的成立，加拿大脱离了英、法两国的殖民统治，加拿大经济开始逐步发展，文学主题中的地域性也有了巨大变化并衍生出了很多令人深思的社会问题。地域与加拿大文学总有着千丝万缕的联系。20世纪六七十年代，加拿大文学就是将地域性与政治观点融合的文学，同时也反映出加拿大是对地域和政治双重问题共同考量的特殊国度。

随着加拿大文学的发展，地域性开始向文学内部转化，令加拿大文学"分崩离析"。研究加拿大文学的批评学者们还没有将加拿大文学以地域性作为考量的标准时，加拿大文学自身就开始出现"四分五裂"的状况，安大略文学、新不伦瑞克文学、纽芬兰文学、魁北克文学等以地域划分的文学名词纷纷出现。这些文学都代表着其所属地域的鲜明特色，同时否认自己是加拿大文学的一部分，不愿承认它们是加拿大文学整体的构成元素。加拿大传统文学也遭到了地域文学的颠覆，"生存主题""移民主题"等都被新兴的地域文学所解构，脱离了加拿大文学的整体性。随着加拿大文学的发展，传统意义上的地域性也在不断发生改变，逐步内在化。20世纪60年代后逐步形成的"加拿大文学批评"也备受质疑。社会经济的飞速发展，使最初脉络清晰、特色鲜明的传统加拿大文学显然已经无法代表如今复杂变化的当代加拿大文学，当代加拿大文学已在不断地异质化。

我们不得不承认，地域文学是加拿大文学所特有的风景，没有地域文学就无法谈及加拿大文学。"地域"这个词在加拿大历史上早就存在。加拿大著名评论家乔治·伍德考科（George Woodcock）曾经说过加拿大地域主义的形成是一种历史文化现象，和加拿大的形成是合二为一的。加拿大的独特之处就在于它是这些地域的共生体，而不是依赖于抽象的政治概念所成立的集权制国家。

地域文学源于移民与新开垦土地的接触以及他们对新环境的开拓和适应。初期的加拿大文学就充满了地域色彩，例如严寒、荒凉、落后、贫穷、移民等主题。这一时期的文学以人类征服自然，新移民初到新土地进行垦荒、克服困难的生存经历为创作主题。前面提到的地域文学代表作家苏珊娜·穆迪就在其代表作《丛林中的艰苦岁月》中有这样的描述：这里就是“尘土和艰苦的巢穴，很多时候甚至还不如英国的猪圈”。托马斯·哈里伯顿（Thomas Haliburton）所著的《钟表商》则是以加拿大新斯科舍省地区为故事背景，运用了大量当地方言，更加突出了地域性的文学特点。故事中的主人公山姆·斯里克努力号召民众发展新斯科舍地区的区域经济，因为这里“和地球上任何一处一样健康”。加拿大联邦共和国成立后，加拿大作为统一的政治实体存在于世界上。文坛受到上层建筑的影响开始反思“分崩离析”的加拿大文学，试图从分散的地域文学中找到共同的特性来构成统一、完整的加拿大民族文学。“加拿大性”成为众多作家在此后努力追求的目标，而这些地域文学恰恰成为构成“加拿大性”文学的必要因素。例如，享有“加拿大诗歌之父”美称也是现实主义动物故事的创始人之一的著名诗人查尔斯·罗伯茨。他出生在加拿大新布伦斯维克省，家乡美丽的森林山川、野生动物等自然资源对他的创作产生了很大影响。《荒野里的呼唤》是其代表作，是作者以新布伦斯维克荒野为背景、以动物为主角的一部故事合集。这些素材来自作者对自然界细致的观察，具有高度的真实感。书中那颇具亲切感、细腻、逼真的文字，能让人获得一种与自然融为一体的宁静感受；然而故事本身却并不安宁祥和，在荒野的舞台上，各种动物为了生存，为了各自的情感，都在与自然、与其他动物做着不屈的斗争。作品的语言富有诗意，却毫不掩饰地展现了大自然物竞天择的残酷面。在这些故事中，我们可以增进对自然、对动物、对世界的了解；同时看似客观冷静的笔调也饱含着作者对和平的呼吁，对动物和自然的敬畏和热爱。他通过细致入微的观察，使笔下的动物不再徒具外形，而是既受动物本能支配，又有思想、有情感、有灵性，与人类息息相通。作者通过地域的描写为人们展开了一幅生动的加拿大自然画卷。在这一时期，类似的以地域为创作素材的作品大量涌现。《魏格尔村里的故事》就是由邓肯·坎贝尔·斯科特创作的以加拿大东部法裔居民区为背景的故事集，该小说集以富有地方特色而著称，但是却未能在读者中得到强烈的反响。其实，随着加拿大文学的进一步发展，作家们的创作热情也在不断高涨，他们也开始思考地域文学的现状及未来发展。一些作家公开发出了反对的声音，他们对地域文学给予了全盘的否定，认为地域文学会对加拿大民族文学造成负面影响，阻碍加拿大文学的发展。其中爱德华·基洛兰·布朗（Edward Killoran Brown）就曾经指出，地域文学“最终一定要失败，因为它强调表面和特别的东西……而忽略了人类最基本和共同的东西”。于是更多的作家、文学评论家呼吁建立统一的加拿大文学形象，用以代表整个加拿大的民族精神。例如，加拿大著名的民族主义作家休·麦克兰南（Hugh Maclennan）创作的寓言式的小说《气压计回升》，其结局皆大欢喜，寓意着年轻的加拿大拥有美好的前景。玛格丽特·阿特伍德通过《生存：加拿大文学主题指南》发出了“加拿大文学”的声音，她认为“每一个国家或文化的核心都有它自己的统一的象征”，加拿大文学应该具有共同性。她深知文学的艰辛，更明白“加拿大文学”意味着什么。她以自身的毅力和坚持，去追寻意义，去捍卫文学的价值，去对抗身份的焦虑。阿特伍德的批评使加拿大民族文学发展达到了高潮。然而为了追求加拿大民族文学的共同性、统一性，民族主义作家们又刻意抹杀掉地域性、差异性的文学特征，这造成了加拿大文学经典都集中在了加拿大的安大略，而加拿大东西部地区的文学则被排挤出了加拿大文学。

从 20 世纪 60 年代开始，加拿大文学运动就非常活跃。民族主义文学一度席卷全国，民族主义作家们群情激昂，努力在世界上树立加拿大民族形象。然而随着时间的推移，激情逐渐褪去，就在加拿大联邦共和国成立 100 周年之际，文学家们开始冷静思考地域性主义文学对加拿大民族文学的意义，正视自身对地域性文学的偏激观点，转向鼓励地域性文学，不再一味偏激地排斥。1971 年，加拿大政府开始实行多元文化政策，地域性文学又迎来了春天。民族主义文学过度强调文学的统一，排斥区域差异性的理论也遭到了猛烈的抨击，人们开始注意到个性化、边缘化的文学，开始重新审视地域主义文学。随后很多地域主义文学作品都被列入了加拿大文学经典。文学批评家们开始将加拿大文学作为地域文学的组合去从整体研究加拿大文学。文学家们也开始将创作主题转向挖掘地区差异的广义性意义，以地域性的作品来书写加拿大文学的边缘化主题。

加拿大著名作家鲁迪·韦伯（Rudy Wiebe）于 1973 年创作的长篇小说《大熊的诱惑》，就是加拿大文学开始转向关注地域主义文学广义性的典型。这部作品改编自 19 世纪 70 年代加拿大中西部草原发生的真实事件，讲述了加拿大土著的印第安克里族酋长大熊带领土著人反抗英国殖民者，争取民族生存权的故事。虽然土著民族是弱势群体，在强大的殖民者的炮火之下无力抵抗，面对不公的法律条约也茫然无助，但是精神信仰却支持着他们，使他们成为这片土地上的最强者。为了他们热爱的土地，他们可以付出生命。作者借土著民族寓意整个加拿大民族是不畏殖民主义强权的民族，树立起加拿大民族的勇敢形象。这部作品为读者描画了一幅地域特色鲜明的画卷。韦伯汲取加拿大土著民族的事件作为写作素材，是在“承认和接受曾被摒弃的本土传统文化”。19 世纪 80 年代后期，加拿大文学批评思潮开始逐步形成规模。随着加拿大政府促成《多元文化法》的通过，标志着加拿大不同地域、民族的文化都具有平等地位。自此加拿大地域主义文学“已成为一股积极的力量，它代表一种健康的异质性和差异性，甚至是一个国家及其文化、文学形成的多样性的基础”。大批地域主义文学作品如雨后春笋般地涌现，掀起了加拿大文学发展的新高潮。进入 19 世纪 90 年代后，地域主义文学不断发展。鲁迪·威伯的《发现陌生人》就是这一时期的代表作。小说以 1819—1821 年英国富兰克林探险队北极探险的史实为蓝本，描述了当地土著与欧洲探险者之间的恩怨情仇和加拿大极北区独特的风土人情。《复杂的善意》也是一部值得一提的作品。作者米里亚姆·托尤斯（Miriam Towes）出生于加拿大曼尼托巴省斯坦巴赫小镇的一个门诺教家庭中。她以门诺教社区作为小说发生的背景，讲述了一个关于信仰、迷惑、逃离的故事。作品向读者展示了一个与世隔绝的地方，16 岁的主人公少女诺米甚至“想读一本和她年龄一样的女孩——一个来自城市的女孩的日记，或者读一本关于城市规划的教科书，抑或是纽约市的电话簿也行”。

不可否认的是地域文学是加拿大文学发展史上最为敏感的话题，但对地域的概念却一直众说纷纭。随着全球经济的一体化，文学也在向着全球化的趋势发展，只有加拿大文学反其道而行之，越来越趋向地域化发展。出现这种情况的主要原因是加拿大地域主义文学有着深远的历史根源。追溯到 15 世纪，英、法等国探险家来到加拿大这片未被开垦的土地，英国、法国各占一隅，为了统治这片土地，两国开战长达七年。法国功败垂成后，英国接管了法国殖民地区的统治权，随后各自延续各自的文化，形成了英、法文化并存的格局。加拿大地域文学根据不同标准被划分为几大类。

首先就是形式地域主义文学。研究地域问题主要就是围绕身份和归属展开的。形式地域主义文学主要以地理、地貌、环境、气候等为标准划分区域。从地理环境上讲，加拿大一直被划分为五个主要地貌区域，分别是不列颠哥伦比、安大略湖区、草原各省、临大西洋诸省和一个新的北极区域——努勒维特及西北省区。加拿大的地域意识早已渗透到加拿大人民的心中，它的影响力直到今天仍然清晰可见。作家们其实就是描绘地区地理环境的“画师”。形式地域主义文学，以自然风光、秀丽河川等为创作素材，讲述的是很多表现人类与大自然恶劣环境进行斗争的可歌可泣的故事。早期的加拿大文学的这一特征尤为明显。由此看来，形式地域主义早已是超越了地理这单一标准而存在的。著名的形式地域主义文学作品有辛克莱·罗斯（Sinclair Ross）的《关于我和我的房子》、玛莎·奥斯腾索（Martha Ostenso）的《野鹅》、拉尔夫·康纳（Ralph Connor）的《黑岩》等。

与形式地域主义文学相对的是功能地域主义文学。这种文学形式更强调地域的文化内涵和形象的树立，而非单纯地域的地理特征。功能地域主义文学的代表人物詹妮·布罗迪认为地域边境不是固定的，固定的只有地域的功能。单单从政治、历史、空间等角度来划分区域是不合适的。迪克·哈里森（Dick Harrison）在其作品《未名国度》中指出，地域应该是“想象的作品，是人精神的一个内在疆界，需要我们探索和理解”。他将文化融入了草原生活，远远超越了地域的地理空间性。功能地域主义的学者们实质上是借助自己的创作鄙视毫无感情的形式君主政体。自然地理界限划分的日益模糊，导致了地域范畴内涵的变化。形式地域主义文学将地域视为永恒不变的客体存在，削弱了人的力量。而功能地域主义文学家认识到了这一点，将人的作用发挥了出来，弱化了地域的客观性，运用想象力塑造了独特的地域文化。《复杂的善意》《中国蓝色之山》《疯狂的圈套》等众多作品都是功能地域主义文学的上乘之作。

神秘地域主义文学被认定为第三类地域主义文学。神秘地域主义文学认为地域是“一个大脑构建品，是人类思想的地域”，具有明显的后现代主义特点。神秘地域主义文学的代表人物西部作家罗伯特·克罗齐（Robert Kroetsch）认为：“只有有人讲述我们的故事的时候我们才能拥有身份定位。虚构小说让我们成为现实。”作家们天马行空的创作为地域文学增添了神秘的色彩。神秘地域主义更倾向于把地域视为人类主观构建，而不是关乎自然地理空间的客观存在。地域的概念是动态化的，是历史、社会、经济、文化等不同因素共同作用的结果。地域是随着抽象的时间而不断变化的。这种地域的变化正是神秘地域主义作家们想要通过作品诠释出来的，也是被文学批评家们所普遍认可的部分。文学作品真正要表达的应该是某种人文价值而不是单纯的地理界限，地域不该限制人类的思想。正如埃利·曼德尔（Eli Mandel）所言，“我们将会找到我们边境以外、关于我们自己的民间故事，并再一次证明文学边境与自然界的边境并不是完全重合相符的。大草原可以被看成一种复杂的观念上的建构、大脑中的形成、人们脑海中的区域”。神秘地域主义文学淡化了文学中的地域与现实中地域的关系。

最后一类地域主义文学被称为虚拟地域主义文学。它更加强调“虚拟”二字，可以让创作者更加自由地发挥想象力而不受“地域”约束。虚拟地域主义不再将“地域”限制于单一的特征之中，而是赋予其多样性、复杂性。这一类型的地域主义文学更加突出精神的重要性，强调人类思维的活跃性，不再仅仅是地理空间的意义，而是一种民族文明的意义。文学家们可以更加不受拘束地发挥想象力，甚至可以神话地域的特殊性。虚拟地域主义文学高估了精神的作用，同时低估了客观现实，难免使作品变得晦涩难懂。它有意模糊人们思维中固有的地域特征，颠覆了地域的意义，而将其由客观具体变为抽象。

随着时间的流逝和社会的发展，加拿大的地域特征也在逐渐模糊，唯一性正被多样性、复杂性所取代。加拿大的区域性也已经越来越模糊不清了。

无论地域文学如何发展，如何内化、外化，它都在加拿大民族文学中占据着举足轻重的地位。著名作家埃里·曼德尔说过，“地域”就是“和我们所接触的那第一个地方有密切的关系、不可抗拒的愁思，是我们对世界的第一次认识，也是对世界第一次清晰的把握”。一直坚持探索地域特征的著名文学批评家乔治·伍德考科（George Woodcock）也认为“地方感”是“地域意识的一个不可或缺的成分”。加拿大的地域文学与英美文学中的地方色彩有着本质的差异。在加拿大文学中，地域不仅仅是一个地理名词，而是包含历史、社会、政治、文化等多重因素的代名词，它并非静止不变，而是动态的存在。对加拿大地域主义文学的研究必然要进行全方位跨学科的考量。一直以来，各国的文学批评家都在对加拿大文学中的地域主义进行研究，但直至今天，“地域”仍然是一个模糊不清的词汇，学界专家们也都对此各有见地，争论不休。无论如何，在加拿大文学中，“地域”已经不再是单一的地理名词，而是融合多方面因素、不断发展变化的复杂集合。

今天，随着世界经济的发展，加拿大也已跻身于世界发达国家前列，像多伦多、温哥华、渥太华、蒙特利尔等繁华的大都市越来越受到关注。吉尔伯特·斯泰尔特（Gilbert Stecter）曾说：“城市是由区域组成，区域又由不同的社区组成，城市同样是更多本土区域的中心，是它周围领土的中心，它们一同组成了更大的地区。”由此看来，城市是本土地域化的中心，“是一个有着自己文化、历史和文学的特殊城市区域”。斯泰尔特在评价吉拉德·努曼的《滑铁卢和惠灵顿的文学历史指南》中说到，“本土作家可以被认为是传统文学创作的一部分，包括史提芬·李科克、罗伯特·戴维斯和爱丽丝·门罗”。加拿大文学看似逐步向城市区域化发展，实则偏重以城市中的特殊地区为研究对象。由此看来，在全球一体化的今天，加拿大文学的地域性已经有了巨大的变化和长足的发展，文学批评家，研究学者更应该以多元化的前瞻视角来重新审视加拿大文学中的地域文学。地域化离不开全球化，而全球化也需要以地域化为依托。历史、社会、经济等多重因素的共同作用使加拿大一直饱受英、美等国的压制，也使加拿大文学的民族性还未能完全展现。伴随全球一体化的加速，加拿大文学家们也将更加积极地创作属于加拿大民族特有的文学作品，我们相信加拿大文学也会在世界文学史上留下浓重的一笔。

第三节　加拿大文学的主题

加拿大文学在世界文学史上属于朝阳文学，经过 80 多年的发展，它已逐渐在世界文学之林占据一席之地。作为英语、法语双语共用的国度——加拿大，其文学必然包括英语文学与法语文学两部分。但是由于殖民地时期，英国击败法国，在加拿大占据了更大的统治区，因此加拿大讲英语的人口数量远远大于讲法语的人口数量。也就是因为这个原因，创作英语文学的加拿大作家数量远远超过了创作法语文学的作家数量。就读者数量来说，法语读者也仅占很小的一部分。书店中，法语的刊物也相对较少。在加拿大民族文学中，部分英语文学近些年所取得的辉煌成就及它们对世界文学发展产生的影响也是部分法语文学所无法比拟的。

研究加拿大文学这个新兴文学体系，我们必须先了解加拿大特有的文学主题。加拿大文学研究者经过多年的潜心研究，总结出了加拿大文学特有的三大主题。

首先要谈的就是加拿大文学中所独有的“守备心理”。这个名词出自加拿大著名文学批评大家诺斯罗普·弗莱（Northrope Frye）。在 1965 年由卡尔·弗·克林克（Carl F. Klinck）编纂的《加拿大文学史》的最后章节的结论一章中，弗莱特意剖析了加拿大民族的文学心理："孤零零地散布在荒原的小小社区，被客观的和心理的'边疆'所围困，不仅彼此远离，而且脱离社区成员所熟悉的英美文化的源流。这些社区为其成员设定明确的人生价值标准，居民们不得不尊重这些赖以生存的法律和秩序，团结在一起去应对居民点外面的无垠的、无意识的、充满威胁而且难以应对的恶劣的客观环境。生活在这种情形下的社区居民必定会产生我们权且称之为'守备心理'的思想。"这是弗莱对初到加拿大这片未开垦土地的新移民的心理所做的透彻的分析和精准的定义。简单却深刻地话语全面、深刻地描绘了18—19世纪来自欧洲的移民的艰苦生活和思想活动。特别是美国内战之后，由欧洲移民进入加拿大的人大部分都是英籍保皇党派，出于政治的原因，他们鄙视那些战争胜利者，不愿与其为伍。他们中的多数都是保守派，其思想比较传统，倡导文明与法治，排斥用战争、暴力解决争端、分歧。直至今日，他们的这种道德观、价值观、世界观仍然影响着当代的加拿大人民。

"求生主题"也是加拿大文学中常见的主题之一。之所以称之为"求生主题"是因为它源于加拿大著名女作家玛格丽特·阿特伍德创作的《生存：加拿大文学主题指南》一书。在书中，作者对加拿大文学中的英语作品和法语作品都进行了详尽的分析，就文学主题给出了大胆且极具影响力的"求生"的结论："每个国家或文化的核心都有一个独特的富有代表性和说明性的象征……加拿大最主要的象征毫无疑问是生存——这是根据加拿大英语和法语文学的大量例子所得出的结论"。值得提及的是《生存：加拿大文学主题指南》一书的封面就将书的内容隐喻地表达了出来，使读者被作者的意图所感染，恰如其分地烘托出阿特伍德断言的加拿大特有的惆怅、痛苦的民族情结。"求生主题"必然与"受害者心理"是共生体。阿特伍德在书中提道："加拿大人甘于认输的心理准备，是否同美国人决心获胜的意念同样强烈、同样令人折服……假如可以在象征物所代表的正反两重性之间做出选择——大海可以是给予生命的母亲，也可以是沉船害命的祸首；大树可以代表成长，也会砸到你的头上——加拿大人十有八九会认同消极的负面。""假如加拿大是个受害群体，那么其应当关心自己受害的方式。这些方式就像芭蕾舞中的基本动作或钢琴键上的音符一样。当然，以这些基本受害形式为基础，还可以变化出其他更多的受害形式。"对于书中提及的所谓"受害方式"她也罗列出了几种，分别可用于国家、民族以及个人。"拒绝承认自己是受害者"最为常见。阿特伍德认为加拿大由于长期受到殖民统治，很难摆脱长期遗留的根深蒂固的"受害心理"，于是"求生主题"就成为加拿大民族所要面对的首要问题。早期加拿大文学更加关注表层生存状态，而随着文学的不断发展，作家们更加关注生存的内化——心理与精神的层面。无论怎样，“求生”的首要意义无非就是维持生命，活下去。

以加拿大当代著名女作家艾丽丝·门罗的获奖作品《逃离》为例，作品对加拿大小镇中普通女性的婚姻、感情、日常生活进行了平淡、朴实的描写。门罗用小中见大的方式以女主人公看似平凡的经历影射了加拿大人的生存方式。小说中女主人公卡拉面对无能又暴戾的丈夫、父母的反对、外人的嘲笑，无时无刻不想“逃离”，但进退两难的矛盾心理又将其推向生存的困境，“求生主题”突显其中。加拿大地处北纬高寒地带，冬季较长，夏季日照时间也相对较短。恶劣的天气状况总会带给小镇居民很多困扰，“一刻钟以内，暴风雨就过去了，可是路上落满了树枝，高压电线断了，环形跑道顶上有一大片塑料屋顶给扯松脱落了”。在某种程度上，这种场景的描写影射了作者压抑、清冷的内心状态。“在一个森林、湖泊、岩石占有这么高比例的国家里，对人们来说，满目皆是来自自然的景象毫不奇怪。这些形象加在一起便形成了一个没有生命，没有响应力，对人类充满敌意的大自然。”在这种条件恶劣的自然环境下，女主人公卡拉的生活更为艰辛，生意陷入困境，生存也受到了不小的威胁。如“屋顶至今未能修复，克拉克只能用绳子编起一张网，不让马匹走到泥潭里去，卡拉则用标志拦出一条短些的跑道”。这些琐碎的日常就可以道出小镇居民们被生活所迫，疲于奔命的生存状态和沉重的压力。卡拉和丈夫克拉克苦心经营却生意惨淡的马场，实则是作者在影射恶劣的自然环境以及不堪的社会环境下，加拿大民族的生存难题。加拿大处于北半球高寒地带，所以温暖的季节短暂，寒冬漫长，这对人类生存提出了严峻的挑战。地理地貌上来看，加拿大山脉众多，山路崎岖，岩石地区广袤，交通极不便利。“加拿大恶劣的气候使人们感到恐惧，如早来的寒雪能毁掉一季的劳动成果，在暴风雪中人们很容易被冻死，跟大自然、跟社会抗争时人们感到无力。”最初欧洲新移民刚刚到加拿大这片荒芜、贫瘠的土地时，也是不知所措的。但是为了生存，他们只能咬紧牙关，克服重重困难。他们不仅要战胜恶劣的天气、地理环境，和森林里凶猛的野兽殊死搏斗，和当地的土著民族和睦相处，还要在英、法等国殖民统治的夹缝中煎熬、挣扎在生命的边缘。这一切的共同作用导致了加拿大民族共同关心的就是“求生”问题。卡拉的边缘身份也是门罗想要表现的另类“求生主题”。卡拉和身边人的关系都不是很好。她在学校学习期间，是“中学里所谓的差等生，是姑娘们众口一词恶言取笑的对象”。在家中，她“看不起自己的父母，烦透了他们的房子、他们的后院、他们的相册、他们度假的方式、他们的烹饪路子、他们的洗手间……”。父母对她也是冷漠嘲讽，“他们不喜欢卡拉。他们连她是死是活都不想知道”。哥哥“对她也没什么感情。他老婆更是狗眼看人低”。所有一切，都没能给女主人公卡拉一丝丝温情，这让她感觉自己在世上无处容身。于是卡拉策划了人生的第一次出逃。她给父母留言：“我一直感到需要过一种更为真实的生活”。在加拿大这个父权制思想统治的国度，女性一直处于从属地位，她们依赖男性，也甘愿接受这种从属思想，从心理上把自己视为男性的从属之物。生活于封闭小镇、思想保守的卡拉自然也不例外。她与丈夫克拉克来到新的地方生活，渴望过一种梦想的全新的生活，“她把他看成是二人未来生活的设计师，而她则甘于当俘虏，她的顺从既是理所当然的，也是心悦诚服的”。由此看来，她的从属观念已根深蒂固。然而，当脱离父母、家人、朋友的卡拉置身于偏远小镇时，生活的窘迫、内心的孤独汹涌来袭，唯一可以给她依赖、慰藉的丈夫克拉克却与其日渐疏远。就在卡拉绝望之时，她开始思考自身的境地，思想也逐渐发生了变化，女性独立意识开始觉醒。丈夫克拉克为人刻薄、暴戾，“不单单跟他欠了钱的人打架，上一分钟他跟你还显得挺友好的——那原本也是装出来的——下一分钟说翻脸就翻脸。”正是因为他的坏脾气，导致了与来往客户的关系恶化，光顾的主顾越来越少，他们的生意日渐惨淡。卡拉渐渐意识到了克拉克并非那个能够给予她幸福的港湾：生活上，丈夫未能创造良好的生活条件，让自身衣食无忧，反而造成他们更加拮据，温饱困难；心理上，他也并没有因为卡拉放弃一切随自己出逃，与其同甘共苦好好待她，反而给了她无尽的伤害，卡拉从未得到过家庭本应带给她的温情。“他什么时候都冲着她发火，就像是心里有多恨她似的。她不管做什么都是不对的，不管说什么都是错的。”不断恶化的夫妻关系使得卡拉无法再容忍下去，边缘化的人生使得她为了“求生”再次出逃。然而迷茫的卡拉也不知去向何处，“在这个世界上也没有任何地方可以投奔”。无处安身立命的卡拉正是加拿大人的边缘身份的缩影，暗示着加拿大民族处于在夹缝中求得生存的尴尬境地。女主人公的女性身份也恰巧和加拿大民族文学的边缘地位相符，作者门罗巧妙地用人物的边缘性隐喻了加拿大民族文学在边缘境地求生的主题。我们可以说加拿大的“边缘化”造就了加拿大文学所独有的“求生主题”。

由于殖民历史的原因，加拿大一直都被视为一分为二的国家，英语区和法语区之间一直存在无法跨越的鸿沟，这种隔膜一直在影响加拿大民族的统一性、整体性。加拿大人民也始终能够感受到有一种对立的力量存在着。从民族构成来看，加拿大至少拥有两种欧洲语言并继承两种欧洲文化，另外土著民族及因纽特人的文化也同样存在着。此后随之而来的是移民潮爆发，来自世界各个国家和地区的移民纷纷涌入加拿大，各种文化交织汇聚于此，使加拿大成为一个多民族国家，也造成了加拿大人对其身份的迷茫。两次世界大战后，加拿大邻邦——美国迅速崛起，一跃成为世界第一强国，加拿大也在摆脱殖民地统治成为独立联邦国家后，选择依附于美国。这便造成了加拿大国内英美两国文化的碰撞，不知何去何从的加拿大文化一直在英美文化边缘徘徊。最初被英、法殖民统治，后又依附于美国强权，政治的导向必然影响文化的形成和发展，这也就使加拿大文学作品的主题一直无法摆脱政治、经济的影响。当今的加拿大，随着现代社会的发展，女性的思想意识也在发生着变化。她们同《逃离》中的女主人公卡拉一样，急于改变女性的受害者身份。女性在加拿大这种男性制统治的社会中，一直遭到父权制的迫害，无论是身体还是心灵都要依附于男性，丧失了女性的自主意识。女性自始至终都是男性中心话语权的受害者，她们在社会、政治、职场、家庭等方方面面无时无刻不受到束缚，最终导致她们精神意识的焦虑。我们从《逃离》的主人公卡拉的生活线索中可以发现，自幼在小镇生活的她逃离小镇，跟着丈夫克拉克到了另外一个小镇，窘迫的生活一直持续，“受害者”心理一直存在，为了生存，她不得不逃离以谋求改变困境。作者门罗一直将卡拉设定为受害者，每次出逃都是由于受到外部环境的威逼，而被动地去找方法求生存。由于根深蒂固的传统男性理念，卡拉将自己的希望寄托在丈夫克拉克身上，期盼过上自己想要的生活。然而，婚后生活让卡拉没有了自我，对丈夫的百依百顺却反而助长了他的大男子主义，这带给卡拉无尽的痛苦。卡拉意识到不该把希望寄托在别人身上，让自己失去尊严，女性主体意识开始复苏。在作品中女性隐喻了加拿大的“受害者”身份，她始终生活在男性强制之下，失去主体意识，承受了精神与肉体的双重折磨。小说中，卡拉的邻居西尔维娅给了她一些抚慰，但是这些却是要她通过容忍西尔维娅那高傲的态度来换取的。而面对作为高知的大学教授贾米森太太，卡拉总要小心翼翼地接受她给予自己的精神和经济上的支持，虽然满心感谢，但卡拉却不得不承认自己面对贾米森太太的自卑心理。精神上的不平等，让自卑的卡拉无法与贾米森太太做真正的朋友，只是表现出“受害者”心态来博取同情。作为她每次出逃的资金提供者，“贾米森太太的存在使她被笼罩在某种无比安全与心智健全的感觉中”，但她还是希望“但愿自己不必非得在她周围盘桓得过于长久”。《逃离》一直围绕着女性的“受害者”身份及“求生主题”展开，探索建立独立、自主的女性主体意识的方法。生活在父权制阴影下的女性想要拥有自我，必须打破男性中心话语权的束缚，从思想意识上摆脱根深蒂固的“受害者”身份，建立自信以求得自身生存的力量。艾丽丝·门罗曾在接受采访时说：“有人还是认为女人会找到生活出路的。从前，结婚就是出路。近年来，离开丈夫成了出路……在我看来，这样的出路很可笑。我的出路只是过日子，活下去……”门罗用小镇女主人公卡拉探索、发现自我的轨迹来影射“受害者”身份的加拿大，其整个国家和民族也应重拾自信，摆脱生存困境，以谋求更大的发展。

其实，在很多加拿大女作家的作品中，都不乏用两性关系暗喻美加关系的例子。“她们往往把加拿大特有的存活斗争融入女人为自身解放和独立而做的努力中去。”自从美国崛起，加拿大的经济转向依附美国，然而加拿大民族只有脱离对美国的经济依赖，才能摆脱对美国的文化从属性，找到“生存”之道。

加拿大民族文学的最后一个主题便是“多元文化”。提及“多元文化”，我们就要从加拿大政府的文化政策入手进行探究了。随着加拿大成为独立的联邦国家，政府就愈加重视“多元文化”的发展。全球一体化进程加速，加拿大政府更是通过了《多元文化法》，并将其纳入国策，可见重视程度不容小觑。加拿大政府与美、英政府所奉行的政策有着明显的差异。美国虽也是多民族国家，但其奉行多民族融合的政策；而英国则是奉行单一的排外民族政策。加拿大政府则奉行多种文化并存的多元文化政策，各种文化之间互相尊重，彼此独立。这也说明加拿大民族更具包容性、开放性。《多元文化法》的颁布表明了加拿大国家对各种文化的态度是兼容并蓄的，各个民族、种族都是加拿大国民，理应一视同仁，友好相处，在差异中求发展，为加拿大的繁荣、发展贡献自己的力量，以此化解民族之间的差异、纷争。正是这些政策提供了“多元文化”茁壮成长的土壤。

“守备心理”“求生主题”“多元文化”是加拿大文学从产生、发展到逐步壮大所一直围绕的主题。这三大主题大量、频繁地出现在加拿大文学作品之中，也为世界各国读者认识、理解加拿大民族的历史、文化、政治、社会等提供了帮助。虽然大多数学者对加拿大文学的三大中心主题都给予了认可，但我们还是要认真鉴别，不能主观臆断。

众所周知，加拿大是个移民国家，每年需要纳入几十万移民来填补人口出生率低所造成的劳动力短缺的问题，加之，从20世纪60年代开始便有大量亚洲和加勒比地区的移民来加拿大定居生活，他们的后代中不断出现优秀的作家、诗人，多民族共存共处必然导致多元文化存在。加拿大著名学者琳达·哈奇森（Linda Hutcheon）曾在其著作《加拿大后现代》中指出："事实上，我们加拿大人对任何集中统一的企图，不论是在国家层面还是政治或文化层面，都持有深深的怀疑态度。"由此可见，加拿大民族一贯的态度就是多元文化并存共荣。从20世纪开始，加拿大少数民族作家就不断涌现，他们的作品受到加拿大主流社会的肯定和文学批评家们的认可，甚至出现在了加拿大文学课程的必读书单当中。例如《加尔各答的日日夜夜》就是印度裔作家布拉蒂·穆克迪（Bharali Mukberjee）和丈夫克拉克·布莱兹（Clark Blaise）共同创作的小说，是一部由来自东方的妻子和来自西方的丈夫共同谱写的关于东西方文化碰撞的纪实小说。《来自弗罗兹巴的故事》则是由另一位印度裔作家罗辛顿·梅斯蒂（Rohinton Mistry）所创作的发表于1987年的短篇小说集。小说讲述了发生在印度孟买的一幢居民楼里的11个故事，作者将这些故事精心编排融为一体，极具文化特色。另外还有日裔作家乔伊·小川创作的纪实小说《姨娘》，讲述了二战后，加拿大政府因为反日本法西斯，将旅居加拿大的日本侨胞赶至偏远地区，对日本侨民造成了巨大身心伤害的故事。20世纪90年代华裔作家也纷纷涌现，他们的作品也受到了不同程度的关注。第二代华裔加拿大作家李思嘉和崔维新及第三代华裔作家丹尼丝·钟的代表作都在加拿大社会引起了不小的反响。李思嘉的《残月楼》发表于1990年，讲述了华侨在温哥华唐人街经营一个名为"残月楼"的饭店的故事。这家饭店从19世纪至今由家族四代经营，历经坎坷、兴衰，其中不乏作者对加拿大政府欺压中国侨民征收重税及特殊时期禁止华人入境等等一系列伤害中国侨民事实的批判和控诉。《玉牡丹》则是由崔维新创作，发表于1995年的一部小说。取材来源于作者成长的温哥华唐人街。故事发生于1930年，日本占领东北，主角一家人不得已来到加拿大寻求出路。小说深入描写了温哥华唐人街早期的生活状况和身处异国他乡、无依无靠的华侨为了生存而努力拼搏，克服困难的坚韧不屈及努力融入加拿大身份却又要保持中国人品格的矛盾与挣扎。由丹尼丝·钟创作的《侍妾的孩子们》发表于1994年，整部小说就是一部华人家史。从未在中国生活过的他们对中国历史与文化的了解仅仅来源于资料和家史，所以他们的创作既具有中国文化的影子，又融入了加拿大地域特色，体现了一种异族文化的融合。随着加拿大文学的发展，少数民族作家已经开始崛起，但其作品的深度和广度还有待进一步挖掘，他们也只有突破局限，创作出更加富有深度和哲理的作品，才能得到加拿大文学界及全社会更为广泛的关注和认可。由此看来，加拿大文学中包含

“多元文化”是不争的事实。

一直以来，文学界、批评界对于“守备心理”和“求生主题”都给予了基本肯定的态度。然而近些年来，由于加拿大的政治、经济、文化等诸方面都有了长足的发展，社会发生了巨大的变革，文学界也开始思考这两大主题是否还能代表加拿大民族文学，对其态度也莫衷一是。一些学者认为两者均存在于特定的历史环境和进程中，必然具有历史局限性，无法再跟上文学发展的潮流，太多的例外也让人无法用它们来归纳加拿大民族文学。例如，苏珊娜·穆迪创作的小说《丛林中的艰苦岁月》最先发表于加拿大独立为联邦共和国之前的伦敦。小说所描写的新移民在加拿大拓荒时期的艰苦岁月表面看来属于“守备心理”的主题，但作家在描写女主人公全家移居加拿大，从在荒凉的土地落户到经过不懈努力战胜自然，获得美好生活的过程中从未表露出弗莱所提出的“守备心理”。反而，在作者的叙述中，我们可以感受到新移民来到加拿大开拓新家园的激情与智慧。三年后，该小说的加拿大版问世，作者更明确地表明了她在加拿大生活的切身感受：“那些满足于靠出身不是靠自己的力量和勤劳，这种偶然因素，来维护自己的社会地位的人，会沮丧地发现自己在这个国度并不被人认可，因为这个因素所奖励的是努力工作的人，只会让那些懒惰、游手好闲的人在贫困潦倒中默默无闻地死去。”凭借出身背景不劳而获的门第观念正是被像小说作者这些从欧洲移民到加拿大的新移民所不齿的，由此看来，弗莱所提出的“守备心理”并不存在，而作者所追求的公正、平等的价值理念正是加拿大所一直推崇的。加拿大公认的文坛老前辈休·麦克兰南创作的《气压计回升》讲述了一对恋人面对情感考验的故事。男主人公参与了第一次世界大战，背负着贪生怕死的罪名“死”在战场。而女主人公却依然相信爱人，她经受了来自家人、朋友的不理解，精神饱受折磨与煎熬。后来，男主人公活着回到故乡，为自己平反洗清了不白之冤。从浅层意义上讲，我们似乎可以用阿特伍德的“受害者身份”和“求生主题”来解释，但深入故事，我们感受到的却是人世间最至真的情感。因为这种真情，让人“死亡”后可以获得“重生”。小说也借此寓意虽然加拿大因为第一次世界大战遭到巨大损失，但是只要加拿大人民仍然拥有民族自豪感、责任感，加拿大就能够摆脱旧有的殖民统治，重获“新生”。由此看来，用“求生主题”解释，未免过于牵强。阿特伍德在《生存：加拿大文学主题指南》中总结说加拿大的文学作品总以人物努力生存但却以失败告终作为不变的定律。以玛格丽特·劳伦斯创作的《石头天使》为例，她将作品中90岁高龄的老太太最后过世的情节作为其论证“求生主题”的论据。可是，小说中海格·史伯丽太太过世只是符合正常的生老病死的自然规律，而不该生硬地解释为“求生”后的失败。实际上，作者玛格丽特·劳伦斯是想用故事的结尾——史伯丽太太的死亡告诉读者：海格·史伯丽在弥留之际对自己倔强的一生做了回顾与反思，思想已经达到了新的高度，安详地离开了人世。劳伦斯的好友、小说家阿黛尔·怀斯曼（Adele Wiseman）在为这部小说所写的后序中说：“这是一个类似皮格马利翁的故事，只不过没有这个希腊人物。从故事的开始到故事的结束，老妇人在絮絮叨叨中重新发现了自己。通过给自己的功过‘盖棺定论’，她为自己的人生画上了一个圆满的句号。去世之前，她终于%百地活了起来。”这个后序中对海格·史伯丽太太的分析明确地表明了作者想要传达的真正信息是当人处于“生死临界点”时，会对自身有着最真实的认知，会幡然醒悟，最终精神得到升华，以此给读者积极向上的动力，这与阿特伍德的“受害”“求生”的规律天差地别。阿特伍德还曾在《生存：加拿大文学主题指南》中说道：“如果用针随机地对加拿大文学进行穿刺，十次中有九次你会扎中一个受害者。”然而，她所随机挑选的“受害者”也只不过是为了她的文学评论著作服务的“牺牲者”而已。其实，她所提出的“求生”应该包含双重含义：其一是字面上的意义——单纯地努力活下来，维持生命；其二就是克服一切障碍，逆境求生，努力证明生命的意义。活着是为了实现生命的价值，“生”是个过程，“死”也并不是最终结果，人生无论成败，但求心灵上获得满足，让人生没有虚度。有深度的文学作品早已超越“生死”，以求带给读者心灵的震撼。然而，阿特伍德在这方面却过于强调“生死”的表层含义，未能深入挖掘作品真意，在文学作品的分析上过于消极。她分别用“海岛”和“边疆”来代表反映英国人和美国人心态的作品，并与反映加拿大人心态的作品进行对比。她认为：“对加拿大人来说，边疆既不意味着海岛所能提供的满足和（或）安全感，以及秩序井然的状况，也不包含激动和冒险的意识。我们的故事讲述的往往不是那些事业有成的成功者，而是那些成功地逃离险境，捡回一条命的失败者。”这样的结论明显是对加拿大文学作品的误导。

除了小说之外，诗歌亦是如此。我们就以加拿大独立前，著名诗人奥利弗·哥尔德斯密斯所创作的《新村》为例。《新村》之所以有名，一定程度上是由于另外一首诗歌《荒村》。《荒村》是由哥尔德斯密斯的祖伯父于1770年控诉英国圈地运动所作，而《新村》则是作者移居加拿大之后，开荒辟土，建立新家园的真实写照。祖孙所作的两首诗歌用了相同体裁，但内容却是大相径庭。《荒村》对英国圈地运动前后做了鲜明对比，生动描写了英国圈地运动后人民的悲惨生活，揭露了英国资产阶级原始积累过程的残忍。部分受到迫害的人们只能选择背井离乡，漂洋过海来到加拿大这片荒凉的土地开始自己拓荒的生活，《新村》便应运而生。与《荒村》截然相反，《新村》热情洋溢，歌颂了新移民的勇敢、坚强，描绘了人们对未来美好生活的向往和憧憬。很明显的是《荒村》中的苦楚、伤痛都被《新村》中努力建设新家园的积极、热情所替代，美满的生活、丰收的场景宛在目前。其中，弗莱的"守备心理"和阿特伍德的"求生主题"都不曾寻见踪影。此外，还有20世纪加拿大最著名的诗人，被称为"加拿大诗歌史中的先驱"的埃德温·约翰·普拉特（Edwin John Pratt）创作的《泰坦尼克号》。众所周知，泰坦尼克号船只失事是令人扼腕的悲剧，根据"守备心理"和"求生主题"的理论，这首诗歌的基调必然是悲观、消极的。然而，普拉特的这首诗却在描写泰坦尼克巨轮的诞生与沉没，自然力量与现代文明的对峙，以及人们在面对死亡时的各种表现——有遭人唾弃的自私自利，也有让人歌颂的舍己救人。当泰坦尼克号撞到冰山开始下沉时，水手们仍然坚守岗位。救生艇数量不足，妇女儿童被保护先上救生艇，男士们在这个生死关头选择了保护弱者。在危急时刻，人性的善与恶、高贵与卑劣表现得愈加明显。普拉特擅长客观地描写人类与自然力量的抗争，并在其中剖析复杂的人性。"守备心理"及"求生主题"都过于消极，违背了这首诗歌客观描写重大历史事件、真实记录人性美丑的本意。

由此看来，经过广泛的分析论证，加拿大文学中的三大主题之一"多元文化"得到了证实。而弗莱提出的"守备心理"和阿特伍德所总结的"求生主题"虽然长期以来作为分析加拿大民族文学的指导性理论，但是由于其局限性、主观性造成了它们的准确性与可靠性遭到质疑。实际上，早在1984年加拿大著名文学批评家布·威·鲍威（B. W. Powe）就对弗莱的"守备心理"和阿特伍德的"求生主题"提出了挑战。他在论文集《不测风云》中明确指出：弗莱"无视作家的不同个性和性格，等于无视每首诗或每部小说中的独特声音……而艺术所反映的人类经历——我在这里重申——是多种多样的、本能的、自相矛盾的，并且很可能不会被某种华丽的、单一的、有关文学形式的概念所囊括"。而他对于阿特伍德所提出的"受害者身份""求生主题"也颇有异议。他认为"受害—求生"的理论只不过是"阿特伍德自己遵循的文学创作理论"罢了，这个理论使得她所塑造的人物都成了"事先设计好的转化模式的体现……而不是真实可信的个体"。

无论如何，在加拿大文学史上，弗莱的文学批评大家的地位是不可动摇的，而提出“求生主题”的阿特伍德在加拿大文坛的地位也不容小觑。尽管如此，对于他们所提出的有争议的文学理论还是应该用客观的态度来审视，不应该因为他们在文坛所处的地位如此就全盘接受。讲求实事求是，以文本细读为方法，研究不同历史阶段的文学作品，客观地给予评价，才是文学批评的重要原则。在文学发展变化的过程中，我们应积极客观地使用现有的文学批评方法欣赏每一部作品，挖掘文学带给人类的巨大力量。

第四章　加拿大性的女性主义

第一节　加拿大性的女性主义特点

一、门罗笔下的加拿大女性主义

纵观门罗一系列的作品，主要都是以书写女性世界为主，由此可知女性是其创作灵感的源泉。因此，针对门罗是否属于女性主义者这一问题，《纽约客》杂志曾在 2013 年的采访中问过门罗，她是这样回答的："我从来不认为自己是女性主义作家，不过，我也不知道自己是不是。我看问题从不站在强烈的女性角度。我确实认为作为男人真的很难。想想，在那些灰暗贫困的年代，男人还必须养家糊口，这会面临怎样的压力？"这个答案从表面上初看好像十分的矛盾，实则是要表明她并非激进主义女性主义者的身份。门罗在创作过程中，通过对不同的女性命运的书写，表达了她对女性生存境况的无限同情和期望。不得不说，门罗确实是一位女性主义者，而且她的女性主义思想同时兼具了加拿大性的特点。

（一）女性主义的基本观点

若说门罗属于女性主义作家，那么她的文学作品应该是具有女性主义写作特征的。在《庐隐：中国现代文学史上第一位女性主义作家》一书中，肖淑芬教授将女性主义的写作特点归纳为这样五个要素："就作者而言，必须是女性写作；就话语而言，自然是女性话语为主体话语；就题材而言，要以反映妇女的生活为主旋律；就主旨而言，必然是旨在消灭两性间的不平等关系；就反响而言，定要引起广大女性读者的摆脱妇女屈从地位的思想共鸣。"

对照肖淑芬教授所说的女性主义写作必备的五要素进行分析。

首先艾丽丝·门罗是位女性作家，这点符合了第一要素。

其次，门罗的写作始终围绕着女性世界里的平凡生活而开展，这其中女性作为主人公以及叙事的主体，自始至终代表着女性的话语。

在她的作品《我如何遇到我的丈夫》中，女主人公伊迪的第一次恋爱发生在她 15 岁的少女时期，当时她在兽医皮尔波斯家干活。一天下午，由于皮尔波斯夫人外出不在家，伊迪就偷偷穿上皮尔波斯夫人的漂亮衣服，画上精致的妆容，使自己变身成一个时尚而又优雅的美女。就是在这种情况下，她遇见了飞行员克里斯·瓦特斯，克里斯被她所吸引，并且经常来到此处喝水，以此来跟伊迪亲近，逐渐地他们之间萌生了暧昧的情愫。但是有一天，克里斯的未婚妻艾丽丝突然出现。出于嫉妒与憎恶的心理，伊迪用严苛的眼光审视着艾丽丝，觉得她既不年轻又不漂亮，她的脸上写满了浓浓的哀愁。伊迪欣喜于得知克里斯与他的未婚妻艾丽丝的感情并不好，并且得到了克里斯要离开未婚妻的承诺。在此之后，伊迪每天守候着信箱，满怀希望地等待克里斯的信件，但结果却令她失望。伊迪最终放弃了这段没有希望的感情，与邮递员产生了情感。两年后，二人喜结连理，拥有了幸福的生活。伊迪在另一段恋情中获得了自己期盼的幸福。

读者可以通过这部作品思考人生选择的问题。女主人公非常理性而又决绝地选择放弃一段没有结果、虚无缥缈的恋情，同时毅然决然地选择接受身边触手可及的美好幸福。这篇小说的叙事主人公是女主人公伊迪，整个故事都是从她的视角和话语进行故事情节的展开与发展的。

再次，小说的题材以反映女性的生活为主旋律。《我如何遇到我的丈夫》中，故事始终以伊迪为中心，深入刻画了女主人公的女性主体意识觉醒的过程。

小说的主旨在于主张消解两性间的不平等。作者通过两位完全不同的女性——伊迪和艾丽丝的对比阐释了女性要抛弃对男性的依赖，应该站在与之同等的位置才能拥有自己的人生，活出精彩。

最后，小说能够引起大多数的女性读者的反响和共鸣，能够帮助她们摆脱女性屈从地位的思想与内心。该小说是通过对女主人公伊迪个体的经验进行叙说，来告诫广大女性同胞要挣脱对男性地位的屈从和摆脱对他们的依赖，要努力地实现自我价值，此观点体现了广泛的普遍性，引起了每一位女性读者强烈的共鸣。

通过用此五要素来分析门罗的作品，最终可得出门罗是位女性主义作家的结论。

（二）门罗的女性主义的独特性

在女性主义者的派别当中，自始至终就存在着激进主义女性主义和温和女性主义。而艾丽丝·门罗显然属于后一类。她在进行《纽约客》记者的专访时，就说明了自己并不是一位激进主义女性主义者。

20世纪70年代，激进主义女性主义者认为女性地位低下的根源不是在于妇女的生理状态，而是来源于男性的生理状态，可以说是，从一个极端转变为另一个极端。这些女性主义者主张将男性排斥在外，认为男性天生就有侵犯女性的倾向，女性就是男性对立面。激进主义女性主义思想认为："有人说，女性运动是有史以来一场没有敌人的战争，而我们认为敌人就是社会和男人。"著名的女性主义理论家凯特·米丽特在其《性政治》一书中就严厉批判了西方社会及文学作品中的父权制，其中她批评了四位男性作家在各自作品中反映的大男子主义，揭露了男性作家站在自身的性别角度所创造的社会，体现了现实社会的性政治。米丽特着重揭示了男性文学中对女性形象的歪曲，以此表达了女性摆脱男性中心思想意识的强烈愿望。

美国作家夏洛特·帕金斯·吉尔曼是激进主义女性主义的典型代表，她的短篇著作《黄色墙纸》在19世纪末20世纪初就已成为女性文学的经典之作。吉尔曼在书中塑造了一位已婚妇女"我"，通过对其从轻度的精神抑郁到完全疯狂精神变态的发展变化逐一进行刻画；展现了被困在婚姻生活中的"我"的心理活动——煎熬、困惑、矛盾、挣扎，讲述了女性由肉体、灵魂的禁锢进而精神崩溃的悲惨命运；严厉地批判了父权制社会对女性的压迫和束缚。作品中，女主人公患有精神病，然而她的丈夫约翰虽是一名知名的神经医生的丈夫，却认为她小题大做，诊断她仅得了暂时性的神经抑郁症。本应受到精心呵护与治疗的她被丈夫带到了乡下，住在一幢长久无人居住的房子里，还被安排在一间做过育婴室的房间。她既不喜欢这间屋子也不喜欢这幢房子，希望搬离，却遭到了丈夫的极力反对，而且她的写作愿望也遭到了压制。于是，在丈夫每天出诊的时候，她就只能无所事事地待在家中，逐渐地，她被墙上的黄色墙纸所吸引。长此以往，她的脑海里产生了各种各样杂乱无章的想法。在她的眼中，墙纸上的图案变成了各式各样的图形，在她的种种联想和幻想中，那些图案逐渐地变成了模糊形似女人的人形，并且在光线的影响下做出各种动作。其中，一个女人的影像吸引了她的注意力。长时间的幽闭导致女主人公的精神状态严重错乱，甚至于学着墙上女人的影像在地上爬来爬去，并且她还对黄色的墙纸和味道产生了情感。丈夫约翰发现她在地上爬，他昏过去倒在墙边，而她仍旧毫无顾忌地在他的身上爬来爬去，最终女主人公彻底地陷入疯癫。特别是在小说结尾，妻子在昏厥的丈夫身上来回爬的情景使人们强烈地感受到作者对男性压迫女性的深刻揭露与批判。

这种猛烈的批判在门罗的作品中几乎无处可寻。由此可见，激进主义女性主义变成了“偏激”“暴力”的代名词。在21世纪初，斯坦福大学妇女与社会性别研究所的20周年学术庆典中，很多学者认为激进的早期女性主义几乎已经被社会所摒弃，走向了穷途末路。这时，取而代之的是一种新的较为温和的女性主义，它强调的是跨学科性和政治倾向性。20世纪80年代伊始，反对男性的激进主义女性主义遭到摒弃，温和女性主义开始形成规模。它具有跨学科及政治倾向的特点，主张解构两性对立，用后现代主义视角探究女性话语权。门罗倡导的女性主义不是激进派别的非此即彼的对立存在，而是一种两性共生共存、和谐发展的新关系，这是归属于温和女性主义这一派别的。

让我们再看另外一部作品，门罗的《我如何遇见我的丈夫》。如果作者是一位激进主义女性主义者，那么男主人公克里斯是绝对不会轻易跑掉的。在激进主义女性主义思想的影响下，克里斯要么就是被艾丽丝寻得并回去结婚，从此过着“妻管严”的日子；要么就是在他逃跑的过程中遭遇空难，彻彻底底地消失于伊迪和艾丽丝的生命中。然而，门罗并没有走这种极端的路线，她将克里斯最后的出场隐匿于伊迪、艾丽丝等人的对话之中，而且自从他逃跑之后就杳无音信，再未出现过。由此可见，作为小说的创造者——门罗，对男性采取的是一种忽视、疏离的态度，而并非激进、批判。她想要的是两性彼此依赖、彼此促进而非推翻、对立，她更注重女性自身对幸福的诉求。种种迹象表明门罗属于温和的女性主义一派。

虽然门罗否认她的女性主义者身份，但从她的作品及思想发展的历程来看，毋庸置疑的是她确实属于女性主义者的范畴。虽然如此，她和肖尔瓦或者海伦·米勒等激进主义女性主义者的表现还是不尽相同的，门罗始终对两性关系抱以温良的态度，但这种态度并不能改变她是一个女性主义者的本质。

二、加拿大文化中女性主义的多元化体现

加拿大作为一个以移民为主体的多民族共存的国家，它主张各民族不同文化的共存、融合和互补，长久以来便形成了其独特的多元文化。而加拿大文化亦是继承了此多元的特点，由此又产生了具有强烈的地域色彩的女性主义意识。加拿大文学中所呈现出来的女性主义意识随着各个历史阶段的发展而被镌刻下深深的多元化烙印。殖民地时期，在印第安多元文化的影响下，加拿大文学中的女性主义多元化开始萌发，在加拿大联邦共和国成立的初期，全球的女性主义思想盛行

催化了加拿大女性主义的不断发展；加拿大成立联邦政府百年之际，在少数群体文化和女性主义文化的共同作用下，加拿大文学中的女性主义多元化逐步走向成熟。但是，在多元文化的发展进入瓶颈期的时候，加拿大文学中的女性主义意识却完成了向生态女性主义的转变，可以说它在超越自我的同时又为多元文化的发展指明了道路，对加拿大的多元文化发展起到了"反哺"的作用。在加拿大，少数族裔的存在愈发受到世人的瞩目，他们的族裔文化逐渐得到发展并受到重视，同时少数族裔作家也将用各自的民族文化来诠释加拿大社会中女性的生活状态，可以预见将来的加拿大文学中女性主义意识多元化的烙印会更加的深刻。

17 世纪伊始，受加拿大富饶自然资源的吸引，一批接着一批，来自各个不同国家的人们纷纷移居至此，不同的民族文化在这片广袤的土地上相互影响、相互交织，使得加拿大的历史民族文化逐渐地从二元文化结构演变成了其独特的多元文化体系。受其直接影响，加拿大的文学在发展的过程中，衍生出了具有明显地域色彩的加拿大文学女性主义意识。

（一）女性主义多元化的历史形成

加拿大文学的起源可以追溯到 17 世纪。当时的加拿大处于英、法国殖民统治时期，教会教士呈上的报告及一些军队官员的游记就已经展露了一些文学端倪，但女性文学此时还未出现。18 世纪中叶，加拿大文学依然以见闻、游记为主流，由于加拿大始终受到英、法两个殖民宗主国文化和本土原住民文化的影响，不同文化间相互碰撞、融合，因此加拿大的文化环境与欧洲的文化环境完全不同，这给加拿大文学家们的创作提供了大量丰富而与众不同的知识和素材。

1769 年，加拿大的第一部小说——《艾米丽·蒙塔古小传》问世。这部小说是由弗朗西斯·布鲁克（Francis Brook）根据魁北克地区的英国驻军的生活情况所创的。这小说描述了女主人公艾米丽听从父母的安排嫁给了自己不爱的克莱顿，后在其好友阿拉贝拉的影响下，勇敢解除了婚约，并与自己的真爱里夫斯上校结婚的故事。虽然小说里艾米丽是主人公，但是不得不说艾米丽的好友阿拉贝拉才是小说的灵魂，"她热情开朗，聪明活泼，有敏锐的观察力，羡慕印第安妻子可以不受丈夫干扰、无拘无束地做自己想做的事情。"小说的背景被设立在 18 世纪，那时社会上的女性主义意识不甚明显，所以故事能显示出追求爱情与向往婚姻自由的女性主义意识实为难得。当然，这与布鲁克夫人长期受到不同于欧洲传统婚姻文化的印第安土著民的婚姻观的影响有着紧密联系。布鲁克夫人也因此成为加拿大文学中女性主义文学的开创者。

18 世纪到 19 世纪中叶的加拿大仍然处于英、法两国的殖民统治之下，欧洲的宗教和传统文化都对加拿大产生了深刻的影响，男性主义也还是社会的主导。布鲁克夫人最初的女性主义意识，也只是“嫁个好男人”的小女儿心态。“继布鲁克夫人之后，加拿大的文学界相继出现了茱莉亚·哈特（Jwlia Hart）、伊莉莎·库辛（Eliza Cashing）、罗萨娜·乐普罗温（Rosanna Leplowin）等女性作家，她们的文学作品要么是传奇故事，要么流于说教，明显受到了男性主义和宗教文化的影响。”显而易见，联邦共和国成立之前的加拿大，其文学中所显现的女性意识依旧带有浓厚的男性主义色彩。

（二）二元文化结构中的加拿大女性主义特点

19 世纪末期，整个欧美世界刮起了倡导男女权利平等的第一次女性主义浪潮，受其影响，加拿大的女性对其自身遭受压迫的社会地位也表现出了强烈的反抗。此时，受到世界范围的第一次女性主义浪潮影响，加拿大文学中的女性意识也发展起来。纵观加拿大文学发展历程，殖民地时期在文学界中兴起的女性意识还是以争取社会对女性的关注为诉求，到了联邦共和国成立的初级阶段，女性意识进一步发展为强调解放个性和独立自强，显而易见女性主义文化给加拿大二元文化的发展带来了强烈的冲击。

1904 年，萨拉·邓肯（Sarah Duncan）的小说《帝制支持者》的问世代表着加拿大小镇文学的开端。这不是一部以女性意识为主题的作品，只是在故事发展的过程中，透过艾德维拉作者表达了对女性追求独立、自由、公平的社会地位等方面的关注，“是加拿大文学中女性意识的另一种觉醒”。1908 年，被誉为“20 世纪初最受关注的加拿大明星作家”的露西·蒙哥马利出版了其的代表作《绿山墙的安妮》。“故事用动人的情节描述了女主角安妮·雪莉是如何以积极乐观追寻希望的生活态度获得了家人和社会的认可。”作者通过故事中的安妮书写的个人经历，阐明了女性主义意识不只限于感情纠葛，而是可以将其进步到重新构建自我意识以得到社会认可的过程。与单纯“追求爱情”的女性主义意识相比，女主人公安妮所表现出的女性意识不再是只为得到爱情，而是希望得到家庭和社会的认可，从而实现人生价值。这种想法有着划时代的意义，是加拿大文学中女性主义意识走向成熟的里程碑。一战、二战期间，加拿大的大量男性参战，女性作为替补弥补了国内劳动力的缺失。借此机会，女性的社会地位提高、责任感增强，女性主义文学也较过去更加深刻。“辛克莱·罗斯的《至于我和我家》、玛莎·奥斯腾索的《野鹅》，女主角在家庭中的矛盾冲突更加激烈，对男性主义社会的格局表现出比较明显的反抗意识。”

越来越多的新移民涌入加拿大，致使女性文学有了更为迅速的发展，同时使女性意识也朝着多元化的方向前行。东欧移民女诗人多萝西·利夫赛（Dorothy Livesey）受共产主义思想影响，在二战前后创作了大量以政治为主题的诗歌；英裔女性移民作家艾琳·贝尔德（Irene Baird）的都市小说，更加关注城市中底层人民的疾苦，尖锐地反映了社会问题，政治气氛强烈。也就是在这个时刻，加拿大文学中的女性主义意识的发展被印上了多元化的烙印。加拿大女性意识迅速成长，在现实社会中和各种文学作品中得以体现。但是加拿大受传统的二元文化的影响，仍旧是以男性主义为中心，认定女人是男人的附属品，认为女人的社会角色就应该局限在家庭中，所以这种新型的女性意识被认为是“叛逆”的。“这点在战后加拿大著名小说家、剧作家罗伯逊·戴维斯（Robertson Davis）于 1951 年创作的戏剧《在我心灵深处》中可见一斑，作品选取特雷尔夫人、苏珊娜·穆迪和弗朗西斯·斯图亚特这三位加拿大历史上才华横溢的女性为主要人物，她们放弃了自己原有的理想，和丈夫一起来到加拿大拓荒，而魔鬼却煽动着她们去追寻自己的理想。”这部戏剧中充斥着浓重的宗教色彩。在多数宗教文化中，女性即为男性的附属品，如果女性想要追求自我、实现自我，便是遭受了恶魔的蛊惑，既而女性主义的意识仍旧受以男性主义为中心的社会和宗教文化的摒弃。即使受到了种种的阻挠，仍没有人能够阻止历史前进的车轮。埃塞尔·威尔逊（Ethel Wilson）于 1949 年发表了著名的长篇小说《天真的旅行者》。小说中天真单纯的女主人公托帕斯遵循自己的心意幸福快乐地生活着，她在旅途中实现着自我的价值。由此看出，二战后的加拿大社会，女性生活的重心已经发生改变，不再仅仅是围绕家庭生活了。五年后，埃塞尔·威尔逊又出版了小说《沼泽天使》。“女主人公玛姬在一连串的人生打击下，不断探索和反思，最终找到了属于自己的新生活。”“1959 年，希拉·沃森（Sheile Watson）创作的‘加拿大一部现代主义小说’《双钩》出版，小说通过引借《圣经》、希腊神话和印第安神话等多种文化元素，以詹姆斯逃离家乡，又回归故土的过程，对加拿大的社会问题进行反思，认为人的命运并非注定不变的，爱心与觉悟必能引导人前进。”《沼泽天使》中的玛姬在经历过种种家庭不幸后进行的自我反省，和《双钩》中的主人公詹姆斯对社会问题的深刻反思，都标志着加拿大女性主义文学发生了质的飞跃。

（三）加拿大多元文化体系下的女性主义特点

自二战之后，来自非西欧国家的移民大量涌入加拿大，随之而来的还包括全新的意识形态和民族文化。20 世纪 60 年代，美国发起的“民权运动”和“族裔认同”运动传入加拿大。加拿大的少数群体渴望得到主流群体的认同，获得话语权，同时希望打破固有的二元结构。1971 年，双语制下的多元文化主义政策的颁布使他们看到了希望，自此加拿大进入了一个全新的时代——一个注重个性、平等、独立的多元文化并存的大时代。这个时候，欧美又掀起了“第二次女性主义运动”，它追求的是性别的差异性。至此，由于受到少数族裔文化和女性主义思想的双重影响，加拿大文学中所呈现的女性主义意识不再是初级阶段的一味地强调反抗男性主义社会对女性的压制，而是变得更加的成熟，开始思考女性存在的意义及人生价值。

1964—1974 年的 10 年时间里，加拿大“小说三大家”之一的玛格丽特·劳伦斯出版了“马纳瓦卡系列小说”:《石头天使》《上帝的玩笑》《住在火里的人》《关在屋里的鸟》和《占卜者》，共五部小说。纵观劳伦斯的“马纳瓦卡系列小说”，其主人公选取的范围相当广泛；小说的发展背景也从马纳瓦卡小镇延伸至大都市温哥华，在繁华的都会和宁静的小镇之间来回穿插。这一系列的小说的故事情节的发展恰恰也反映出加拿大从二元文化结构向英语、法语和少数族裔文化相生相惜的多元化演变的历程。随着多元文化的逐步形成，《石头天使》中的苏格兰后裔夏甲在将死之时突然觉醒，对自己有了新的认识。《上帝的玩笑》中作为教师的蕾切尔对自己的人生做出深刻反思后，获得了新生的力量，重新开始找寻属于自己的生活方式。《住在火里的人》中的主人公斯泰茜虽然居于大都市，但却承受着方方面面的压力，经过痛苦的挣扎后，她最终获得了人生真谛，心灵得到了升华。《关在屋里的鸟》中的小镇女孩儿瓦妮莎看到了女性犹如被关在牢笼中的鸟儿一般，受到社会的压迫与束缚，她认识到必须努力奋斗才能摆脱困境，否则就会像《潜鸟》中的皮格特，游走于社会边缘，最后消亡。《占卜者》中的女主人公莫拉格在回忆往事时，对人生有了新的感悟，用写作发掘了人生的真谛。我们可以看到劳伦斯的创作已打破故有的女性意识，不再仅仅局限于摆脱男性社会的种种束缚，她所表达的愿望是要突破传统观念及家庭和社会加注在女性身上的层层枷锁，去思考女性自我身份的构建与自我意识的形成，最终成为一个名副其实的“人”。女性应挣脱男性社会的种种束缚，不再被动地接受，而是出于主动意愿地去努力改善自身的生存环境，并且在获得自由和内心独立的基础上，自愿地、有选择性地求全。劳伦斯的文学创作标志着加拿大女性主义文学走向了真正的成熟，作品中多元文化的特性也表现得愈加明显。

同一时期，著名作家，有“当代女契诃夫”之称的艾丽丝·门罗也出版了《快乐精灵之舞》，故事中的女主人公马萨丽丝把一生都奉献给了少儿音乐教育。时至暮年，她从容、潇洒地面对各种来自学生及其家长的褒贬，她的这种荣辱不惊的坚韧已然超越了普通意义上的女性意识。小说集《姑娘们和女人们的生活》和《你以为你是谁？》中，女主人公们都对两性差异有了更为深刻的认识，对男性社会中女性所受到的不公待遇有了新的思考。作者没有将责任完全推给社会，而是对问题的根源进行深入挖掘，寻找女性自身的问题，认为拥有成功事业而没有幸福家庭的女性仍然是“强者不强”的失败者。女性在以男性为主导的社会里遭受种种压迫和束缚时，只有自己积极地把握命运，人生才会有积极的意义。有了门罗对女性意识进一步的书写，加拿大文学中的女性主义意识变得更加的丰满和成熟，也更加熠熠生辉。

在加拿大文学界，不仅是女性作家时刻地在表达着女性意愿和心声，男性作家也开始逐渐关注女性主题。乔治·里加（George Riga）作为加拿大著名剧作家曾在其代表作《丽塔·乔的狂喜》中讲述了天真烂漫的印第安女孩丽塔·乔被迫沦为妓女的悲惨遭遇。由于土著人的身份，丽塔·乔遭到各方的歧视与漠视，最终被逼入绝境。丽塔·乔的在无助地向这个冷漠的社会发出哀号，作者也在对整个社会进行无声的鞭挞。该作品除了书写了少数族裔与社会主流群体的矛盾之外，深刻揭露了加拿大女性在男性社会中面临的种种困境。上述种种反映出在加拿大多元文化的影响下，社会的主流已不再是以男性为中心了，女性的社会地位在不断提高，女性在物质、精神上都期望能够获得独立和自由。

三、加拿大独特的生态女性主义

20 世纪 80 年代后，加拿大的多元文化发展日益成熟。《多元文化法》的颁布更加明确了加拿大多元文化的思想、内容和实施办法。加拿大政府希望在该法案的实施下，多元文化能够成为加拿大各个民族关系之间的主流意识形态。但是事与愿违，多元文化的推广也遇到了不少阻碍，诸如：与双语制度的矛盾、缺失国家认同感、对于少数群体的政治民主无法保证、种族歧视等一系列问题。即使如此，加拿大文学的女性主义意识并没有因受其影响而停滞不前，而是进一步涵盖了生态女性主义的精髓，又向更高层次迈进了一步。

生态女性主义是将生态关怀与女性主义完美结合的产物，它认为“对自然的剥削和对女性的迫害间有着必然联系”。生态女性主义者主张反对“逻辑中心主义”。1985年，加拿大著名女作家玛格丽特·阿特伍德出版了小说《使女的故事》，以此拉开了加拿大生态女性主义文学的序幕。阿特伍德出生于生物学家的家庭，因此她始终关注女性、生态和人与自然间的互动。《使女的故事》讲述了以男性为统治群体的人类社会大肆破坏生态环境，最终导致人类作茧自缚的故事，同时深入地刻画了女性同自然一样都在承受着男性主义的压迫，并发掘出二者的共性。小说揭示了两性之间、自然与人类之间统治与被统治的关系，将男性对女性的迫害、压制与人类对生态环境的剥削、蹂躏等同起来。若从结构主义的视角分析，在早期的加拿大女性文学中，生态女性主义就已初露端倪。只是直到《使女的故事》问世，加拿大作家们才开始有意识地、主动地把生态女性主义运用到创作中，进而对两性协调发展、自然环境可持续发展进行关注，已达到生态女性主义所诉求的目标。

阿特伍德继《使女的故事》后，又相继创作了《猫眼》《强盗新娘》《盲刺客》《羚羊与秧鸡》《好骨头》等长篇小说。纵观这一部部的小说无不表达了阿特伍德对遭受人类破坏的自然环境的担忧，以及对女性遭受男性主义压迫和束缚的批判。她善于运用高超的写作技巧和丰富的想象力，描述女性所受到的男性主义社会的压迫和自然生态遭受到的人类无情的剥削。

而诺贝尔文学奖的获得者艾丽丝·门罗则更擅长运用“看似平淡，实则老辣”的现实主义写作手法，为生态女性主义创作另辟蹊径。21世纪初门罗发表了她获诺贝尔文学奖的短篇小说集《逃离》，其中每个故事的女主人公都出身于加拿大不起眼的小镇。她们渴望逃离婚姻、家庭、自我，但最终都以失败告终。字里行间中，门罗看似是在为她们的悲惨遭遇叫屈，在控诉着父权制社会对女性的压迫与束缚，实则是在暗示人类社会与生态环境没有差异，两性之间也是平等的。社会对待男性和女性的要求是具有差异性的。女性虽然代表温柔但并不是弱者，男性虽然代表刚强但也并不就要统治于人，这便是“弱者不弱，强者不强”的内涵所在。无论是社会中的两性，还是生态环境中的人类都有必须遵守规则，按照法则办事才能互惠共荣，否则必将作茧自缚，走向灭亡。门罗独具慧眼，擅长使用朴实、细腻的文字，去刻画一个个平凡的、又具特性的女性形象，揭示长久以来的两性关系，诉说自己追求两性相生共荣、人与自然和谐共生的美好愿望。

门罗在《沼泽路》中利用女主人公黛儿的视角，刻画了男性人物贝尼叔叔。她创造的贝尼叔叔是一位具备浓重母性特征的男性角色，贝尼叔叔的身上具有明显的女性性格，正是由于这两种特性他一身兼得，才使得他的女性力量超越了普通的女性力量，更加超越了男性的力量，这强烈地表达出门罗渴望突破女性问题的急切。父系社会里，处于社会主导地位的男性不仅压迫女性，还破坏自然环境，致使生态环境日益恶化，受到破坏的生态环境又对人类的生存和发展造成了威胁。而门罗所刻画的贝尼叔叔能与大自然和谐共处，由此我们可以感受到作者所追求的生态理念——倡导维持生态平衡与环境的可持续发展。门罗的思想理念早已超越单纯的女性主义思想，“这与生态女性主义强调的相互依赖合作、持续性发展不谋而合”。

贝尼叔叔的品性更加进一步说明了：只有在女性和男性和谐共存的时候，人类的力量才能发挥到最大值。贝尼叔叔热爱大自然，喜欢小动物，他自身的母性特点使得他会善待动物，和小动物们保持良好的关系；贝尼叔叔善良、质朴的性格也在后来的征婚过程中得到体现，他对待感情也是十分认真的。人类与自然都是整个生态系统中的重要环节，它们密不可分、互相作用、彼此影响。关爱自然就是关爱我们人类自身，破坏自然必将作茧自缚。门罗把贝尼叔叔当作人类的象征，借此表现自己的生态主义世界观。作为人类社会里占据主导地位的男性，他难能可贵地表现出了纯真的人性和对女性、自然的关怀，他也不会因为身处父权制社会就随波逐流地迫害女性、糟蹋自然。恰恰相反，贝尼叔叔表现出了母性的特质。因此孩子们都喜爱他。他的仁爱之心还表现在：当他被骗后娶了不到17岁的玛德琳，还要抚养她的孩子时，他没有像一般的男性那样，理直气壮地对她们施暴、迫害女性，而是用他的仁慈与宽容接受了玛德琳和她的孩子。面对玛德琳的粗暴、神经质，贝尼叔叔却依然选择仁爱，包容、呵护她。对待玛德琳的孩子丹妮时，贝尼叔叔亦是如此，他对她呵护备至，使得她对他十分信任。身为男性的贝尼叔叔比女性更富爱心，从未因为自己的男性身份而去压迫女性。综上所述，对贝尼叔叔一角的塑造，是门罗潜意识里反对父权制社会、批判父权制度的体现；说明她倡导两性平等共存，人与自然和谐发展，反对男性压迫女性，反对破坏自然环境和性别平衡。《沼泽路》恰恰反映了门罗对人与人、人与自然关系的美好愿望。

门罗在其文学作品中所倡导的生态女性主义思想，使处于父权制社会中的女性对自己的生存价值有了新的认识，加拿大少数族裔也从中得到了巨大的启示。加拿大长久以来一直盛行多元文化共存的模式，每一个类别的文化相互对抗、相互依存，正是由于多民族文化的存在才形成了加拿大独具特色的多元文化结构。在多元文化进化发展的过程中，利用生态主义观点，打碎各个文化间的壁垒，共同努力建成涵盖各个文化、和谐共存、可持续发展的多元文化体系，将是加拿大多元文化发展的目标。加拿大文学中的女性意识从一出现就一直受到多元文化的影响，直到 20 世纪末，其与生态主义理论结合形成了生态女性主义思想便实现了加拿大文学女性意识的伟大跨越。随后，生态女性主义思想又影响多元文化的发展，完成了“反哺”的使命。

第二节 加拿大性对女性主义发展的影响

一、加拿大历史对女性主义的影响

加拿大是个具有特殊历史背景的国度，属于移民国家。它位于北美洲，在这片神秘而又广阔的土地上，最初居住的主要是当地的土著居民，而土著文明也为之后加拿大特有的文化背景奠定了最原始的基础。至 2017 年，距离加拿大联邦共和国成立已有 150 年的历史了。在此之前，这片土地一直被殖民者所统治。在 1534 年至 1673 年间，它被法国殖民者所统治，历史上称之为新法兰西。之后的七年里，英、法俩国为了争夺这片北美洲的殖民地不断地进行斗争，最终在 1763 年，英国获胜并夺得这片土地的统治权，将其改为英国殖民地。

加拿大历史的独特之处就在于此，英、法两国的交替执政，为加拿大英语、法语两种文学的诞生和发展奠定了早期的历史基础。加拿大沦为英属殖民地后，便开启了加拿大英语文学的发展之路，这一时期在历史上称为加拿大英语文学萌芽时期。此后，大量的欧洲移民涌入当时的加拿大，逐步形成各个不同的族裔移民社区，其中规模较大的族裔有意大利族裔、犹太族裔和华裔等，并且他们都保留了各自的传统文化。现今的加拿大，除去英、法两大族群外，来自其他族裔后代的人口也已达到总人口的 40% 以上。加拿大全国流行有 60 多种语言。由于历史的积演，加拿大国内的各个民族相互共存、和谐发展，加政府提倡各种文化共同发展，同时实施双语政策和多元文化政策，对非主流文化一视同仁，并且保护当地的土著历史文化。加拿大历史发展和多元性文化的形成步调统一，兼具统一性和一致性，显现出加拿大包容、宽厚而又中庸的特性。这种独特的精神属性，也使得加拿大的女性主义更加精彩纷呈，逐渐分化成三大女性主义流派：激进主义女性主义、自由主义女性主义和社会主义女性主义。

从历史角度考虑加拿大女性主义的发展，不仅仅要从其自身的移民文化上分析加拿大女性主义的特点，还要看到加拿大联邦共和国自成立以来就深受美国的影响。从地理环境上讲，加拿大与美国毗邻，总长达 8000 千米的边境线，成为世界上最长的不设防边境线。随着美国的发展，其在世界上占据越来越重要的地位，加拿大必然受其影响。经济上，美国成为加拿大最大的贸易伙伴，出口贸易中有 80% 的贸易是与美国发生的，同时进口贸易的 75% 也来自美国。可见，加拿大的经济受到美国的极大影响。文化上，在加拿大文化市场里占据统治地位的也是来自美国的影视作品及报纸杂志。不得不说，美国的文化产品又一次以压倒性的优势占据了加拿大本土的文化市场。

面对美国这样一个在经济、文化上都万分强势的国家，加拿大的反应却是从容不迫的。在英、美文学界里，不乏优秀的女性作家。面对此种境况，加拿大文学界没有随波逐流，淹没于他国的文学作品之中，而是坚定不移地发展自己的女性写作道路。在文学发展的早期，就涌现了两位极具代表性的女性诗人：佩奇和利夫赛；到了文学发展的繁荣期，她们的文学成就和声望就已经赶超了许多的男性作家，除此之外，该时期还出现了一大批女性作家的后起之秀，其中包含了许多来自欧裔、亚裔和土著裔的女性作家。随着世界各地女性运动的发展与扩大，加拿大也对本国重要的女性作家进行了系统的梳理，发现了各个时期都出现了大量的优秀女作家：殖民地时期的特雷尔和穆迪姐妹、布鲁克夫人；联邦时期的波林·约翰逊、克劳福德；20 世纪初的奥斯腾索、蒙哥马利和邓肯。这些女性作家的不断涌现，也从文学界方面论证了加拿大女性主义运动积极、蓬勃的发展。

换一个角度来看，虽然受到美国的影响，但加拿大也并不是照单全收、有一学一的。其在吸取精华的同时，也在很聪明地努力建构属于自己本民族的特色文化。不幸的是，直至 20 世纪 50 年代，“加拿大文学”在世界文学界还不能成为一个名词。相应地，加拿大作家也一直游走在世界文学界的边缘，他们的身份不被认可。二战后，由于加拿大的民族性愈发受到美国的威胁，因此委员会呼吁加拿大人民要立足于自身的民族性，走向世界。这一号召极大地震动了加拿大国人，促进了激进民族主义的形成，与此同时激进主义女性主义也产生了。

二、 加拿大女性主义产生的历史背景

（一）女性运动的第一次浪潮

女性主义在加拿大的诞生要追溯到基督教妇女戒酒联合会（WCTU Women's Christian Temperance Union）在 19 世纪明确提出了为妇女争取选举权和参政议政权。该组织以宗教名称命名，并且从表面名称来看主要是为了妇女戒酒而设立的，但它同时也在为妇女争取政治权利而不断努力。加拿大首个争取女性权益的妇女组织于 1876 年成立，名为多伦多妇女文学俱乐部（The Toronto Women's Literary Club），是由加拿大第一位女医生艾米莉・霍华德・斯托（Emily Howard Stowe）创办成立的。该组织于 1883 年正式更名为"多伦多争取妇女选举权协会"。这就是"早期加拿大女性运动第一次浪潮"的发起者。

纵观全球的女性运动或是女性问题，虽说其一定程度上具备一致性，但是由于各国迥然不同的国情、文化传统和地域特色，每个国家的妇女问题、女性意识的产生、发展及其内容和特点也都呈现出不同程度的差异性和多样性。而加拿大的女性运动从产生初期就具备着更加宽泛的历史和政治内涵。究其根源，从加拿大联邦共和国成立初期，就同时存在英语、法语两种语言，英、法两种传统和文化。由此可见，该国的女性运动从某些程度上也会呈现出英、法两种传统文化间的对立关系。不难想象，加拿大的女性运动始终存在着两个派别：由英裔女性领导的女性运动（主要在说英语地区）和由法裔女性领导的女性运动（主要在魁北克地区）。尽管这两个派别的女性运动在很大程度上都具有同一性和一致性，但是由于法裔的女性主义者们自身的历史发展原因、其与罗马天主教的关系及其浓重的法裔民族主义情绪，其女性运动的表现形式也大为不同。

不同于其他国家的女性运动，加拿大由于拥有英裔、法裔两大族裔，该国的女性运动更加曲折艰辛。以法裔为主的女性运动为例：在 1807—1834 年间，魁北克地区的妇女就拥有了选举权，不幸的是其后被剥夺了。她们在争取自身权利的道路上遇到的阻碍除了传统观念之外，还有宗教。从 19 世纪末开始，她们就团结起来要求参政，可是直到 1940 年才重新获得选举权，这在加拿大所有省份中是最晚的。女性在得到选举权后，女性运动似乎步入了一个相对平稳的发展阶段，并且倾向于非政治化和边缘化。然而，女性运动并没有停滞不前，并且产生

了一些新的内容。在这期间，加拿大的女性除了为自身争取公民的政治权益而斗争外，还在为承认女性为“人”的资格而斗争。

（二）女性运动的第二次浪潮

20 世纪 60 年代伊始，全球的政治、经济和社会文化的发展形势产生了巨大的变革。欧美的大多数资本主义国家进入高速发展的“黄金时期”。加拿大也一并迈入了持续八年的飞速发展时期。政策上，提出了福利国家的概念；经济上，从制造业转向第三产业；社会文化上，出现了生育高峰和家庭结构的变化。在这种国家发展的大背景下，受过高等教育的女性人数急剧增加；越来越多的中产阶级和上层阶级的女性赋闲在家，她们感到十分的空虚与压抑；底层劳动妇女成为社会劳动大军中的中坚力量，不同往日，她们在婚后仍可继续工作。

国家经济迅猛发展的同时产生了较多的就业机会，这就意味着各个阶层的女性都可以走出家庭迈向社会。虽然女性的就业率大幅增加，但这并不能解决女性依然处于两性不平等中的问题。她们时不时地受到或多或少的性别歧视。在职场里，女性总会经常遇到同工不同酬或是缺少升职机会的性别歧视。这些满怀希望从家庭迈入社会的妇女，却常常置身于种种性别歧视的尴尬困境，她们心中充满对社会的失望和抑郁。同时，她们曾经接受的教育与后来在职场上所受到的不公正的待遇之间的矛盾逐步激化。广大女性为了提高自身的生存境遇，展开了新一轮的斗争。女性运动的第二次高潮从此开始。

不同于第一次女性运动高潮，这次浪潮开始朝多样化方向发展，包括思想多样性、组织多样性及女性诉求多样性。在当时女性运动的社会背景下，女性主义者自身也困惑于真正的性别平等的社会形态问题。逐渐地，在女性主义者的内部分化成了三大流派。各个流派也针对女性运动中的问题提出了各自认可的合理有效的解决方法。

三、 加拿大女性组织的形成与发展

加拿大女性主义的一个重要特点就是“制度化”。女性主义者从政治角度入手，善于利用政策，通过立法的手段为女性谋求权益。

加拿大政府大力支持和推进本国的女性运动，其根源来源于他们逐渐意识到越来越多妇女已经参与到国家的经济建设中，对社会的进步起着不可磨灭的、至关重要的作用。自从 20 世纪 40 年代以来，加拿大的女性不仅争取到了妇女的参政权，她们的选举权也在稳步地扩大，妇女性利的不断增大，使得社会上的各个党派逐渐注意到她们——这一新兴的力量，并且竭尽全力地想要得到她们的支持。

（一）妇女地位皇家委员会

在谈及加拿大女性主义的发展史时，如若只是单纯地讨论其女性主义的产生及发展是不完整的。这是因为该国的女性主义在很大程度上受到美国女性运动的影响，这两国间的女性运动一直有着千丝万缕的联系。20 世纪 60 年代，在美国，肯尼迪总统专门成立了妇女地位总统委员会（Presidential Committee on the Status of Women），该组织对妇女的社会地位的改善起到了至关重要的作用，其中包括：收集全美的妇女生活现状，以此出台保障女性权益的有效措施；通过对女性的公民权、受教育权、家庭、职业等七个方面的调查研究与比较，发现绝大多数的妇女在社会和职场上仍旧处于劣势，地位低下，因而提议废除女性不平等的法律条例。在美国女性运动的熏染下，加拿大紧随其后，加拿大皮尔逊总理于 1967 年亲自成立了妇女地位皇家委员会来调查加拿大女性的生存现状。

放眼当时加拿大的整体社会背景，妇女地位皇家委员会的成立不单是皮尔逊总理一手促成的，更是广大的加拿大妇女积极推进、大力促成的结果。1966 年，加拿大高校妇女联合会提出了如何改善加拿大女性地位的议题。当时与会的部分代表还成立了加拿大妇女平等权促进会，其目的在于呼吁当时的加拿大联邦政府成立一个能够改善女性社会地位的皇家委员会，通过调查研究来改善女性的生存环境和提高女性权利。该组织于 1967 年正式成立，于 1970 年向当时的联邦政府提交了关于加拿大女性地位现状的报告，并强力呼吁建立加拿大的妇女组织。有了委员会的运作及督促，政府所拨款项很快便落实到每个妇女中心。

有了妇女地位皇家委员会的组织领导，女性主义者可以更多地参与到政治活动、社区活动和社会服务工作中去，从而更加翔实地了解到个体和整体的妇女问题。在当时，该组织是加拿大广大妇女推动社会变革的重要媒介，它使得大多数的女性团结起来，迫使联邦政府不得不正视妇女问题，对加拿大女性主义的发展起了关键的作用。

（二）妇女地位全国行动促进会

紧随其后，在 20 世纪 70 年代加拿大成立了全国性妇女组织——妇女地位全国行动促进会。组织成立初期，妇女平等权促进会便加入其中；在其第一次筹备会议中有 15 个妇女组织参加，这几乎涵盖了加拿大所有的女性组织类别；很快这个全国性的妇女组织便发展到 42 个成员组织；直至 20 世纪 80 年代，该组织的成员组织数量已经增加到 530 个，其中八成属于全国性妇女组织，这不难看出妇女运动发展的迅猛以及其规模和数量的庞大。

妇女地位全国行动促进会不仅成员组织数量众多，覆盖面极广，更重要的是它还包含了女性主义的各个派别：如自由主义女性主义组织、激进主义女性主义组织、社会主义女性主义组织、移民妇女组织、女同性恋分离主义组织及有色人种妇女组织，可以说这是一个全国性的综合组织。

四、 加拿大女性运动的三大流派

自从 20 世纪 60 年代欧美女性运动第二次浪潮袭来以后，学界为了研究之便，把女性主义大致划分为三类：激进主义女性主义、自由主义女性主义和社会主义女性主义。虽说这种归类方法不是十分完善，不能囊括各个女性主义流派的特征，但大多数学者对其是表示认可的。

第二次女性运动高潮的后期，女性主义继续发展前行，步入了后现代女性主义时期。虽然其并不是与前三大流派分庭抗礼的第四大流派，但它却是颠覆和瓦解三大流派的理论基础，我们将在随后进行阐述。

（一）自由主义女性主义

在女性主义理论发展的过程中，最初出现的理论形态是自由主义女性主义（最开始女性主义被唤为女性主义）。该理论的诞生为当时妇女争取自身的权益提供了强而有力的理论支持和方向指引。当时的自由主义女性主义思想渗透到了女性参与的政治、工作、受教育等方面，强烈要求女性拥有与男性平等的参与权和工作权。

自由主义女性主义属于行事作风相对温和的派别。她们的诉求是通过理性的方法来解放妇女，并希望改变妇女的愚昧、消除对妇女的偏见，以此来实现男女平等的愿望。自由主义女性主义倡导在保持现有男女两性的社会角色基础上，努力提高女性受教育的程度，允许女性进入职业领域，同时对家庭应当进行一些适当的改革，争取使女性与男性一样获得各种权益与机会，提倡男女平等。

自由主义女性主义主要代表人物有西蒙·德·波伏娃和贝蒂·弗里丹（Betty Fridan)。二人都对加拿大本土女性运动的发展起着不可忽视的推动作用。1949 年，恰逢女性主义的第一次高潮，法国著名的女性主义代表波伏娃，于此时发表了她的代表作《第二性》。她的核心观点就是："女人并非生来就是，而是后天变成的。"她的观点也被视为整个西方女性主义理论的典范。当时加拿大的各个流派的女性主义对此都受到极大的影响，她的思想也一直延伸到加拿大的第二次女性主义运动。

贝蒂·弗里丹，美国的女性主义代表人物，她的著作《女性的奥秘》进一步对波伏娃的思想进行论证。同样，她的这部作品也为加拿大的女性运动带来了大量的事实材料的可靠支持，从而确保妇女运动的顺利进行。该书抨击了二战后盛行的"女性奥秘论"，即女人不必关心家庭以外的事物，只要拥有一个好丈夫即可，她们的理想就应该是当好贤妻良母。弗里丹否认了"贤妻良母"的虚伪观点，指出索然无味的家庭生活只会给广大妇女套上沉重的桎梏，使她们不得不成为男人的附属品，逐步失去生存价值。正是她的言论，使当时处在第二次女性运动中的加拿大女性同胞们重新意识到妇女运动的必要性，她们必须坚定地完成她们的历史使命。

(二)激进主义女性主义

激进女性主义的思想较自由主义女性主义更为激进。该流派源于全国妇女组织，后经不断演化、发展形成。激进主义女性主义者当中不乏有许多年轻知识女性，她们接受过良好的教育，拥有独立的人格和坚定的目标追求。当然，最重要的一点是她们经济独立。在此派别刚形成时，她们追求妇女得到彻底的解放——倡导晚婚、号召女性远离男性、做回自己。但是后来这种解放妇女的美好诉求，却逐渐发展、演变成一种十分极端、极其偏激的观点——她们认为男人是敌人，女人是朋友。激进主义女性主义提倡颠覆传统的两性作用和角色，希望建立一个同性恋社会，尤其是女同性恋社会，以此创造一个与传统意义上截然不同的社会。她们所追求的这种全新社会能够完全代表女性的权益，实现女性的自身价值，摆脱自古以来男性对女性的控制。

当时的加拿大也充斥着激进主义女性主义，受其影响，一部分加拿大妇女将家庭视为束缚她们人生的枷锁。在第二次女性运动浪潮的洗礼下，她们寻求独立，离开家庭，远离丈夫。同一时期，门罗的《你以为你是谁？》也出版发行。门罗对妇女问题的看法，既没有随波逐流，也没有一味地回避，而是以一种平和、冷静的心态来对待这场进行得如火如荼的激进主义女性主义运动。在该部小说中，门罗透过女主人公露丝表露出自己所特有的女性主义思想："有人还是认为女人会找到生活出路。从前，结婚就是出路。近年来，离开丈夫成了出路……我没有这样的出路。在我看来，这样的出路很可笑。我的出路只是过日子，活下去…… 我喜欢这个观点，我们过日子，活下去，不知道发生了什么，也不知道会发生什么。我们自以为把一切都琢磨透了，可它们偏偏跟我们想的不一样。没有一种想法是永恒的……"

（三）社会主义女性主义

加拿大与众不同的政治体制促成了社会主义女性主义的形成。不同于欧洲国家中规模庞大、人数众多的议会共产党和社会民主党。加拿大是由代表着资产阶级的两大政党——自由党和保守党轮流执政。在联邦议会的选举中，国内的新民主党自诞生之日起就一直未能得到过高于 20% 的选票。因此，女性主义在议会中所获得的支持与所占的地位，就不能像其他的左派占绝大多数的国家那样，居于中间位置。

虽说加拿大的新民主党不能成为执政党，但是其依旧可以参政，而且经常会提出很多带有社会主义色彩并有利于妇女发展的政治纲领。与此同时，自由党和保守党为了在选举中获胜，也会听取新民主党提出的有关经济和社会问题政策的主张。借此机会，女性主义者便可以利用投票来支持有利于妇女的政策，进而对相关妇女的政策及发展方针产生重大的影响和推动作用。

社会主义女性主义认为要想完全地解放妇女必须从根本上实施改革。可以预见的是，这种根本性的变革是逐步进行的，在这个过程中，国家必须先站出来去承担那些一直由女性完成的家务劳动，把女性从家庭中解放出来，让女性进入社会。

简单说，加拿大社会主义女性主义就是从性别、阶级、种族、性取向，这四个概念出发，寻找妇女受压迫的根源。在这必备的四个概念中，性别和阶级拥有同等地位：一种思想是家务劳动社会化；另一种更为激进，即家务劳动工资化。对于性取向，则是持更为宽容的态度。由于加拿大是一个移民国家，对多种族的接受和认可度高于他国。因此加拿大的社会主义女性主义对盟友的选择是依据阶级和性别进行的，而不是通过肤色进行筛选的，她们不但不排斥有色肤种的女性，而且在最大范围和程度上团结了各个种族的妇女，这样一来，此派别的力量便得到空前壮大。

加拿大的社会主义女性主义不仅结合了马克思主义的思想其他国家的进步理念，而且更具宽容和温和的特质，是引导女性主义发展方向的进步派别。

（四）后现代女性主义

众所周知，由于殖民地经历，加拿大从自治至今仅有150多年的历史，属于一个年轻的移民国家。正是这种与众不同的历史原因及地理位置，使得加拿大英语文学（因为1969年加拿大制定并通过的《官方语言法》规定“英语和法语同时为加拿大的官方语言”，所以其文学包括英语文学和法语文学，本书中所说的加拿大文学特指加拿大英语文学）的形成和发展得到了巨大推动。受邻国美国文学的强大侵染和其宗主国及欧洲文学的影响，加拿大文学的发展“始终生存在英美势力的夹缝中”，这一点与他国的文学特色大相径庭。加拿大作家一方面吸取借鉴欧美文学的传统特色，另一方面寻求加拿大自身的人、事、物的特色，将二者相结合，创作出了独具加拿大特色的文学作品。同时，由于加拿大幅员辽阔，各个种族构成复杂，因此不能聚集成全国统一的文学特色，而是形成了各具地方特色的地域性文学。逐步地，“地域性”和“多元共存”便成为加拿大文学的显著特色。

时至20世纪五六十年代，西方社会逐步向“后工业化社会”转变。与此同时，西方思想领域也紧随其后进入后现代主义时期。后现代主义思想认为现代性进程是虚假和骗人的，并对此持批判的态度和颠覆的精神。到了20世纪六七十年代，随着后现代主义的如火如荼的发展，在其影响和浸润下，女性主义的发展也一并进入了后现代时期——形成后现代女性主义。在整个女性主义的发展进程中，后现代女性主义意义重大，甚至有部分学者称之为女性运动的“第三次浪潮”。后现代女性主义是在后现代主义的背景下孕育而生的，也秉承着共同的宗旨——强烈的颠覆性，它甚至要在颠覆父权制的基础上，颠覆曾经的女性主义的理论基础。

从现代主义的蓬勃发展到后现代主义卓有成效的仅仅20多年的时间里，美国和欧洲的一些国家受其思想影响进入后现代女性主义时期，加拿大的女性主义的发展总是慢于美国和欧洲国家，此时，一些加拿大的女性运动者正在竭尽全力地追赶欧美已经接近完善的现代主义。同时，在加拿大国内，一直存在的反美情绪造成了许多女性主义者质疑源于美国的后现代女性主义。尽管如此，加拿大的后现代女性主义依旧以积极而又稳健的脚步不断向前迈进。

后现代主义呈现出多元性、差异性、边缘性、异质性的特点，而这些特质大多数都与加拿大的历史因素和地理特点相重叠，也使得后现代主义在加拿大落地生根并蓬勃发展起来。在它的影响下，女性主义理论中生理性别和社会性别二元对立的理论基础受到冲击，开始动摇，从单一角度进行文学批评的方法开始暴露其缺陷。社会性别、等级、宗教、性取向、种族等因素相互交织，互相作用、影响，最终形成了一个多维的立体结构。自此，加拿大女性主义逐步地进入了后现代女性主义发展阶段。

玛格丽特·阿特伍德的作品具有鲜明的后现代女性主义色彩。她的作品呈现出淡化欧美中心论和体现多元化的特点，逐步地使处于"边缘"的后殖民文学向文学的中心地带移动，同时使得加拿大的女性运动在世界女性主义的发展史中添上了浓重的一笔。

受后现代女性主义思潮的熏染，门罗的《逃离》在这个时期诞生，小说不仅仅是把男女置于二元对立的状况里，更重要的是它提出了接受父性象征秩序同时接纳母性符号秩序的观点。小说里更多的是提及性别融合的问题，这种主张恰恰与后现代女性主义的宗旨相吻合。

由于加拿大的殖民地历史原因和自身的地理原因，相较于欧美的"中心"而言，加拿大不得不一直处在"边缘"或是"外围"的尴尬境地。面对此种境遇，加拿大人拥有普遍的极强的反中心意识（decentralized consciousness）、地域意识（regionalism），即所谓的加拿大特有的"边缘性"。作为由来已久的移民国家，加拿大同时又兼具了多元文化的"马赛克"的特质。加拿大的各个民族、文化都始终秉持了自身传统和独特的文化属性。因此，加拿大的女性主义也具备了包容性、多元化、区域性等特点。女性主义的几个重要的流派——自由主义女性主义、激进主义女性主义、社会主义女性主义、后现代女性主义等，都出现在加拿大这片土地上。

五、 加拿大人心理对女性主义的影响

在加拿大广阔而又寒冷的土地上，在独特的加拿大人心理的影响下，生活于斯的女性不仅承袭了加拿大人的心理，也逐步形成了多元的、具有加拿大特色的女性主义理论。她们虽然拥有各自迥然不同的人生，但都是伤痕累累，她们背负着各自的伤疤，痛苦却始终坚韧地前行。她们对生活经历的睿智、对苦痛的蔑

视，都不能抹去其内心里隐隐的钝痛。历史、地理、文化、经济等方面的因素，造成加拿大人特有的心理，这对其国内女性主义及其派别的产生及发展起到了不可忽视的推动作用。

（一）"守备心理"

要想从本质上了解加拿大这个国家，就必须提到"守备心理""求生主题"和"多元文化"。其中，"守备心理"这个概念最早是由加拿大著名文学批评大师诺斯罗普·弗莱（Northrop Frye）于 1965 年提出的。该词在当年由卡尔·弗·克林克（Carl F. Klinck）主编的著作《加拿大文学史》中首次出现。弗莱在书中这样写道："孤零零地散布在荒原的小小社区，被客观的和心理的'边疆'所围困，不仅彼此远离，而且脱离社区成员所熟悉的英美文化的源流。这些社区为其成员设定所有明确的人生价值标准，居民们不得不充分尊重这些赖以生存的法律和秩序，团结在一起应对居民点外无垠的、无意识的、充满威胁而难以应对的恶劣客观环境。生活在这种情形下的社区居民必定会产生我们称之为'守备心理'的思想。"

弗莱对早期加拿大人（其意是指移民进入该片土地的人）进行了既简洁而又精准的描述，形象地刻画了 18 世纪中期到 19 世纪由欧洲来加的移民的生活和思想特征。当时这些移民大多数说英语或说法语。其中说英语的加拿大人主要是来自英裔保皇党人，他们大多数是在美国独立战争之后，由于不敢或是不屑于同战争中的战胜方共同生活，而选择逃到或是移入当时的加拿大土地生活。这些说英语的加拿大人更看重传统，认可法治社会，他们对分歧者不提倡采用武力手段。幸运的是，他们的信念和价值观至今仍存在于加拿大的民族特性中，体现在加拿大人的公平、独立、谨慎的性格特点中。

要讨论加拿大人的心理，理清加拿大文化的演变历程不失为一种行之有效的办法；而了解弗莱对加拿大文化独特的观点，恰恰是认识加拿大文化发展的有效途径。弗莱认为"加拿大人最初就已经习惯于自己为身份难以确定、有着让人困惑的过去和碰运气的未来的国家公民"。而"清教徒的清规戒律，拓荒者的生活，'一个来临的太晚的时代、寒冷的气候或无情的岁月'——这些也许都是构成加拿大文化的重要因素或条件，也说明了这种文化的特有性质"。

加拿大独特的文化特色，源于其与英国、美国之间的文化关系。最初的英国之于加拿大，是宗主国的关系，是作为一种传统的象征的存在，加拿大人是重视英国的；但是反之，英国并不是一直热衷于加拿大的事务。在英国的思想观念中，加拿大只是个用来流放犯人的地方，英国不重视、甚至是轻视加拿大这片土地。但随着历史进程的推进，被称为“日不落帝国”的英国逐渐衰退，英国对加拿大的态度也逐渐升温回暖。即便如此，加拿大对于过往依然心怀芥蒂，并逐渐地意识到国家主权的重要性，开始有意地摆脱、反抗英国的殖民统治。而早期移民加拿大的英国保守党人产生的激进思想却对加拿大文化的发展有着不可忽视的影响。

相较英国，美加关系更为简单。在弗莱看来，“加拿大对美国的态度是典型的小国对待一个比自己大得多的邻国的态度，前者分享着后者的物质文明，但急于想避免这一庞大帝国的大规模群众运动”。加拿大对待英国的态度更多的是不满。而在解决同美国之间的争端时，加拿大更多是使用双方利益兼顾的妥协办法或是权宜之计。由于和英、美两国在历史、政治、经济、文化等诸多方面错综复杂的关系，因此在加拿大民族文化形成的初始阶段，加拿大人内心就有“两种情绪的更迭，一种是罗曼蒂克、拘于传统及理想主义的；另一种则是精明机灵、见微知著又诙谐幽默”的，在整个加拿大国民的心中，对加拿大发展的期望是缥缈不定的，既有“沾沾自喜”的思绪，又有“妄自菲薄”的苦恼。

（二）“戍边”心理

加拿大“戍边”心理的形成，与其独特的自然环境有挥之不去的关联。加拿大国土面积位居世界第二，虽说它拥有广袤的国土面积，但是从地理意义上看，却没有明确的海岸线，这样一来早期的殖民者就可以沿着“圣劳伦斯河流域”从欧洲经水路直接进入加拿大腹地。加拿大早期就是这样遭受到来自欧洲的殖民者的入侵。他们当时以毛皮等原材料的贸易为生。作为英国的殖民地，长期以来加拿大已经习惯于其原材料供给地的角色，这种认知对加拿大自身的文化发展产生了一定的影响。同时，加拿大国民心中的“总部”在别处（在英国）的思想，从本质上导致了加拿大的文化自卑感，人们会为加拿大一直没有诞生过真正经典的文学作品找寻更多的借口，例如：这仍旧是个年轻的国家，该国的经济发展不足以供给文学的发展等。

加拿大自然环境对加拿大人心理的影响还有更深的层面。众所周知，加拿大的国土面积大、幅员辽阔，而人口数量却甚是稀少，这样就使得居住于小群落的人们逐渐形成了驻防边界的心理，即“戍边”心理。人们会“随时保持警惕，防范可能遭受的攻击，从而使人们无暇顾及，培养和发展文化所必需的灵活的想象力”。这种缺乏灵活性的想象力就是加拿大文化中的所谓爱国主义。显而易见，弗莱对此是持反对态度的。与其他国家不同，加拿大文化的形成和发展缺乏国家的整体性，其是由各个区域文化组成的，单一的区域文化是无法代表加拿大整体文化的。弗莱认为：“加拿大是被两种人建立的，没有人能够说出%百的简答是什么样，因此这种分化的韵律成为加拿大文化发展的重要空间。”

加拿大人的心理是矛盾的，他们时而愤愤不平，时而世故圆滑。从历史根源上看，加拿大是英国的殖民地，附属于英国的统治和管理，他们需要得到英国的认可，这便为其后的世故圆滑的心理特点打下了基础；从地理环境和政治、经济上看，加拿大的邻国美国经济实力强大，从政治、经济、文化等方面影响着加拿大的方方面面，对加拿大具有很强的威慑力。但加拿大人并不甘心于美国的威压，强烈的加拿大民族精神促使加拿大人渐渐地形成了愤愤不平的民族心理。此外，由于自然环境的因素，加拿大人逐渐形成了一种“戍边”心理，即人与人之间、群体之间的隔阂。

在20世纪的七八十年代，西方女性主义理论学界就常常把女性和加拿大等量齐观，“认为加拿大的地理和心理位置与女性在男性传统主宰的社会中的位置十分相似，均有其‘边缘性’。在一些加拿大女作家的笔下，男女关系和美加关系往往互为隐喻 ”。这种比喻来自加拿大和美国的地位关系。虽说早期殖民地时期，加拿大和美国都是英国的殖民地；但是，从18世纪下半叶美国独立之后，美国仅仅在几十年的时间里，经济、文化等各方面迅速发展，称霸世界，成为世界第一强国，对周围各国的威慑力强大。而加拿大的独立几乎晚了美国一个世纪的时间。阿特伍德在1972年发表的《生存：加拿大文学主题指南》里明确地表述了加拿大人民和加拿大民族的心理，她说道，“加拿大因曾是殖民地而形成了一种可悲的‘殖民地心态’：它既受‘不在身边的英国主人’的政治、经济和文化的统治，也有被强邻美国‘变为第51州的危险’”。书中，阿特伍德用锋利的笔触和尖锐的语言，揭示出加拿大国民可悲的殖民地心态，继而期待加拿大国民能够重拾民族精神，并将其发扬光大。

（三）受害心理

在加拿大文学中，到处都充斥着“受害者”的影子。究其历史原因，早期的加拿大移民初次踏足这片神秘的土地，他们要忍受寒冷又恶劣的天气，面对荒凉又贫瘠的土地，对当时的环境的不熟悉也使他们感受到大自然带给他们的威胁。这种“受害者”的心理便不可避免地被根植于心。其次，英、法对加拿大长期的殖民统治也使加拿大人饱受苦痛：殖民者对印第安土著民的压榨剥削，从欧洲带来的科技文明侵蚀着这片纯净的土地，西方的性别意识形态打破了原有的男女和谐关系，这些都在无形中扩大着“受害者”的范围。

文学创作是现实世界的体现，能够客观、公正地再现生命受到残害的过程。加拿大的文学作品中“受害者”多是自然环境、动植物、原住民或女性等等。可见，“受害者”心理早已成为加拿大民族文学中的特质。面对各种困境，加拿大人不得不考虑如何在恶劣的情况下求得生存，这也是加拿大文学中的另一个显著的特点——求生主题。

身处于各种危险和众多“受害”环境中，加拿大人开始考虑如何在困境中生存下去。阿特伍德在《生存：加拿大文学主题指南》中指出，“代表英国文学象征中心的是它的岛屿精神，人们相互依靠，自给自足，‘无论你走到哪里，你都离不开这个岛屿’；代表美国文学象征中心的是拓荒精神，人们勇于开拓，敢于冒险，‘背弃过去，超越自我’；而代表加拿大文学象征中心的是它的求生精神，人们在恶劣的自然环境和令人压抑的精神环境的两重夹缝中‘勉强地活着’”。而那些“幸存者却没有凯旋的欢乐，只有侥幸生存下来的事实，除了庆幸自己没有丢性命以外，一无所获。”

随着现代科技的进步，加拿大人早已征服了恶劣的自然环境，解决了早期生存困难的问题，曾经自然因素造成的“受害”心理也基本消失了。但要摆脱英、法殖民文化的影响、抵抗超级邻国美国在经济、文化等方面入侵，去追求精神、文化上的净土，树立有自身特色的民族文化，在夹缝中求生存，仍旧需要不断努力。

无独有偶，由于历史和地理原因，受害者心理普遍存在，在社会中的妇女问题上也可见一斑。在父权当道的社会里，妇女被迫变成了“受害者”，她们一直扮演着某种传统的角色，即男性的“生育机器”和“玩偶”。在这种可悲的待遇下，妇女逐渐地忘却了自我。但是她们潜在的自我意识促使她们与男性进行了“权力政治”，力求找寻自身真实的身份和独立的人格。女性在这条探寻的路上虽步履蹒跚、艰苦心酸，却意志坚定。她们面临艰苦的生活环境，通过不断的抗争，最终幸存下来。而女性身上所具备的这一精神恰恰与加拿大人在对待“受害者”身份时，坚持不懈、试图生存下来的精神不谋而合。

虽说女性主义理论的核心思想是关注女性生存状态、要求平等独立、要求摆脱男性控制等，但是女性在男性社会中求生存，会不可避免地遭遇各种各样的性别困境。加拿大的著名女性主义作家阿特伍德在她的文学作品中将妇女在父权制社会中面对的被剥削、压迫的困境隐喻为加拿大在夹缝中艰难求生的窘境，她认为“加拿大的地理和心理位置与女性在世界的位置很相似，均有其‘边缘性’”。

加拿大的本土作家为了展现加拿大的本土文化，经常在创作中通过描写女性如何寻求自我身份来影射加拿大被外来文化侵入找寻自我的艰辛。居于男性至上的社会制度里，妇女自始至终必须面对失去自我精神意识的危险。女性始终是父权制的受害者，无论是肉体还是精神都被压迫和束缚，导致女性始终生活在难以名状的痛苦、挣扎、焦虑里。

门罗的小说《逃离》中，女主人公卡拉从小在小镇成长，婚后跟随丈夫克拉克从一个小镇搬到另一个小镇生活。她时刻都想要逃离。每当身处外界的威胁或险境中，她都没有以积极的方式去解决困难，摆脱困境，而是抱着“受害者”的心理，用逃离的办法苦苦挣扎活下去。当卡拉面对残酷的人生时，她将希望寄托于男性和婚姻上，妄想与克拉克的“逃离”能帮她摆脱生活的不幸。然而，事与愿违，大男子主义的丈夫克拉克令她对婚姻生活的幻想破灭了，她陷入更深的痛苦之中。她在婚姻生活中没有情感的交流，没有心灵的慰藉，没有尊重与温存，甚至都失去了做人的尊严。作为“受害者”的女性要如何面对“生存”的窘境，如何与来自男性和社会的压迫、束缚进行抗争，都是作者想要留给读者思考的问题。

如果说卡拉从西尔维娅那里得到的算是友谊与关爱，但那也总会被西尔维娅居高临下的施舍态度所否定。作为大学教授的贾米森太太，对卡拉很有好感，她不惜从经济和精神上都对卡拉施以援手，帮助卡拉逃离克拉克。但由于贾米森太太的援助，在她的面前卡拉觉得自己很卑微。在这种心理的驱使下，卡拉始终没有将贾米森太太当作可靠的朋友。了解了贾米森太太的期望，她就把自己的秘密泄露给她，赢得她的同情。尽管“贾米森太太的存在使她被笼罩在某种无比安全与心之健全的感觉中”，但她仍旧希望“但愿自己不必非得在她周围盘桓得过于长久”。

门罗在《逃离》中，通过对主人公卡拉命运的深刻描写，梳理出了妇女的生存困境，并探讨了女性如何摆脱危机，谋求出路，以构建独立、完整的自我身份。作者用生活在偏远小镇的普通女性探寻自我发展的故事来影射加拿大特有的生存主题，体现整个国家和民族的生存困境。

从欧洲移民踏上加拿大的土地开始，加拿大便先后遭受到英、法长达300年的殖民统治，虽说之后加拿大摆脱了殖民统治，但是邻国美国又强大了起来，对其在经济和文化上不断侵染，不得不说加拿大人的内心从一开始就被强制性地刻上了“受害者”的印记。

西方女性主义理论界的一些学者将加拿大和女性联系起来，认为加拿大偏离中心的地理位置及加拿大人的自我心理定位与女性在父权制社会中的位置极其相似，都具“边缘性”。

（四）殖民地心理

加拿大早期的历史就是一部殖民史：1497年来自意大利的约翰·卡伯特发现了加拿大这片土地后，英国人汉弗莱·吉尔特在1853年宣布加拿大归属英国；1660年，法国推翻了英国在殖民地中的统治地位，于1663年占领了加拿大。直到1867年，加拿大联邦共和国才正式成立。但是至今为止加拿大仍旧是英联邦中的一员。长久以来，作为一个受奴役、被殖民的国家，加拿大一直不能完全信任自己，国家也就不能聚集精神、能量，没有自己的行事准则。加拿大人民的信仰不是自己民族的积淀，而是远在大洋彼岸的宗主国。

在文学方面，一个国家和一个民族的文学要想繁荣发展，离不开这个国家和民族的作者和读者对祖国和民族的强烈的热爱。一个对祖国冷漠至极的作者所写出的祖国必然是黯淡无光、没有未来的；同样，一部激情迸发的作品也是没有办法能让冷漠至极的读者产生共鸣的。但在加拿大具备对祖国的热爱和激情的作者寥寥无几；对于大多数的读者而言，比起加拿大草原农庄、工业城市或是小渔村的故事，他们更热衷于那些描写英国或是美国的小说。由此可见，加拿大人从精神层面上仍旧没有摆脱宗主国的领导，一直存在着殖民地的心理。

加拿大人的殖民地心理，不仅仅是针对英、法宗主国的。随着邻国美国经济的强劲发展，加拿大也逐渐受到美国经济、文化等多方面的侵染。这种殖民地心理也逐步地扩大到其对待美国的态度上。来自美国出版社的版本说明或是评论家的好评，比国内本土的更具有说服力。正如弗莱所说，加拿大“差不多是世界上唯一剩下的完全殖民地，不仅在心理上是如此，在经济上也同样如此”。

综合了人口结构因素、历史因素、地理因素和宗教因素，加拿大人逐渐形成了一种特殊的“殖民地心理”（Colonial Mentality），知名的加拿大学者大卫·斯坦恩斯（Dawid Stearns）曾经在他的著作《加拿大人的想象》中提出："加拿大的殖民地心理似乎赞成并要求对外国模式表示出忠诚。而且，作为一个殖民地，加拿大（不管是信仰天主教的法属加拿大，还是奉行新教的英属加拿大）都保留了宗主国的道德观念，这一观念进一步阻碍了独特艺术的发展。"在这种心理的驱使下，在众多方面加拿大人都缺少自信心，这一点在众多的文学作品中不难寻到，在19世纪加拿大的文学作品都反映出了英国浪漫主义的色彩，却不会出现具有加拿大特色的文学批评的观点。可悲的是，当时不少本土作家不得不到国外寻求市场，作家杰拉尔德·林奇（Gerald Lynch）在《一个和许多》中针对当时的这一现象描述道："由于夹在英国和美国之间，加拿大作家如果想确保作品发表并且找到读者，其英语写作必须符合其中一个地方的习惯。"为了生存，他们不惜忘却自己的文化传统，把自己的作品装进英国人或是美国人的壳子下，不得不说这种殖民地心理已经深深地植入加拿大人的思想。

在阿特伍德看来，女性在社会中的地位和加拿大在国际中的地位都处于弱势，正如女性希望找到自身发展的途径一样，加拿大民族文化也要努力追寻本源。阿特伍德创作的《苏珊娜·穆迪的日记》《浮现》和《生存：加拿大文学主题指南》都深深地反映出，她对加拿大民族传统和民族身份的深刻思考，她认为加拿大在国际社会中被忽略的弱势地位与父权制社会下生活的女性的边缘化位置有着异曲同工之处。"与苏珊·斯旺一样，她本人还时常把加拿大的无力状况比作女人的柔弱境况。"

作为加拿大文学批评史中的扛鼎之作——《生存：加拿大文学主题指南》标志着对加拿大殖民地身份的探究已经开始渗入加拿大文学批评领域中。阿特伍德始终关注着加拿大民族文学的发展，她认为正是加拿大长期处在被殖民的地位，导致了其受害者心理的形成，使得加拿大始终缺乏民族意识，"生存"是加拿大人首要面的问题。在《生存：加拿大文学主题指南》的尾声，阿特伍德基于文学史基础之上，挖掘了政治、文化等多方面的问题，呼吁加拿大人民应该在后殖民地的背景下建立起民族文化意识，抵抗英美文化的侵染。

阿特伍德笔下的加拿大女性受到了来自男性和殖民文化的双重压迫。其作品《浮现》中的女主人公因为在城市中受到男性的压迫、排挤，只得回到家乡寻求出路，但却在这个过程中迷失了自我，这反映出当时的女性所受到的双重遏抑。"小说从某种程度上体现了加拿大作为移民殖民地在后殖民语境中为寻求身份与位置而经历的迷惘、痛苦和失落，以及为争取自己的空间而做出的种种努力。"

对于加拿大女性来说，她们要找寻身份的同时，还要去找寻自身的民族文化身份。只有找到自己的民族文化身份，才能克服和战胜在寻找自我身份过程所经历的困惑，最终找到自我的归宿。

六、加拿大边缘性对女性主义的影响

当加拿大摆脱英国殖民统治，成立独立的联邦共和国时，美国早已一跃成为世界第一强国，其面对势单力薄的加拿大，妄图染指占为已有。时至今日，加拿大仍旧忍受着美国由经济到文化的不断入侵，“在美国文学史中，19世纪的美国作家根本不把加拿大放在眼里，在他们的作品中，加拿大总是以‘模糊’‘边缘’或‘朦胧’的形象出现”。美国从各个方面对加拿大进行渗透、威胁，严重影响了加拿大人民正常的生活秩序，此举必然遭到加拿大举国上下的强烈反抗。同一时期的许多加拿大本土作家以小说为载体反映出加拿大在美国的威慑下，其“边缘人”的生存地位，并对身为罪魁祸首的美国进行强烈的抨击。不可避免的是，当美国的女性运动轰轰烈烈地进行时，其思想及理论也强势入侵，一并进入加拿大，这对当时加拿大女性运动和女性主义理论的发展和完善起到了推波助澜的作用。

边缘性是加拿大的一个重要的民族特性，体现在文学作品中就是一个个具备边缘化生存特点的文学人物，也是整个加拿大人的缩影。

加拿大的整个历史发展过程，可以说是一部殖民地的更替史。加拿大一直是英、法两国的殖民地。但是在英语加拿大和法语加拿大之间一直存在着很深的隔阂，在这种环境里成长起来的加拿大人看到的永远是互相竞争、厮杀的对立的力量。从民族和文化的成分构成上看，加拿大拥有至少两种来自欧洲的语言和文化；其次，原有的土著居民、印第安人和因纽特人的原始文化也包含其中；再次，随着大量迁入的外国移民及其文化的传入，加拿大名副其实地成了一个多民族、多种族的国家。这必将导致加拿大人在民族和文化身份建构中的迷惘。不仅如此，在加拿大独立，实力最为虚弱的时候，不断强大的邻国美国乘虚而入，侵扰着加拿大的方方面面，这更加加快了其边缘化的步伐。

随着英国殖民时代的结束，加拿大又沦为美国的附属。这一切的经历迫使加拿大永远也走不进世界的中心，只能处于中心以外的边缘地带。弗莱提出“这里是哪里？”道出了加拿大人心理一直存在的迷茫，反映出了加拿大特有的边缘性。弗莱的这句疑问，既是指地域意义上的，亦是指心理层面上的，加拿大自身恶劣的地理环境对本国人民的心理产生了巨大影响，形成了独特的“要塞心理”。受弗莱的空间理论思想影响，阿特伍德出版了《生存：加拿大文学主题指南》一书，强调加拿大民族文学“生存”的根源就是其“受害者心理”。而哈钦从后现代视角入手，对“边缘性”和“外国”有了新的定义。他在《加拿大后现代主义——加拿大英语小说研究》一书中提出了加拿大“居于间性”的含混导致了整个价值体系的“整体模糊性”。自此，加拿大的文学概念逐渐清晰明确，而空间上的“边缘感”却成为加拿大民族文学中颇有代表色彩的关键词。

这种边缘色彩在加拿大的文学作品中比比皆是，一般反映在居于小镇题材的作品中。斯蒂芬·李科克（Stephen Leacock）创作的《小镇艳阳录》、玛格丽特·劳伦斯（Margaret Laurence）创作的《石头天使》都是这方面的上乘之作，形象地描绘了小镇上处于夹缝之中的小人物的生存状态，凸显了加拿大人的整体意识，这也他正是因加拿大文学民族性所在。艾丽丝·门罗也正是因对这种具有“空间边缘感”的“加拿大性”的阐述而知名于加拿大文坛、甚至是世界文坛。她作品中的主人公大多数是游离在主流社会以外的边缘人。

门罗众多的作品都反映出了加拿大人的边缘性，曾获诺贝尔文学奖的小说《逃离》就通过对女主人公卡拉经历的叙说，体现了加拿大妇女在夹缝里求生存的女性意识逐渐觉醒的过程及其特点。

小说中卡拉和家人关系冷漠，在社交圈子中也无法与他人融洽相处。学校里，她是“中学里所谓的差等生，是姑娘们众口一词的取笑对象”；家里，她“看不起自己的父母，烦透了他们的房子，他们的后院，他们的相册，他们的度假方式，他们的烹饪路子，他们的洗手间……”

不论是母亲，还是继父都不喜欢卡拉，“他们不喜欢卡拉。他们连她是死是活都不想知道”。她的哥哥“对她也没什么感情”，“他老婆更是狗眼看人低”。这种受排挤的状态，恰恰说明了卡拉一直是个边缘人。这时候，卡拉第一次出逃。她在留给父母的字条中说道：“我一直想要过一种更为真实的生活”，她希望摆脱生活的枷锁，追求自由的生活，这正是卡拉女性主义意识的初步觉醒。但卡拉一直处在父权社会中，这种朦胧的女性意识受到父权制多年的压制。

她跟随克拉克到了一个陌生的小镇，“她把他看成是二人未来生活的设计师，而她则甘于当俘虏，她的顺从既是理所当然的，也是心悦诚服的”。但是当她独自立于荒凉的小镇中，受困于外界和自身的困境时，卡拉发觉她与丈夫的关系也变得疏远，这时她内心的女性意识开始觉醒。她开始意识到即使与丈夫逃离到偏远的小镇，她也不能得到拯救、获得自由；反而，克拉克的坏脾气使他们的生活每况愈下。“克拉克不单单跟欠了他钱的人打架。他上一分钟还跟你显得挺友好的——那原本也是装出来的——下一分钟说翻脸就翻脸。”他得罪了许多顾客，这使得他们的营生举步维艰，使他们的生活日益拮据。同时，卡拉并没有像预期那样从自己苦心经营的家庭生活中获得温暖。“他什么时候都冲着她发火，就像是心里有多恨她似的。她不管做什么都是不对的，不管说什么都是错的。”卡拉的婚姻生活让她又一次感受到被边缘化了，这种苦痛使得她又一次逃离了。但是，她没有钱，也并不知道要到哪里去，“在这个世界上也没有任何地方可以投奔”。

在小说《逃离》中，门罗正是通过卡拉不被社会团体接受的边缘化身份，形象而又现实地揭露出加拿大人夹缝求生、寻求认同的特点。小说中卡拉是一个被排斥在亲情、友情、爱情和邻里关系以外的边缘化人物，同时作为女性的弱势身份特征又完全契合了加拿大民族在国际关系中的边缘性的尴尬地位。从经济发展的层面来看，相较于高度城市化、现代化、商业化的一般欧美国家，整个加拿大就是由一个又一个的松散的小镇构成的结合体，每个地域都有各具特色的叙事风格和道德准则。这种各具特色在加拿大文学中表现为地域性的区域文学，而非整体一致性的加拿大文学。加拿大文学正是用其地域性来反对统一性的，这一点也是加拿大文学的主旨和内涵，是它超越了“边缘—中心”的后殖民态度。

（一）边缘性对女性意识的影响

加拿大地广人稀，整个国家是由几个几乎独立的区域所构成的，每一个地区都有其自身的封闭性，形成了各自独特的逻辑和规则。正如国内学者周怡所说，门罗创造了一个“西临休伦湖，南接休利湖，北起格德里奇，东至伦敦（加拿大）的‘门罗地域’”。门罗所搭建的地域概念是以加拿大小镇为中心，远离大城市为代表的主流文化。不难看出，这些地域都位于加拿大偏北的一些小镇，由于地理因素那里的居民长期以来都秉持着保守的历史传统，他们很少与外界接触，长期处于自我封闭中，这也成就了每个地域的自主性和边缘性。相应的在每个区域里诞生的女性意识在具有普遍性的同时，也具备着各自的独特性。当体现在门罗的文学作品中时，就是女性对知识的边缘化。

众多的女性主义作家，她们自身就是较弱势的女性存在。因此她们的创作共同的重点就是关怀女性的生存状态、心理状态，倡导公平、公正，摆脱压迫束缚等。阿特伍德是加拿大最早把女性在男性当政的社会中的弱势地位隐喻为加拿大在国际上艰难求生的困境的作家，她认为“加拿大的地理和心理位置与女性在世界的位置很相似，均有其‘边缘性’”。加拿大众多文学作品中的女性人物不断追求构建自我身份的过程实质上也是加拿大民族文化受到殖民文化影响寻找自身定位的过程。因此，加拿大的文学作品使读者能够更多地感受到深刻的人文关怀。

在门罗书写的众多作品中，生活在不同小镇中的绝大多数居民视知识为洪水猛兽，不接受、不重视。小说《机缘》中，通过对女主角——朱丽叶经历的塑造，恰恰反映出了此种社会现象。作为一个仅仅 21 岁的年轻女孩，朱丽叶就获得了古典文学的学士与硕士学位，同时在为博士论文作准备。在书中的社会大背景下，人们并没有对这个学富五车的年轻女孩予以肯定和赞赏，相反，小镇上的居民不能理解她的行为，更甚者视朱丽叶为一个行为怪异的人。人们在面对朱丽叶时，总是武断地认为聪明的人一定会拥有一些缺点，例如针对朱丽叶不会使用缝纫机这点，小镇上的居民都嗤之以鼻。其次，朱丽叶在火车上认识了埃里克之后，便随他一起来到鲸鱼湾小镇定居。那个埃里克家的帮佣艾罗却一点都看不起朱丽叶的广泛阅读，瞧不起她的文学才识，因为对于小镇上的绝大多数人来说，他们急切需要的是对生活有用而且能帮得上忙的东西，而阅读却是一种“华而不实”的技巧。这种无知而又落后的态度正是由于知识的边缘化造成的，这也使得整个镇子的文化水平普遍低下，知识分子不被重视，也得不到应有的尊重。

在门罗最著名的小说《逃离》中，生活在镇子上的人们“宁愿相信用玻璃钢埋入土里的毒品财宝之类的事情”，也绝不会相信贾米森先生用写诗就能赚大钱。国内的学界中，有研究者和学者将知识贫乏分为三种：获取知识的能力匮乏、吸收知识的能力匮乏和交流知识的能力匮乏。在这种现象的阐述上，门罗始终能将作品里小镇人们知识边缘化的问题描绘得淋漓尽致，揭露出这三种类型的知识匮乏和它们的相互作用，以及由此产生的恶性循环：既缺少获得知识的能力，又因为具备的知识寥寥无几而不能广泛地吸收和交流知识。

在加拿大的各个小镇内，边缘女性群体存在的同时，还有与之对立的边缘男性。他们的存在同样影射了女性不受重视的边缘位置。边缘女性不单单要面对来自男性的威胁，还要面对来自女性内部的伤害。面对窘境，女性的身心无时无刻不处在焦灼的状态中。为了找寻丢失的自我身份，女性最先是希冀边缘男性能够救赎她们，然而却失望地发现所托非人，愿望无法实现。在女性找寻自我身份的过程中，她们的女性意识在不断地觉醒、构建、变化、发展，也逐渐认清了受害者的身份和现实，于是她们开始努力为寻求自我身份、独立生存而自救和反抗。

德国心理学家库尔特·勒温（Kurt Lewin）最早提出“边缘人”这个概念，并对其进行解释道：“边缘人对两个社会群体的参与都不完全，是处于群体之间的人。”边缘人存在于现实社会中，是流连于主流、中心之外的弱势群体。他们处于生活边缘，内心充满焦虑、不安，拒绝与外界沟通交流。然而，边缘人是人类社会发展的必然产物，是我们不得不承认的客观事实。他们在被社会主流排挤、欺压的同时，也在努力抗争以获得自我身份的认同，努力满足社会的需求以彰显自身的价值。

女性实则处于父权制社会男性主流体系的边缘地带。父权制建立在二元制基础上，将男性、女性置于二元对立的位置，男性处于主流统治地位，而女性则被置于边缘，处于被统治的位置。女人要么被视为不具人格的对立物，要么屈从于男人的意志。

在男性当道的社会里，男性往往通过性的控制，把女性的命运玩弄于股掌之间。男性自身对性的狂热，加之对女性的性的控制，使女性被定位于肉体享乐和子嗣繁衍的角色。换句话说，就是女性必须具有生育能力，否则就会被定性为“非女性”，同时还要遭受父权制社会中的各种歧视与不公正对待。西蒙娜·德·波伏娃（Simone de Beanvior）在其创作的《第二性》中曾说：“女人并不是天生就有的，而宁可说是逐渐形成的。在生理、心理或经济上，没有任何命运能决定人类女人在社会的表现形象，决定这种男性与阉人之间的，所谓具有女性气质的人，是整个文明。”在男性集权的社会中，女性的生命被物质化，被男性视为泄欲和繁衍子嗣的工具，因此女性在性行为和生产时遭受到的痛苦一并被男性视为理所应当。在男性为中心的社会中，女性不可避免地处于边缘位置，不被重视和认可。正如中国古人所奉行的“在家从父，出嫁从夫”，加拿大的女性群体亦是如此。她们婚前生活在父亲的家里，要扮演好女儿的角色；她们婚后生活在丈夫的家里，又要扮演好妻子、母亲的角色。不论是幼年，还是直至婚后的老年，女性终其一生都处于从属并依附于男性的社会地位，她们失去了自我身份，这样更是帮助男性强化了男性为主体的男性社会。

在男性为中心的社会里，受到男性的威胁，女性群体之间的关系也愈发恶化，许多女性奉行男性思想，这样导致在女性群体内部仍旧存在着“男性”角色，她们不得不受到“双重”的压迫，加剧了女性的受害程度。福柯（Foucault）在《规训与惩罚》一书中说道：“不需要武器，肉体的暴力和物质上的禁止，只需要一个凝视，一个监督的凝视，每一个人都会在这一凝视的重压下变得卑微，会成为自身的监视者。”这里提到的监督，表面上看好似是被迫为之的，实则是女性自发实施的自我监督。作为一个对其他女性进行监视的监督者，她往往会把男性社会里的整套法则搬到女性群体内部，充当所谓的“卫道士”的角色。这种女性之间的伤害还体现在各种不利的情感因素上。在男性的社会里，女性的角色被定位成了传宗接代的生育工具，还有部分女性以生孩子为己任，感到这是一种荣耀，是向他人炫耀的资本。这种做法滋生了各种消极、负面的情感因素。女性间不能交谈，外出也会有严格的管制与约束。面对来自男性和女性的双重压迫，女性的生活更加痛苦不堪，最终致使女性纷纷走上逃离的道路，以寻求自由。

（二）书写边缘性的女性作家——阿特伍德

在加拿大脱离了英国殖民地的身份之后，邻国美国的势力却不断地庞大发展起来，其对身旁这个刚刚离开“主人”庇佑的年轻“幼崽”垂涎三尺，妄图占为己有，并且试图从经济和文化上下手，一点点地掌控加拿大的命脉。因此“在美国文学史中，19 世纪的美国作家根本不把加拿大放在眼里，在他们的作品中，加拿大总是以‘模糊’‘边缘’或‘朦胧’的形象出现”。美国的这种霸权对加拿大人的生活造成了严重的影响，遭到了强烈的抗议与反抗。加拿大国内另一位颇负盛名的女作家——阿特伍德，更是勇于用手中的笔书写出了加拿大人对祖国的责任感和对美国霸权的抗议。其作品中边缘人的形象更是栩栩如生，把加拿大的边缘地位真切地展现在世界的读者面前，同时也对造成加拿大边缘人这一现象的罪魁祸首美国进行了严厉的抨击。

阿特伍德反映加拿大人生存状况的一书——《生存：加拿大文学主题指南》，写出了加拿大人内心深深的担忧：“在哪里，你都离不开这个岛屿；代表美国文学象征中心的是其拓荒精神，人们勇于开拓，敢于冒险，‘背弃过去，超越自我’；而代表加拿大文学象征中心的是它的求存精神，人们在恶劣的自然环境和令人压抑的精神环境的夹缝中‘勉强地活着’。”这种对自我身份的疑问正是对加拿大人内心深处边缘焦虑的反映。受到美、英两国的影响，加拿大基本上没有自己独立的文化，而是附着于这两国身上，导致其缺少自我文化身份，使加拿大人逐渐产生了自卑心理。人们普遍认为那些从国外求学镀金回来的人拥有更高贵的身份，更加被人们所认可、重视。这种认知迫使加拿大的作家们不得不“外出”求学、镀金。

在《生存：加拿大文学主题指南》一书中，阿特伍德对20世纪加拿大作家及其作品进行了分析，总结了加拿大文学的发展趋势，并指出：“拒绝承认自己从何而来，……就是肢解自己，当然你可以四处漂游，但你得付出你的腿与手，还有你的心。只有找到你的归属，才能找到你自己。”除此之外，阿特伍德还提到了加拿大文学中的“受害”和“生存”的主题，并且该主题也始终体现在她之后所有的作品中。通过该书阿特伍德为加拿大人找到了自身的文化根基，并且开启了找寻民族身份的道路。针对她提出的“我是谁？”，在她同一时期创作的《苏珊娜·莫迪日记》一书里我们找到了“就在这里”的答案。她通过对苏珊娜·莫迪经历的描写，表达了加拿大人找到了其身份——“就是这里”的民族文化身份。

作为加拿大民族的“战斗英雄”，阿特伍德始终审视着加拿大边缘人的生存和抗争，为加拿大确立民族意识和文化身份做着不懈的努力。她认为“只有立足于自己的国家，弘扬本土文化，才能找回缺失的自我身份”，由此可见，阿特伍德在其作品中塑造出种种边缘形象、意义深远。

在1931年通过的《威斯敏斯特法案》，标志着加拿大的真正的独立。之后，加拿大仍旧沿袭了英、法两种语言作为其官方语言。两种语言的共存，带来了两种文化的融合，逐渐地产生了加拿大独有的多元文化并存的现象，可悲的是它并没有为加拿大奠定自身的文化根基，久而久之加拿大人的内心一点点地被刻上了殖民地心态的烙印。殖民地的心态必然导致加拿大人处在“浮萍式”的、无根的、焦灼的自卑心理阴影之下，找寻自身的文化身份便成为加拿大人的文化主流。

《猫眼》是体现加拿大文化中殖民色彩最好的佐证。书中的故事背景揭示了英国殖民统治对加拿大深远的影响。在学校里，要悬挂英国国旗，要唱英国国歌，更要接受英式的教育。作为老师的兰姆莉小姐，更是教育学生们加拿大因为受到大英帝国的帮助，国家的生存状况才得以改善。在加拿大人的眼中，英国人是最优秀的，而自身却深感自卑和困惑：“因为我们是大不列颠公民，我们永远不会当奴才。但我们又不是真正的大不列颠公民，因为我们同时又是加拿大人”。兰姆莉小姐为了表达对英国人的仰慕，将英国皇室照片都贴在了黑板上，以此激励自己的学生，不得不说英国对加拿大的殖民教育影响极深。

《别名格雷斯》同样描述了英国对加拿大的奴役情况，书中说到的造反表达了加拿大人民在联邦政府成立之前针对英国殖民压迫进行的一次又一次的反抗，但不幸的是均以失败告终，之后人们便对政治避而不谈。阿特伍德书中写到使用英国产的物品的细节也影射出当时英国对加拿大的殖民统治。例如，小说中男主人公西蒙使用的剃须肥皂就产于英国。而小贩杰里迈亚使用的“附体”招魂术实则反映了加拿大的殖民历史。正是这招魂术使人们对玛丽·惠特尼的灵魂附在格雷斯身上这件事深信不疑。因为灵魂附身，格雷斯才失去了自我，被控制住导致杀人行径的发生，格雷斯并不是真正的杀人犯。“附体”现象，追根究底不得不说是加拿大人自卑的殖民地心理在作祟。“我是谁”困惑着格雷斯，同时它也是加拿大人长久以来的困惑。

（三）边缘性对女性群体影响的缘由

门罗在作品中所创作的女性群体总是游离在主流社会关系以外，这样一来，众多生活于加拿大小镇中的女性群体在社会资本的占有上始终不得进入核心地带，长期处于边缘地位，这种女性边缘性主要是由两个因素造成的。

门罗在创作小说时，设定的故事背景大多是加拿大的各个边远小镇中，生活其中的大多数女性其活动范围都局限在自己的家庭关系或是邻里关系里，甚少涉及社会交往，反映出交往关系体系少、交往范围小的特点。小说《活体的继承者》描绘了戴尔的姑妈和表姐活得日常生活。戴尔的表姐活得和镇上的多数人一样，害怕、拒绝小镇外的世界，宁可待在自己的家中，甚至是奖学金和大学也不能把她拉出这个安居的壳子，戴尔母亲把她们形象地比喻成“害怕把头伸出洞口”的人。正是女性群体的这种胆小甚微、思想狭隘限制了小镇中女性社会资本的累积，最终女性的有效化社会关系网必然是规模小、效力小。不得不说这种结果是女性的自我选择。

除此之外，外部的环境也是造成小镇女性边缘化的另一个主因，外界环境往往遏制着这些可怜的女人对社会资本占有的扩大。这一点，在小说《离开马弗里》中得以体现。女主人公利亚的父亲就是这样的一个角色。女儿为了逃离父亲的禁锢，选择了与人私奔。利亚的父亲要求女儿待在家中不要去上学，还对妻子没有经过允许就敢私自离家大发雷霆、愤怒至极。他更不允许女儿下班后独自回家。父亲的这些做法禁锢住了女性的社交圈，使她们完全失去了发展自身社会关系的机会。外部环境的限制，不仅仅体现在父亲或是丈夫身上，还反映在整个小镇中，人们普遍是不赞同女性发展社会资本的。门罗的另一本小说《办公室》中的男房东就是小镇中其他人的代表。故事中女主人公为了方便自己写作，需要在外租一间房子作为办公室。女主的这种想法和做法却根本不能获得男房东的认可，他根本无法想象一个有丈夫又有孩子的年轻女子竟然会离开自己的家庭，而去外面租一间房子整日地打字。为此，他始终不停地对这个“行为怪异”的女主人公进行“劝解”，并最终把她赶走，至此女性刚刚萌发的外部社会关系又被终结了。正是小镇中人们的狭隘的思想紧紧地束缚了女性社会资本的发展，把她们禁锢在家庭相关的一系列家务活动中，使她们一直不能迈出家庭，去发展丰富的社会关系网，最终致使女性占有的社会资本微乎其微，使女性在社会上不得不长期处于边缘的位置。

“社会资本赋予关系网络中的每一个人一种集体所拥有的资本”，也就是说，社会关系网同时具备了集体性，“此时个体所占有的社会资本的多少则取决于行动者可以有效调动的集体社会资本的规模”。然而，在家庭小环境中，女性几乎是无权使用家庭小群体中所积攒的社会资本的，更不要说女性利用自身的能力为家庭谋取新的社会资本了。小说《庇护所》中的道恩姨妈就是一个这样的体现。在道恩姨妈的家庭生活中，她是作为丈夫的附属品而存在的，她的生活始终围绕着丈夫、家庭而进行着，根本没有自己的社会关系网，她不被丈夫允许去构建自己的社会资本。其中，仅有的一次自作主张是道恩姨妈邀请了丈夫姐姐和周围邻居来家里做客，但结果是使得丈夫大发雷霆，直到很久之后她才得到了丈夫的原谅，她“流下了几滴如释重负的眼泪”。其实，丈夫姐姐也好，周边邻居也罢，本质上都是存在于她丈夫社交关系网里的人，道恩姨妈自身并没有构建属于自己的社会关系网络。即使她只是与丈夫的社会关系网里的人们交往就遭到了丈夫的极度愤怒和大力的打压。这恰恰是门罗创作加拿大小镇中女性群体故事的意图所在，她借此来揭示女性在社会资本占有上的极度边缘化。

人类是作为群居性动物存活在世界上的。正是由于人类区别于其他物种的社会性才导致社会资本在人类历史的产生和发展中都起到了不可磨灭的特殊作用。布迪厄（Bourdien）将研究焦点放在了文化资本上，后来，科尔曼（Coleman）、帕特南（Putnam）等众多的学者一起发展形成了社会资本这个概念。在各个概念的使用上，布迪厄使用社会资本这个概念来说明那些精英团体利用他们的社会关系网络再生他们的特权，科尔曼将社会资本概念的范围扩大，将其扩展到包含了精英团体和非精英团体并存的所有社会关系中。而这恰好符合门罗小说中创造的人物形象。一直以来，女性始终被看作“社会学意义上的变色龙”，“所体现的是其男性亲属的阶级、生活方式和文化特征”，女性群体在社会资本的占有度上从来都只能是处在可悲的边缘性的位置上。在门罗的小说中，人们在重视男性扮演支配者的社会关系网络的同时，也应该注重女性被支配者位置上的社会关系资本占有的边缘性，希冀以此探寻出改善这种边缘性的途径。

在以男性为中心的主流社会中，女性始终位于边缘地位。因此，女性的生存要面临着男性的压迫和发生在女性群体内部迫害的双重的威胁，这使得女性的生理和心理长期都处在焦灼的状态中。这种认知既可以让边缘中的女性群体意识到自身受害者地位的现实处境，促使她们找寻自我实现、自我救赎的方式；又可以让读者对文学作品中生活在社会边缘的女性群体产生共鸣，促使人们从根源上推翻女性的边缘属性，去努力创建一个人人平等、两性和谐共处的社会，最终实现人类的可持续发展。

第三节 加拿大女性主义对二元对立社会的影响

一、二元对立的释义

二元对立这一概念是由著名法国结构主义学者罗兰·巴尔特（Roland Barthes）最先提出的。他将语言中最小因素单位存在的对立的基本结构称为“二元对立”。在借鉴和进一步发展索绪尔（Saussure）理论的基础上，巴尔特宣布所有语言都是建立在二元对立基础上的自我封闭体系。并且巴尔特把这个概念衍生到社会生活的多个方面。

如果用结构主义理论来分析文学作品，那么每个文本都是一个言语，都可以用基础代码、符号、二元对立等构成整个语言体系的要素来说明。“巴尔特认为只有通过找出文本中的代码或二元对立才能解释文本中隐藏的信息”。由此可见，结构主义不是从事物的表面出发，而是通过理论深入探究事物更深层次的结构——它们都是对立存在的，譬如善与恶、理性与感性、精神与物质等等。

也就是说，二元对立被应用到结构主义的基本分析法中。一部文学作品往往被结构主义批评家分割成多个独立而又互相关联的二元对立，再把这些相对独立的二元对立小单位整合成一个大的完整体系。结构主义者们主张在拆分而后组合成新体系的过程中，发掘出每部文学作品的价值和意义。

激进主义女性主义提倡只有女性置于社会的中心地位，完全推翻男性对女性的压迫，才能改变女性的边缘地位和男女二元对立的处境。然而生态女性主义对这种理论是不赞同的。“如果女性主义只是将男女两性在男性主义文化秩序中的角色进行置换，将女性置于中心地位，同样也会导致另一种强权话语。这种狭隘的女性立场无助于人类的超性别思考。”柏拉图最早提出的“二元论”为西方哲学打下了坚固的基础，之后逐步形成了理性与感性、精神与物质、自然与文化、善与恶、真与假、好与坏等占据社会主流的思维模式。此后，法国著名女性主义批评家埃莱娜·西苏又为这些二元对立的概念增加了新的内容：太阳与月亮、昼与夜、主动与被动、父亲与母亲等。

形成于20世纪70年代末的生态女性主义是女性运动与生态运动相互作用、影响、结合的产物。凯伦·沃伦揭示出男性对女性的压迫正像人类对自然的掠夺一样，二者有着紧密的联系。她主张男人对女性，人类对自然，是上级对下级的关系。在这种观点的基础上，形成了人类统治自然，男人统治女人。因此，生态女性主义倡导只要消灭人类中心主义思想和父权制就能够同时挽救自然和女性。

生态女性主义批判人与自然的二元对立，即不赞成人类中心主义的看法，认为人类不是位于自然的中心，自然的地位等同于人类的地位，人类不能肆无忌惮地任意使用自然资源。生态女性主义者主张生存于地球的一切存在都是统一的生命体，人类仅是这个整体的一部分，“既不在自然之上，也不在自然之外，而是在自然之中”。人类与其他一切存在物都应该是平等的，没有差别的，每个生命体都具有各自的存在价值。

（一）阿特伍德文学作品中的二元对立

玛格丽特·阿特伍德十分擅长在其文学创作中揭示现实社会的二元对立，这种对立给女性等弱势群体甚至自然界都带来了不堪的后果，并且证明了打破二元对立，才能建立起他们之间的平衡。要想实现这些平衡就要用生态女性主义理论去颠覆传统的二元对立模式，实现人类社会和谐发展的愿望。《浮现》就为读者描绘了人类文明所创造的生存环境：“功能瘫痪，看不到希望，或者采用新闻广播可能采用的说法，事态‘令人恐慌’”

在阿特伍德的作品中常有分析男女二元对立的现象和其恶果——人类对自然的掠夺所带来的恶果，和父权制社会对女性和自然的共同迫害。阿特伍德试图通过挖掘这些二元对立关系，批判其带来的男女两性和人与自然之间不和谐的关系，主张寻求一条和谐之路，摆脱二元对立的困境。

《浮现》的女主人公备受世间的种种压迫。首先，在父权制社会里，她不堪的经历致使其受到来自男性世界的各种迫害；其次，她身为插画家却不得不屈从于艰辛的生活；最后，身为加拿大人，她同样受到了美国的鄙视。她与国家同命运，都要在夹缝中求生存。虽说她身兼多种身份，但仍然不具备完整的自我。

阿特伍德没有赋予女主人公任何姓名。以此代表社会里有着诸多受压迫的女性群体，进而反映女性在父权制社会中饱受不公平待遇。实际上，“受害者情结”本身就构成了另一个二元对立———迫害者与受害者。阿特伍德对此强烈反对：“把自己定义为受害者只是在推卸责任，将自己看成是完全无辜的。”

（二）门罗作品中的二元对立

与阿特伍德一样，艾丽丝·门罗书写的也是女性群体的故事。她刻画的更多是偏远小地方普通女性的平凡生活以及她们受压迫的悲惨命运。门罗更擅长的是通过对小镇女性日常生活的描绘，挖掘出人性阴暗的另一面，进而能够带给读者巨大的震撼。

二元对立体系中的两个对立必须是相互依存，而又相互独立的，因此不能说二者孰高孰低、孰对孰错。小说《逃离》中，门罗通过描写卡拉、朱丽叶等普通妇女的日常婚姻家庭生活，试图为世人呈现出二元对立社会下压迫与被压迫的本质。在《逃离》中，存在着众多的二元对立元素，门罗正是采用此法把男性社会里最普通的女性所受到的各种压抑和束缚刻画得淋漓尽致，反映出作者对人生的深刻认知。

1. 男性统治意识和女性反抗意识

《逃离》是由若干个短篇故事组成的。在第一个故事中，门罗叙述了一位年轻女子在面对生活的枷锁和丈夫的压制下选择逃离。但是她由于胆小、无助最终不得不又一次回到丈夫和家庭中去。卡拉嫁给克拉克组成一个家庭，丈夫克拉克处于家庭的主导地位，卡拉处于被动服从的位置。在她再也无法忍受种种压抑时，她选择逃离现实来寻求解脱，但是卡拉从思想意识上根本不清楚自己的最终目标和目的是什么，因此故事才有卡拉祈求克拉克来车站接她的情节。

在家庭的二元对立中，丈夫占据主导地位，是一家之主；而妻子被视为丈夫的附属品，女人听从男人的命令也是理所应当的。卡拉是一个生活在父权制社会里的普通女子，没有社会地位和话语权，而是全部依赖于男性。小说中反映的女性都是没有任何社会地位的、都是男人的附属品。“她把丈夫看作是他们二人未来生活的设计师，她自己则甘于当俘虏，她的顺从是理所当然的，也是心悦诚服的。”正是由于男性对女性的统治欲望和女性反抗的二元对立，造成了女性的逃离。在男性统治和女性反抗的这场没有硝烟的战争中，虽说卡拉选择了以逃离的方式摆脱固有的生活，但她仍旧不能适应没有丈夫的生存状态，最终不得不再一次回到以男性主导的家庭中。

2. 欲望与现实的双重压力

人类对梦想的追求构成了其奋斗的动力。而梦想并非都能成真，也许最后会被残酷的现实扼杀。《逃离》中的女主人公们都是面对各种不幸欲求不满产生了逃离的想法。在《逃离》的第一个故事中，艾丽丝·门罗就描写了被丈夫束缚、压迫而不得不逃离的妻子——卡拉，“卡拉喜欢干日常杂活时那种不慌不忙的节奏，畜棚屋顶底下那宽阔的空间，以及马场令人难以忍受的气味”。卡拉两次出逃，“头一回是跟甲壳虫乐队所唱的老歌一样——她在桌上留了张字条，清晨五点钟悄悄溜出了家，在街那头的教堂停车场上与克拉克会和。”卡拉第一次出逃，是因为得不到父母的喜爱，没有来自兄弟的关心，面对这种没有爱的家庭，她选择跟克拉克私奔到新的地方找寻新生活。但是婚后的生活并不是卡拉之前期望中的那样，丈夫的暴躁和生活的困苦造成卡拉的第二次出逃。但是在逃离的过程中，她又不能忘怀与克拉克的美好爱情，对未知的前途也感到无助和彷徨。

卡拉逃离现实的愿望和现实生活对她的束缚形成了鲜明的二元对立，她希望逃离现实、摆脱生活的枷锁，却事与愿违、被现实社会束缚，再次回到现实生活中过着固有的生活。卡拉一方面依附于丈夫和家庭，表现出女性弱势的一面；另一方面，她勇于挣脱牢笼去追求新的生活，虽说最终失败，但是她的举动反映了女性意识，且在她心中潜藏着巨大的女性反抗意识。

《逃离》中的下一个女主人公也经历了同样的命运。朱丽叶在大学里学的是古希腊语专业，但是大多数人对女孩子学这个冷门专业十分不赞同，而她的教授们为她的聪明才智高兴的同时又希望她能够找个普通的工作并尽快结婚。朱丽叶爱上了大自己很多的渔夫埃里克，并为此而离家出走，从多伦多到温哥华去看望他，在火车上她一边看着窗外的雪、湖、森林，一边想着自己的冷漠，经常会有人劝她“要礼貌、要热情……”哪怕那些人对她“一无所知毫无用处”。

朱丽叶的冷漠使她不能适应集体生活，尽管更活泼些会更能融入社会中。在面对和父母的矛盾时，她选择逃跑去追寻自己理想中的爱情，但是也不能挣脱现实的束缚。朱丽叶的逃离并没有给她想要的爱情和婚姻生活，她的逃离是失败的。在男性主导的社会里，男女之间的不平等，都会造成女性边缘化的结果。

3. 夫妻关系与亲子关系的严重失衡

在《逃离》中的众多短篇故事中，存在着许多对不和谐的夫妻，如卡拉与克拉克、西尔维娅与里昂等。卡拉没有办法继续忍受丈夫克拉克“什么时候都冲着她发火”的坏脾气。卡拉“做什么都是不对的，不管说什么都是错的，跟他在一起过真要把她逼疯了。克拉克恨她，瞧不起她。”这种卑微的家庭地位，促使卡拉想要摆脱家庭的压抑，重获新生。而西尔维娅和里昂则是在思想上存在着严重的分歧。“凡是西尔维娅认为值得一写的题材，里昂总会感到一点意思都没有。”

朱丽叶由于自身强烈的个性，与父母的关系也并不和谐，为了逃离父母她甚至远嫁给一个年长于她很多的渔夫。她与父母之间的问题在母亲去世时都没有得以缓解。她与女儿的关系也不和谐，女儿也选择了跟她同样的道路，远嫁他乡，她也要不得不接受女儿远离她的现实。

艾丽丝·门罗善于刻画日常生活中的细节，这使得她的作品更贴近现实生活。在《逃离》中，卡拉的逃离路线与心理变化体现在受贾米森太太激励乘坐大巴逃往多伦多时，沿途加油站让她想起了“她和克拉克创业初期常来买便宜汽油的地方”，想到曾经和克拉克的美好日子，她不禁潸然泪下。到了第二个小站时，卡拉更是不能自已，号啕大哭，她不能摆脱“克拉克依然在她的生活中占据着一个位置”，她始终在想“等逃离告一结束，她自顾自往前走自己的路时，她又用什么来取代他的位置呢？”在到达第三个小站的时候，卡拉终于承受不住内心的恐慌，打电话向丈夫求助。“没有离开，她至少知道她的目标是逃离丈夫，一旦真的离开了，她的世界里还有什么目标？”虽说逃开了丈夫，但是卡拉依旧是彷徨的，这种短暂的逃离也只是另一种混沌的生活状态的更换而已。在她逃离路途中所经过的车站、加油站都是必经之路，事物是死的，自然毫无情感和思维，而人却是有感情的动物。

实质上，结构主义中的二元对立是一种分析方法，是通过二元对立分析法去构成一个全新的世界。佛克马·易布斯（Folkema Ebbs）曾说，“二元对立关系有助于认识结构主义的种种模式”，便于人们了解结构组成的模式世界。《逃离》中讲述了众多刚刚结婚步入家庭生活的女性的故事，她们承受着诸如爱情、孩子、背叛、性的苦恼，在年复一年琐碎的生活中，透露着自身的欲望和缺憾。门罗在创作中大量运用二元对立元素，这使她笔下的平凡女性变得立体和生动，促使大众去思考这些变化的根本原因。门罗巧妙地把女性终其一生无以言表的内心世界形象呈现给世人，小中见大，平中见奇，让世人深刻地感受到世事的变化无常。

二、加拿大女性主义对二元对立社会的影响

加拿大女性主义门派众多，其中对二元对立的两性社会影响最为深远的就是生态女性主义。生态女性主义给父权制男性中心主义的思维模式带来了致命的打击。

最初的“生态女性主义”概念出现于20世纪70年代，它建构于生态伦理概念基础之上，后逐步发展成为女性主义思想的重要组成部分。它将生态伦理学的范畴扩展到了生态语境下的两性关系。在人类社会中，女性拥有孕育生命、繁衍后代的能力，这与生态界，自然孕育万物如出一辙，由此可见女性和自然在其所处环境里有着同样的地位，也面临着相同的窘境。在男性中心的文化背景下，自然与女性都处于边缘境地，被排斥在主流之外。在二元对立论的影响下，加拿大生态女性主义者认为两性之间、人与自然之间都是对立关系，其中一方占据主导地位，而另一方则处于边缘从属地位。

父权制社会中，男性一直起主导作用，女性总是处于劣势的从属地位，致使男性始终压迫女性；人类与自然的关系和两性关系如出一辙，自然始终处于被剥削、掠夺的地位，人类为了自身的利益不断滥用自然资源，导致生态环境的日益恶化。生态女性主义者批判父权制社会二元对立理论，认为对自然的破坏、剥削和对女性的不公、歧视有着必然的内在联系。生态主义哲学与女性主义完美结合，是对人类中心理论与男性中心主义理论的批判，倡导改变人类统治自然、男性压迫女性的价值理念。生态女性主义理论的进步之处在于抛弃了传统女性主义理论中将男女置于对立的位置，他们认为这样无法真正消除二者的对立关系。

生态女性主义学者凯伦·沃伦认为自然与女性都是受到男性压迫，处于从属地位的“他者”，其核心内容就是揭示父权制社会对自然、女性的迫害，以及反抗压迫，为寻求解决日益恶化的生态危机和女性解放寻找出路。

由此可见，生态女性主义理论承认男女差异，强调构建独立、自主的女性意识，从多方面寻求两性之间的沟通方式，试图建立平衡和谐的两性关系，解构二元对立关系。生态女性主义理论不单继承了传统女性主义理论的精华，更进一步促进了女性解放运动与世界范围内的环保运动的开展，试图建立一个人与自然、两性和谐共处的世界。

（一）门罗的生态女性主义意识对二元对立的瓦解

艾丽丝·门罗作为一位具有独特思想的女性作家，其作品的字里行间都透露出她特有的生态女性主义意识。我们就以她的代表作《逃离》为例：门罗在其作品中，将女性与自然紧密联系，以表达女性与自然在精神上的统一；另外，门罗通过女主人公卡拉和小山羊弗洛拉的逃离表现了女性意识的重新建构与生态环保意识的提高。即使如此，门罗又通过丈夫克拉克对卡拉的压迫、对小羊弗洛拉的残害将读者拉回现实中，让我们认清社会仍然是父权制的社会，自然生态仍在日益恶化。

卡拉离开家人、朋友，选择与丈夫克拉克私奔。然而她的婚姻生活却没有卡拉最初梦想的美好。她随克拉克离开后，并未感受到一丝丈夫对妻子的关爱、理解，而是克拉克的冷漠、暴戾。深受男性统治迫害的卡拉只能从动物的身上寻找寄托，以得到心灵上的慰藉，弗洛拉“那双黄绿色眼睛里闪烁着并不完全是同情，倒更像是闺中密友般嘲讽的神情”。由此可见，弗洛拉对于卡拉来说，已不再只是一只山羊，而是她的“朋友”。弗洛拉丢失之后，卡拉非常担忧并曾多次梦到它，而克拉克对此却十分冷淡，认为弗洛拉不过是去给自己找只公山羊罢了。门罗通过卡拉与克拉克对弗洛拉截然不同的态度影射了两性对自然的态度：男性对自然的态度极其冷漠，而女性则与自然融洽和谐。故事中卡拉对弗洛拉表示担忧却更多是对其美好的祝福，这恰恰和她现实生活中的处境形成了极大的反差。沉闷的婚姻生活、冷漠的丈夫使卡拉失去了自我，是弗洛拉的“逃离”使得卡拉又重获了自信、勇气，为追求最初的美好而努力前行，此处也反映了女性与自然的和谐统一。

最后小山羊弗洛拉出现在克拉克和贾米森太太面前，它的回归带有一种魔幻色彩，使得两人被眼前的景象震惊了。克拉克表现出的则是人类无法掩藏的恐惧，这种表现使他放下敌意，产生了一种难以名状的信任与依赖。此时的贾米森太太突然感受到了克拉克的真实，以为他们拥有“人性的共同基础”，与克拉克成为“朋友”，甚至以为弗洛拉的出现会为克拉克夫妇带来幸福。然而，令人乍舌的是，恐惧之后的克拉克竟然残忍地杀害了小山羊——那个让他表现出恐惧与懦弱的弗洛拉，那个带给他妻子勇气与希望的弗洛拉。他的残忍与冷漠正是作者门罗想要表达的父权制的实质——虚伪、固执。克拉克不仅扼杀了一条无辜的生命，更扼杀了卡拉对未来的美好期盼以及对他仅存的一点点希望。他的行为背叛了人性，是对人与自然及两性关系的极度扭曲。弗洛拉的出走虽然给予了卡拉离开现在生活的勇气和信心，但最终的失败却反映了男性中心思想的根深蒂固和女性对男性的依附。即便如此，卡拉的“逃离”还是为新时代女性构建全新、独立的女性意识做出了尝试与探索。在《逃离》这部作品中，门罗影射自然、女性分别受到人类中心主义、男性中心主义的迫害，表达了她倡导构建和谐的人与自然、男性与女性关系的美好愿望。

（二）分别来自人类和男性中心主义的双重压迫

《逃离》叙述了女主人公面对现实的不满时两次选择了逃离的故事，第一次逃离是卡拉为了逃离父母，追求理想的爱情，表面上卡拉实现了她的愿望，得到了爱情和婚姻。但是婚后甜蜜的生活逐渐变得乏味，丈夫克拉克的男性主义思想开始显露出来，“他什么时候都冲着她发火，就像是心里有多恨她似的，她不管做什么都是不对的，不管说什么都是错的”。于是，卡拉的第二次逃离发生在她不再能感受到来自丈夫的爱，反而得来的是出自丈夫的冷嘲热讽和挖苦时，卡拉忍受不了无望的婚姻生活，又一次选择逃离。故事中卡拉和克拉克二人的婚姻关系，完全来自于克拉克的男性主义思想，使得二人的关系不是平等的。婚后卡拉逐步意识到这个问题，即使她试图改变，但是得到的却是来自克拉克的暴打，他们的婚姻只会越来越糟。卡拉为了不再被克拉克羞辱，不得不对他言听计从，从而失去了话语权。在不平等的婚姻生活中，卡拉无从倾诉，只能说给小羊弗洛拉听。卡拉不能与丈夫良好地沟通，却能够感知动物的意愿。弗洛拉对于卡拉来说，不仅仅是一头小羊，更重要的是它是可以与卡拉交流的对象。卡拉不能从丈夫那里得到关爱，只能从小羊身上获得些许的心理慰藉。

生态女性主义认为，女性本质上更接近大自然，因为女性和自然都受到人类中心和男性中心主义的压迫，二者有很多的相似之处，更能产生共鸣。小羊弗洛拉是大自然的代表，它和卡拉的亲近恰恰表现了女性与自然的亲近。对于克拉克而言，弗洛拉正是对立的动物，代表着被男性征服的自然，最终被克拉克杀戮。在男性中心的社会里，女性和自然同时受到男性和人类中心主义的双重压迫。在以男性为中心的二元对立社会中，必须冲破这种二元对立的枷锁，才能使女性和自然得到真正的自由。生态女性主义提倡，要从根本上推翻两性对立的传统观点，解构父权制社会里的男性中心论，才能获得一个全新的角度去解析两性关系。卡拉婚姻的悲剧发生在男性主义下匮乏的两性沟通中。在缺少夫妻沟通的婚姻生活中，丈夫的男性思想不断加深，而卡拉也逐步地失去了她在婚姻生活中的话语权。相应的，卡拉和弗洛拉的良好的关系源于她们之间的沟通。通过交流，卡拉和弗洛拉和谐相处；又因为缺乏交流，卡拉和卡拉克关系冷漠。对于克拉克而言，他只会简单粗暴地对待她们，他就是典型的男性中心二元制下的统治者。

《逃离》中，门罗通过对卡拉和弗洛拉的叙说，揭示出一个事实：父权制二元中心论造成了女性和自然的悲剧，她们同时都是社会里被压迫的一方，处境相似，同样希望反抗压迫，都想挣脱掉传统父权制社会加注在她们身上的层层束缚。她们的逃离虽说都以失败收场，但世人还是看到了曙光，她们的逃离起到了积极的作用。卡拉受到小羊弗洛拉逃跑的启发，获得勇气，选择逃离，而卡拉的逃离也相应地缓解了他们夫妻的关系，"一连几天，他们分头去干自己的活儿时，两人都会挥手作别"。两人在私下仍旧亲吻，虽说他们关系的缓和并没有彻底地消除卡拉心底的苦闷，但相较于开始时克拉克的完全忽视，这样的改变是两性改善关系、缓解矛盾的开端，也体现了门罗试图解构等级二元论的意图。

门罗试图运用细腻的笔触，刻画出女性与自然对男性中心主义和人类中心主义双重压迫的抗争。即使这种对抗最终是以失败收场的，但是它仍旧起到积极的促进作用。故事中卡拉和克拉克的夫妻关系从紧张发展到最终缓和，说明了门罗给予女性追求两性平等的希望，还揭示了两性间的交流对实现理想的两性关系的重要促进作用。

二元对立的理论基础是建立在好与坏、对与错、主体与客体的互斥原则及征服与被征服的统治逻辑基础上的，它存在于父权制文化之中，即男性中心主义与人类中心主义，二者"有着内在的一致性，它们都遵循征服、统治的逻辑，并以二元等级对立的认识论为基础。该认识论强调主客的二分，并将人与自然、男人与女人、理智与情感、思想与物质等对立起来，这必然会导致整体世界能分割为局部，将整体的价值还原到部分，而科学也在二元对立认识论的驱动下，……逐渐变成寻求控制、操作与对自然的剥削，女性也被贴上了低劣的标签，沦为社会中的他者"。理性主义思想在人与自然的二元对立中占据着领导地位。一直以来，人类自视为理性的、不属于自然的组成部分，是跟其他物种不同的，这样的思想加强了人与自然的对立，同时父权制文化中的价值观认为人类理当统治自然，男性理当征服女性，更可怕的是，"人对自然的征服和控制反过来又强化了人对人的征服和控制"。

诗人威廉·布莱克（William Blake）对阿特伍德具有深远的影响，以至于她的文学作品一直围绕着对立的事物所展开，采用双重辩证的方法解决矛盾。在阿特伍德看来，这种双重性恰恰体现了加拿大的民族性特质——“两种声音，一种法语，一种英语，相互争吵和抱怨对方的习俗、传统和他们共同的历史”。阿特伍德擅长利用双重性解构矛盾对立体，由此看来她所批判的是二元对立而并非双重性。双重性本身不存在消极性、矛盾性，只是人类侧重于“两极分化的经验，肯定一者否定另一者的观念根深蒂固，这使得选择与双重性的共存非常困难”。在《浮现》后面的部分阿特伍德书写了她的生态女性主义思想，她披露和解构了父权制社会中存在的各种压迫结构、统治逻辑和等级观念。女主人公在面对人类文明产生的罪恶时，精神陷入了混沌状态：她毁掉了木屋里全部的“文明产物”，拒绝进食加工的食物，裸身地奔向了大自然的怀抱，变成自然的女性。其间，她逐渐地意识到人与自然是息息相关的，人类应当尊重所有生命形式，在某种意义上她也获得了重生。女主人公最后宣称，“我们不能再像以前那样……我们得重新开始”，这也正是阿特伍德内心的希望——希冀人类能够超越二元对立。

《浮现》讲述了女主人公寻找自我的过程。阿特伍德在作品中所塑造的现代女性的形象及对男性中心社会的深刻批判都获得了女性主义思想的一致认同。小说在描述女主人公找寻自我的过程中，还强烈地批判了人类认知的局限性。阿特伍德使用了众多二元对立的明显对比，如美国与加拿大之间的强弱对比、两性社会地位的差异、人类与自然之间的征服与被征服及科技与人类之间的奴役关系，都在影射加拿大民族的“受害者心理”。人类同时作为统治者和被统治者的对立统一体，客观表现了人类思想的局限性。

阿特伍德从她自身的女性视角出发，结合了生态女性主义的思想，深刻地批判了人类的劣根性和错误的观念。她的作品中往往运用了大量的神话、寓言和圣经。但阿特伍德在书写神话的同时，并不认同其中包含的传统男性主义偏见，而是从生态女性主义的视角解构重建了女性的话语权。在加拿大众多的文学作品中，都反映了加拿大人的殖民地心理和对美国文化殖民倾向的惧怕。《浮现》就是一个例子。

小说中女主人公对与美国相关的一切都充满着恐惧。在她回家乡的路上，看到的都是被“从南方蔓延过来的病毒”损毁的树木，借此暗示美国对加拿大造成了巨大的破坏性影响；路上随处可见美国对加拿大的影响：美国的电力工业和造纸业都在大量砍伐树木，导致湖泊的水位线提升，从而使森林环境遭到了巨大的破坏。然而，对加拿大最为深远的影响要属美国文化带来的侵染。例如，包含女主人公及其旅伴在内的大部分加拿大人在以模仿美国人的作风为荣；而且加拿大到处都可以见到美国游客，“他们的独木舟船头上插着一面满是星星的旗子……这好像向我们（加拿大人）显示：我们正在一块被（他们）占领的土地上”。然而颇具讽刺意味的是，女主人公所厌恶的那些举止粗俗、残害生命、破坏自然的“美国佬”，却是加拿大人，反过来，他们还认为女主人公是“美国人”。阿特伍德很巧妙地用这种写作手法写出了加拿大人印象中的美国人形象——野蛮、冷酷、狂妄，之后又否定了它。小说的结尾女主人公还是认为：“可毕竟是他们杀死了苍鹭。他们来自哪个国家无关紧要，我的大脑告诉我说，他们仍然是美国人。他们正在把我们引向歧途，我们也会和他们一样……我们是怎么变坏的？……我的国家，不是被卖掉了就是被水淹掉了，成了一个大水库。”

小说中的女主人公安娜借助化妆品生活在面具之下，而她丈夫也十分喜欢她这个样子。夫妻二人在外人面前十分亲密，但在私下里彼此十分冷淡，喜欢互相伤害对方。在丈夫大卫没有拍摄素材的时候，他强迫妻子为他全裸拍照。这种两性之间的不平等压制了女性天性的发展。面对这种困境时，阿特伍德从生态女性主义角度，让女主人公拥有选择权，追求自我。

安娜几次潜入水下寻求自我身份，回想了自己的婚外情，克服了堕胎带来的生理和心理的创伤，了解了生命的意义，实现了内心的平衡。阿特伍德从生态女性主义出发，对古典神话进行解构，批判了人类存在的暴力、邪恶，同时提倡要发现和批判人类的局限性，以此促进人类的生存和发展，达到人与自然的和谐共处，实现两性和谐发展。

在小说《浮现》中，作者大量使用了二元对立元素，以此向世人展示人类经济的繁荣是以不断恶化的生态环境为代价，严厉地批判了人类中心主义对生态环境的危害和人与自然二元对立的不和谐。通过叙述男性社会中女性遭受的不平等的待遇，批判男女两性不对等的二元对立关系。阿特伍德“希望能摒弃传统的互相排斥的二元对立思维模式，在对立中建构一种更具包容性、相互依存的、和谐的‘亦此亦彼’式的思维模式。她相信一定有一条理想的第三条路，那就是既不成为受害者，也不成为施暴者，而是与世界达成某种和谐，达成一种建设性的而非破坏性的关系”。她不仅仅提出了问题所在，更加难能可贵的是要找寻解决方法，这表现出她的进步性和前瞻性。

由此可见，加拿大的女性主义，特别是生态女性主义，促进了二元对立社会的瓦解。首先，生态女性主义加速了男女两性二元对立的消解。生态女性主义者凯伦·沃伦主张：人类对自然的掠夺和男人对女人的压迫有着紧密相连的关系。在一定意义上，女性和自然受到的双重压迫之间存在着共同的文化根源——二元对立和价值等级观。在男女两性间、人与自然间除了对立的关系，还是上下等级的关系。在这种关系框架上形成了人类对自然的统治和男性对女性的剥削。可见，在观念意义上颠覆父权制和拯救生态环境是彼此相通、互相促进的。

其次，生态女性主义加速了人与自然二元对立的消解。人类中心主义观点将人和自然放置在二元对立的位置上，人类认为对自然享有开发利用的权利。而这点恰恰是生态女性主义批判的要点。在生态女性主义看来，地球上的每一个存在物都属于有生命的统一体，每一个部分都是不可或缺的、必要的有机组成部分。每一个存在物都有其存在的价值和意义，他们都是平等的，没有任何等级差别。因此，大自然不属于人类，也不是为了满足人类的需求而存在的，相应的人类也只是自然界中的一个组成部分而已。“既不在自然之上，也不在自然之外，而在自然之中”。

生态系统中生命体应该是互相依存、互相制约的，它们共同组成一个平衡的生态系统。人类也是身处该系统之中，其存在取决于与其他生物的和谐关系。然而在现在这种人类中心思想的驱使下，人类将自然视为他者，为了满足自身的利益对其大肆地开发和掠夺，造成了自然资源的匮乏。这种行为严重地破坏了整个生态系统的平衡，最终还是会伤害人类自身。

第五章　生态女性主义与道家思想

第一节　生态女性主义与道家思想理论

一、生态女性主义

（一）生态女性主义的产生和发展

生态女性主义是将生态哲学和女性主义有机结合而衍生出来的一种文学批评理论。生态女性主义起源于20世纪70年代，最初由法国生态女性主义者弗朗西丝娃·德·奥波妮（Francoise d’Eaubonne）提出。它的产生起源于日益恶劣的生态环境，大自然因为人类的贪婪遭到无休止的破坏，生存环境日益恶化引起了女性主义者的思考和抗议，继而产生出生态女性主义这一理论。著名的生态女性主义者伊内斯特拉·金（Ynestra King）认为生态女性主义是一种结合环境主义、女性主义关注女性精神世界的运动，是一种反抗男性社会中父权制对地球的掠夺和对女性压迫的力量。生态女性主义反对男性中心主义中带有统治、剥削性质的价值观点，期待建立一个自然与人类、男性与女性和谐共生的环境。生态女性主义包含着生态与女性两个组成部分，在父权制男性中心价值观中，自然生态与女性同处于弱势地位，父权制统治下的人类对自然的肆意剥削、男性对女性的压迫导致了反抗男性中心主义的生态女性主义的诞生。生态女性主义反对剥削、压迫、束缚，倡导解放自然和女性，去除中心话语权，建立一种关爱、公正的伦理价值观，以达到和谐共生的理想状态。

生态女性主义强调的是大自然与人类的和谐共荣、彼此促进、和谐发展、以达到生态平衡的最终目标。生态女性主义用动态的观点阐述了宇宙万物皆平等的观念。人类与自然界的动植物以及各种物质形态都是平等的，人类只是恒河数沙中的一粒沙，不应该以“万物之灵”高于世间万物的地位自居，以虐杀其他动物、破坏自然生态系统来满足人类自身的贪婪欲望。然而人类却没有意识到自身也是生态循环中的一个环节，破坏生态链自己也会受到危害，肆意掠夺大自然给予的丰富资源，会造成全球资源紧缺、生存环境恶化，致使许多物种灭绝或濒临灭绝，这都是人类依仗自身是万物中唯一具有理性思维的物种所犯下的“滔天罪行”。生态女性主义的理论就是唤起人类对自然生态的关注与爱护、对两性之间的尊重与包容，只有平等才能和谐，人类才能从根本上改变，破除中心制思想。

（二）生态女性主义的主要观点

1. 反对人类中心理论

人类中心理论，顾名思义就是以人类为中心的理论观点，人类的利益为至高无上，可以牺牲一切以满足人类无休止的欲望之心。人类成为衡量一切的标准，人类的道德观、价值观成为评判宇宙万物的依据，主张人类是主体，自然是客体的非平等地位。这是生态女性主义从根本上反对的观点之一。

从文艺复兴时期开始，即人类社会由封建向资本主义社会过渡时期开始，手工业和商品经济不断发展，人类的思想也在飞速发展变化以适应经济的发展，同时经济的飞速发展又促进着人类思想的变革。人类从那时起就越来越看重自己的地位，自负加速膨胀。随着为经济发展服务的科技应运而生，人类更加肆无忌惮地违背自然规律，利用手中的科技对自然肆意掠夺，无休止地索取大自然赋予所有生物的资源，炫耀着“自身凌驾于其他物种之上”的错误观念。人类凭借自身对宇宙自然的一知半解就将自身奉为“神”，随意改变自然的运行规律，破坏生态平衡，也必然会受到自然的惩罚。自我膨胀的人类将自身与自然划分为对立的两方面，并凌驾于自然之上，二元对立理论在人类的意识领域逐渐占据主导地位。人类主宰着宇宙世界，而哺育世间生灵的自然则成为了人类的“奴仆”，被人类“奴役”“主宰”。作为西方宗教圣典的《圣经》也在宣扬由上帝创造的人类为统领世间万物的“万物之主”。我们人类的数量现已达到70亿，并以每年800万的数目递增，每个人都需要食物、能源、水及更多的物质资源，为了满足人类的需要，人们忽略了其他生物的存在，对资源疯狂地破坏，对大自然肆意地掠夺，这个人类赖以生存的世界正遭受着越来越多的挑战。全球气候变暖、南北极冰川融化、地震、海啸、越来越多的自然灾害时有发生，大自然正在一步步对人类做出惩罚。人类的“科技文明”根本没有强大到可以超越自然法则。生态女性主义让我们意识到人类可以在一定范围内利用自然资源，但不可以以自己的意志改造自然。也许暂时取得的辉煌成就可以让人类沾沾自喜，但带来的危害则是无穷的，其造成的影响也许会影响几代人，甚至更加深远。我们应该意识到人类仅仅是大自然生态链中的一个环节，同其他物种一样可以享有大自然赋予我们的宝贵资源，但我们没有权力去肆意浪费、破坏自然资源，伤害、杀戮其他物种以满足我们可怜的虚荣心。人类不可以没有自然，人类和其他物种一样必须对自然怀有敬畏之心。我们要学会收起那虚伪的“高傲之心”，和其他动植物一样约束自身的贪婪欲望，寻求与自然和谐相处的方式，只有人类意识发生改变，目前日益恶化的生存环境才会有所改善。

2. 反男性中心理论

男性中心理论实际上是人类中心理论在两性社会中的细化。它强调人类两性社会中男性的统治地位，也就自然将女性的地位降于男性之下，其实质是二元对立论在两性社会中的体现。男性制社会中，女性没有地位可言，她们附属于男性，被迫沦为生育子女照顾家庭的工具，被“边缘化”。女性同时也成为了男性炫耀自身条件的手段，对女性的压迫成为男性自我价值实现的方式。父权制这种传统的人类社会支配形式将男性作为家庭的主人，女性则是男性的附庸、属下。这种男性中心思想根源于人类社会分工的不同，男性在体力与智力上优于女性，女性在经济和心理层面都对男性有依赖。这就导致了父权制的产生。在家庭这个人类社会的最小单元中，男性作为一家之主对女性具有绝对的掌控权；而在社会领域的范畴里，男性对政治、军事、经济等也具有绝对的控制权，女性则无地位可言，只有服从和被支配。生态女性主义者认为男性作为二元对立中支配主导的一元与自然也是对立存在的，男性将自然界的事物作为满足自身欲望的工具；而女性作为和自然处于弱势的一元也就能与自然和谐相处。由此可见，女性比男性更能保护自然，能改善目前日益恶化的生存环境，以促进人类与自然的和谐共生。生态女性主义反对一切形式的中心理论，倡导二元共存、共生而非对立、剥削、压迫的理念，提倡男性与女性相互尊重、包容、理解，以促成两性和谐的人类社会。

3. 平等共存，和谐共生

生态女性主义认为自然万物是一个有机整体，彼此相互交织，相互促进、牵制，平等存在，无高低贵贱之分。然而，现状却是人类对自然肆意开发、破坏；性别歧视等不公平、不和谐的因素仍然作为主旋律，破坏着和谐的基调。西方的二元论有着深远的历史，人们在这种世世代代传承的意识形态下生活，思维模式已经被二元模式固化，从未思考过这是否是一种正确的思维意识形态。西方的二元论始终认为事物非对即错，始终相互对立；认为世间万物有等级之分，这一等级系统中最高的级别即是人类，被人类所尊仰的神赋予了人类统治自然的权力，人类与自然是相对存在的。对人类社会而言，二元对立论则被细化为男性优于女性，男性与女性无论在家庭还是社会中都是对立存在的，女性必须服从、附属于男性。生态女性主义则打破了二元对立理论，将二元从对立状态推向了相互促进、发展的方向，为二元提供了另一种存在的可能，并认清了二元存在的真正内在关联。世间万物并没有高低贵贱之分，每个物种都有其存在的意义和价值，都在整个生态系统中起承上启下的作用，为生态系统的正常循环发挥着自己的作用。由此可见，无论是体积庞大，还是细小如尘，只要是生态圈中的一员，就和人类享有平等的权利和地位。生态系统中所有的物种，包括人类都应该恪守自然规律，对自然和其他物种怀有敬畏之心，彼此尊重，和谐相处。人类社会亦是如此，男性女性皆是相对存在，失去任何一方，人类社会都将无法延续和发展，只有互相包容、尊重才能和谐共荣。在生存环境日益恶化、社会矛盾日益加剧的今天，自然灾害、贫穷、战争等等，都是人类面临的严峻挑战。人类只有改变原有的错误意识，用生态女性主义的观点平等地看待宇宙万物，消除原有的贪婪的占有欲、掌控欲，才能让世界回归原有的美好。因此，去除中心制，抛开父权制二元对立观念的束缚，消除等级制度已经刻不容缓，构建和谐、平等的人类社会已成为人类不懈努力的最终目标，这正与生态女性主义所倡导的平等、尊重、包容的理念不谋而合。

二、道家思想

（一）道家思想的产生和发展

代表中国道家学说的老庄思想是中华民族智慧的重要组成部分。春秋战国时期，列国纷争，社会动荡不安，就在那样一个大背景之下，代表各阶层、各派政治力量的思想家、学者纷纷著书立说、广收门徒、高谈阔论、互相辩难，于是出现了思想领域里儒、墨、道、法、兵等“百家争鸣”的局面，道家思想就是这一时期诸子百家中最重要的思想流派之一，与儒家思想共同经历千年成为中华文明的重要基奠。老子的思想在百家争鸣中独树一帜，孔子也曾向他请教过。公元前524年的春天，一心希望恢复礼制的孔子前来拜访老子。孔子发出“逝者如斯夫”的感叹。老子回答人生于天地之间，与天地融为一体。人有幼、少、壮、老之变化，犹如天地有春夏秋冬之交替，这是自然的规律，那又为什么要悲伤呢？孔子道：我担心当今天下仁义不施，战乱不休，国乱而不止，所以感叹人生短暂，来不及建功立业于世间。老子说：你为什么不学习水，上善若水，水善利万物而不争，处众人之所恶，此乃谦下之德也，天下莫柔弱于水，而攻坚强者莫之能胜，此乃柔德也。老子的小国寡民、无为而治的思想并未被当时的统治阶级所赏识，他在写完《道德经》后便不知所踪。而《道德经》也被尘封了数百年，直到西汉时，汉高祖刘邦在内忧外患时才想起老子这位先哲。刘项之争让天下大乱，民不聊生，刘邦开始重新审视治国之道。刘邦决定顺应自然，休养生息，无为而治。自此汉帝国开始慢慢恢复元气，随后文帝、景帝也继续老子无为而治的治国方针，将汉帝国推向强盛的高峰，史称“文景之治”。之后汉武帝独尊儒术，儒道两家逐步分野。儒家思想成为统治阶层的主流。到了唐朝，李唐王朝将李姓的老子尊为远祖，并将道教奉为国教。唐帝国在老子的治国思想下迎来了中国历史上第二个盛世“贞观之治”。这位中国的先哲渐渐被百姓神话为了护佑一方的神明。

东汉末年，在百姓颠沛流离的乱世中，一位渴望天下太平的人将目光投向了老子，他就是张良的第八代孙张道陵。公元186年，他来到四川青城山开始了他的传道生涯，并将老子的《道德经》奉为本门第一典籍，自号天师，因此教派名称为天师道，自此中国本土第一宗教——道教就这样诞生了。道教是中国土生土长的宗教，流传至今已有两千多年的历史。信徒都要修道养德。之后这一教派奉老子为太上老君，作为道教至高无上的尊师，供教徒朝拜。就这样历史从传说演变成神话，在民间，先哲老子完成了由人到神的转身。后世的道家各派都奉老子为道德天尊，并从《道德经》中汲取精华要义，作为修炼、养生、悟道的根本。道家和道教同源分流。然而2000年来，无论是言说仙神的道教，还是窥探天地的道家，其本源莫不出于老子所留的五千言的《道德经》。无论何时何地，《道德经》犹如一盏智慧的长明灯，指引着人们心灵的方向。老子以“道”解释宇宙万物的演变，“道生一，一生二，二生三，三生万物”，“道”为客观自然规律，同时又具有独立不改、周行而不殆的永恒意义。道家思想博大精深，精髓就在于一个“真”字。它倡导顺其自然，让万物回归事物本来的样貌，而不是以单一的人或物作为一个标准去衡量事物，否则很容易扭曲万物的价值。所谓“人法地，地法天，天法道，道法自然”。“道”为世间本源。老子认为“道”即是“无”，无为而治，顺应自然，是一种“畏天、畏地、畏道、畏自然”的哲学观点。老子所留下的五千多字的《道德经》是道家思想的主要典籍，庄子则用很多寓言故事很好地诠释了老子深刻的哲学思想。《道德经》中包括大量朴素辩证法观点，认为一切事物都具有正反两方面，并能用对立而转化。这种东方式的哲学思维和神秘境界一直以来吸引着西方世界。

“天人合一”是道家哲学思想的核心部分，传说从轩辕黄帝时期就已经有了这种思想。但被历史公认的道家哲学思想的起源还是从春秋时期老子开始。在《道德经》中，老子对其哲学思想进行了详细的阐述。道家学派的其他重要代表人物还有战国的庄周、列御寇、惠施等人。在秦时期“道家”还不存在。汉朝初年才开始有了道家学派的说法。这一时期，道家也被称为德家。由于对“道”的不同理解，道家分流为两派：老庄学派和黄老学派。之后，汉武帝采纳了董仲舒提出的“罢黜百家，独尊儒术”的政策，致使道家成为了非主流思想。但是道家思想由于渗透于中华民族文化的各个方面，因此与儒家思想一起成为了中华文明的重要组成部分。

（二）道家的核心思想

道家的核心思想即是“道”，“道”乃是世间万物的本源，宇宙运行的法则，“道”为究竟真实。《老子》开篇就说：“道可道，非常道。名可名，非常名。无名天地之始。有名万物之母。”《管子·内业》说：“凡道无根无基，无叶无荣，万物以生，万物以成，命之曰道。”《庄子·大宗师》说：“夫道，有情有信，无为无形，可传不可受，可得不可见，自本自根，未有天地，自古以固存，神鬼神帝，生天生地，在太师之先而不为高，在六极之下而不为深，先天地生而不为久，长于上古而不为老。”老子和庄子被后人称为老庄，都对“道”做出了解释。老子看到的比儒家更为远，儒家所看到的仅仅是人类世界的问题，道家老子所看到的则是整个存在的问题，不单单是人类还包括自然界。道家思想突破了人为中心的思考模式，呈现出整体观。老子用“道”代替了“天”，突破了“天”所包含的社会性和历史性，倡导一种宇宙性的观点。“道”是天地万物的根源，也是我们人类的根源。“道”具有超越性，它无所不在，存于宇宙万物之中，又不被任何事物所局限。宇宙万物都在变化之中，没有任何一刻是停止的，而“道”就是变化背后的真实，即便宇宙万物消失，“道”也不会受到任何的影响，它超越了万物。

“道”是一种途径。在《老子》第二十五章也说“有物混成，先天地生。寂兮寥兮，独立而不改，周行而不殆，可以为天下母。吾不知其名，字之曰道。”老子用“有物混成，先天地生”来表示“道”在天地万物产生之前就已经存在了，并且是不变、长存的，是万物存在的自因。因此我们可以说“道”是作为一种整体并永恒的观念存在的。一方面整体和空间有关，另一方面永恒和时间有关。宇宙再大也无非是个整体而已，所谓“其大无外”。从“道”的角度看整体，个别事物就成为整体的一部分，不可或缺，有其存在的价值，也值得被珍惜。从“道”的角度看永恒，事物的变化便不存在不可预知的危险性，而每一个刹那、每一个片刻连接起来构成了永恒。整体可以突破空间的限制，永恒可以突破时间的限制。

“道”具有超越性，因为它产生了天地万物。万物来源于“道”。“道”的内在性强调了它无所不在。万物从“道”中获得各自的天性和禀赋，从一而终。这其中只有人类不同，因为“道”给予了人类自由和思考的能力。于是人类便将这不同于其他万物的天赋——自由、思考的能力用来做了“背道而驰”的事情。人类自作聪明破坏了生态平衡，造成了很多灾难。人类天赋异禀，所以相对于万物来说十分复杂，因为有思考的能力所以会做出各种选择。正因为道家看到了事物的根本，所以道家希望人类可以觉悟，不要追求刻意的东西，不要将人类的主观想法强加于宇宙万物，否则人类的自以为是反而会适得其反。道家思想主张欣赏事物本来的样貌，而非可以造作。老子的“为学日益，为道日损，损之又损，以至于无为”就表达了道家的尊重、珍惜宇宙万物的思想。道家思想主张学道要每天减少一点人为的观念，譬如成见、偏见、欲望等各种复杂的念头，减少再减少就达到了无为的境界。老子主张万物呈现其本来的状态，而不要受到任何外在的压力。所谓“万物莫不尊道而贵德”就是万物都对“道”怀有敬畏之心，并珍惜目前自己所拥有的本性与禀赋。人类要通过了解宇宙万物的必然性，明白万物就像环环相扣的整体的网，能够真正明白人类被赋予的自由不是真正的自由，永远脱离不了宇宙万物而独立存在，人类也只是宇宙万物之一、构成生态环境的一个组成部分。人类只有了解到自身的自由是有条件限制的，反而不会被其所困，制造出让自身麻烦的问题。世界上的事物没有一样是可有可无的，反之也没有一样不是可有可无的，一切都有其存在的价值与意义。道家从整体来看认为一样事物改变就会影响整个事物发展的状态，此观点类似于我们经常说的“蝴蝶效应”，正所谓“牵一发而动全一身”。认识到这些，人类就会抱着平等的观点来看待世间万物，而不再用人类的价值观去衡量事物，认为哪些重要、珍贵应该珍惜，哪些不重要就可以忽略。人类不应该将自身的意识强加于万物，进而导致当今世界灾难频频。先哲老子在2000多年前就已为人类指明了发展的方向，道家思想所阐述的哲理也为日益恶化的生态环境开出了一剂良方。

第二节 生态主义与天人合一

一、 门罗作品中的生态主义

当今全球环境恶化，生态平衡遭到破坏，自然资源日益枯竭，地震、海啸等灾难频发，南北极冰川融化，水土流失严重，地面塌陷，雾霾，酸雨，物种急速灭绝，等等，都在威胁着人类的生存环境。科技的进步被居心叵测的人利用造成人类的食品、饮用水的安全都受到了威胁，人类从生理到心理都在经受着前所未有的考验。

在加拿大文学发展的进程中，“自然”在作者的笔下始终占据着重要地位，人与自然的和谐主题自始至终贯穿整个加拿大文学史。门罗秉承了这一传统，将该主题融入自己的作品中。从门罗的成长背景和生活经历都可以发现她与自然密不可分。门罗作为一位热爱自然的女性作家，其作品里不乏对生态自然的思考。她的很多作品都可以激发起人们对自然生态的关怀。她抛开二元对立的理论，将人类与自然放在平等的位置上，倡导人类与自然的和谐相处。她的作品中有很多有关大自然、动物的描写，都展现了她对自然生态的考量，对人类与自然和谐相处的倡导。在她的眼中，大自然是美好的，犹如母亲一般孕育了世间万物，人类也是自然所哺育的子女之一，有责任去呵护伟大的自然母亲。

“自然母亲”的美丽就如门罗在《快乐的影子之舞》中的《周日午后》中所描写的，“今天下午，街上停了一溜儿汽车，屋子后头传来说话的声音，还有喧嚣的笑声。天气炎热，但天色甚为清晰，所有的一切，从石头到刷了灰泥的屋子，从花儿到花花绿绿的汽车，看起来都真实无疑，光彩闪耀，精密而且完美。视力所及之处，没有任何随意的东西。街道也恍若广告，有的是一副积极进取的景象，一种欢快的夏日精神。”周遭的一切都是那么和谐、自然、美好，丝毫没有在女主人公阿尔瓦这个外来打工者的眼中显得陌生、突兀、不协调。

《亚孟森》中，门罗对火车上女主人公看到的自然美景描写到“接着是一片寂静，空气像冰。看上去一碰就碎的白色的桦树皮上有黑色的印记，某种矮小杂乱的常青植物缩成团，像一只只嗜睡的熊。结了冰的湖面并不平坦，冰面沿着湖岸起伏，仿佛波浪在落下的一瞬结成了冰。那边房子的窗户排得整整齐齐，两头各有一座有玻璃围挡的门廊。一切都简单朴素，具有北方风貌，在云朵卷积的高高的弯顶下面黑白分明。但当你走近一些就会发现桦树皮并不是白色的。灰黄色，灰蓝色，灰色。如此寂静，如此令人陶醉。”这些描写都为读者呈现了人与自然的和谐之美。

而在《机缘》中，门罗更是加大了对自然的描写力度：“整整一个学期她都是生活在寇里斯达尔区的草坪与花园当中，只要天气晴朗，北边岸上的山峰总能像舞台上的背景似的映现在眼前。学校的场地也都有树木掩荫，侍弄得很整齐，由石墙围着，四季都有鲜花开给你看。所有房屋四周围的空地也莫不如此。那么大规模的整整齐齐的美——由杜鹃花、冬青树、丹桂树，还有紫藤组成。不过还不等你来到距离马掌湾不算太远的地方，真正的森林——而不是公园里的什么小树丛，便向你逼近了。从那时开始——便有了流水和岩石、阴森森的古树、悬垂的苔藓。”

动物作为“自然母亲”所孕育的“子女”，属于“自然”的一部分也应该和人类享有同等的地位，彼此尊重，和谐相处。门罗作品中对动物的描写也占据了很大笔墨。在其代表作《逃离》中，门罗运用了大量笔墨描写山羊、母马这些动物。女主角卡拉所饲养的弗洛拉——一只白色小山羊丢失了，这让卡拉一直牵肠挂肚，甚至弗洛拉在其梦境中还会不时出现。“卡拉担心它（弗洛拉）会不会是被野狗、土狼叼走了，没准还是撞上了熊了呢。昨天晚上还有前天晚上她都梦见弗洛拉了……就像一条白鳗鱼似的扭着身子钻了过去，然后就不见了。”“她没有进马厩，因为没有了弗洛拉那儿好不凄凉。”卡拉不仅对弗洛拉呵护有加，对待她所饲养的马匹亦是如此。“她轻轻地跟它们（马匹）说话，对于手里没带吃的表示抱歉。她抚摸它们的脖颈，蹭蹭它们的鼻子……”门罗用女主人公与动物亲密有加的相处模式影射了人与自然的美好关系。

在《弗莱兹路》中，门罗以黛拉的视角讲述了班尼叔叔——一位普通劳动者的故事。小说开头就对大自然做了精彩的描写。班尼叔叔与孩子们在瓦瓦那什河抓鱼、抓青蛙的场景被描写得栩栩如生，画面感极强，令读者身临其境，立刻感受到了人类融于自然的和谐状态。他对那里是那么的熟悉，如同人类对自己母亲的熟悉与亲密一般，“河和树林，还有整个格兰诺沼泽差不多都是他的，因为他比任何人都更了解它们”。门罗不仅仅书写了她对自然的热爱，还有对各种动物的喜爱。班尼叔叔在家饲养了金毛雪貂、野水貂、火狐，还时不时地会来一些浣熊、松鼠等不速之客。"林子里有吃不完的浆果，河里的鱼也不错。如果能不让野兔进来，就可以有一个很好的菜园。我还在房子旁边圈养了一只狐狸当宠物，还有一只雪貂和两只水貂。附近总有浣熊、松鼠和金花鼠出没。"所有一切都在阐释着门罗的生态观点——人类与自然互相关爱，互相包容，不可分割，破坏自然其实等同于毁灭人类本身。

从生态主义的视角去解读门罗的作品，能够让处于生态危机环境下的人类重新定义人类与自然的关系，重新审视人类与自然的现状，认清人类才是伤害自然生态的罪魁祸首，从而真正转变意识观念，找到保护自然生态且有利于人类生存发展的方法。

二、道家"天人合一"的生态思想

顺应自然、无为而治是道家的主要思想之一。老子说："道常无为而无不为。"无为是"道"的根本特征。所谓"道之无为"是指顺应天地万物，不将任何意志强加于宇宙万物。无为是道之根本。老子说道无为，主张不对万事万物强加左右，而是顺应事物特征，貌似无有作为，实则以道孕育万物，无为而无不为。所谓"天之道，利而不害"。老子所说的道公平无私，顺应万物，无所不为，最终达到无为的境界。换句话说，道家的生态伦理思想就是"顺道而为，无为而治"。老子曾说，"无，名天地之始；有，名万物之母"。这里所提出的"无"便是"道"，"道"即"无为"，是遵循规律，不刻意将意识强加于事物，不肆意妄为。老子说："道常无为而无不为，侯王若能守之，万物将自化。"其中老子已经阐述了"道"的原理就是什么都不做，却又什么都做了的深刻哲理。"无为"并非字面意义上的什么都不做，让事物随意发展，消极对待一切，而是积极看待万事万物。老子在重视事物发展规律的同时并未忽视人的主观能动性。老子曾说过，"辅万物之自然"，就是在强调人类的作用，但又不可以强加意识改变自然规律而是积极地顺应自然规律，老子在几千年之前就已经警示人类善待自然就是善待我们自己，以"无为"之态度对待宇宙万物才能达到和谐的状态。人类作为唯一具有创造性的生物，应该对自己的行为负责，顺应自然规律，遵守自然生态法则，而不能忽视大自然的承载能力，为了眼前的一己私利而罔顾其他自然生物，破坏生态系统的平衡，损害人类的生存与发展。

道家认为人道与天道实为一理，顺应天道，才能实现共同发展。然而，在现代社会，人类已经脱离了老子所说的顺应自然、无为而治，而是过度地夸大了自己的主观能动性，背离了自然规律，以人类利益为最高标准，和天道出现了严重对立的现象，这是人类质朴本性的丧失，也是所谓人道的“自然”。

老子所提出的“见素抱朴，少私寡欲”的生态价值观就是老子看到了人道的“自然”，才告诫后世要知足常乐、清心寡欲。他看透了人的欲望永无止境，正是这永无止境的欲望产生了人与人之间的各种矛盾与纷争，人类在欲望无法得到满足时苦苦追求，深受欲望之害却永远体会不到生活真正的快乐和充实。对于某些东西的贪婪导致了对自然资源的过度浪费和消耗，这必然会破坏生态平衡，造成恶果，其后果不堪设想。现代人类已经深受其害，为了一己私欲无视自然规律，罔顾法纪过分开采并滥用自然资源，破坏自然生态，忽视自然资源的限度，最终导致现在日益恶化的环境。“难得之货，令人行妨。是以圣人为腹不为目，故去彼取此。”人类应返璞归真，达到先贤圣人“去甚、去奢、去泰”的思想境界，才能得到心灵的满足。物质追求只是人类获得幸福生活的一种手段，要有限度，才能使人类拥有满足感、幸福感。老子所倡导的生态价值观几千年来一直在引导人类养成积极良好的生态道德习惯——“天人合一”之道。道家思想之所以流传千年成为中国文化的重要组成部分，是因为它的先进、透彻的生态伦理思想一直引导后世，对现代社会也有着不可忽视的指导作用。道家伦理思想不仅仅倡导自然生态的和谐，同时也倡导生命主体和自然客体在自然基础之上实现完美结合。人类与宇宙万物都是“道”的产物，所谓万物皆平等，人类并不高于其他而存在，无权破坏和改造宇宙万物。道家思想实则已经确立了人类与自然万物和谐共生的前提。人类与自然的关系并非利用破坏，而是相辅相成的。人类需要摒弃人类中心观点，把自身放在与宇宙万物平等的基础之上，人类与自然彼此影响、彼此促进，共同发展，保护生态环境就是保护人类自身。人类若能融于天地之间，回归自然淳朴，保有生命最自然的实质，才能拥有最自由、最纯真的心境。人类不仅要在行动和作为上遵从天地自然之道，更要在心灵上与天地自然相通，生命本归自然，找寻生命之本真，才能真真正正地实现“天人合一”的境界，这也是道家思想数千年来所一直追求的心灵上的真正的平静与安宁。道家思想的先进性一直在告诫当今浮躁的人类与人类社会要做到“无我、无争”。构建和谐的人类社会，不仅是中国所倡导的，也是全世界各个国家都在倡导的，社会需要可持续发展，自然生态亦是如此。道家的“天人合一”的生态伦理思想不仅仅适用于中国社会，也适用于整个人类社会、整个宇宙。

道家的“天人合一”是突出自然生态为最终归宿的世界观，实质是一种和谐的自然观，人类只是宇宙自然万物中的一员，“天道”与“人道”实为一体。从狭义上讲，人类自始至终都在向往和谐的生活，家庭和睦，关系融洽，国泰民安，世界和平。而广义上来看，宇宙万物皆有其自身的运行规律，即自然法则，万物相生相克，彼此促进又彼此制约。“道”虽然是“无状之状，无物之象”，但却被老子定义为世界本源，一切皆由“道”产生发展，“道”是老子从整体看世界本源所思考得来的最高层次的哲学思想，“道”遍布于宇宙自然、人类社会各个方面，“道”无处不在。任何事物之间的运行规律、关系都离不开“道”。

道家思想指引我们人类要对宇宙运行规律怀有尊重敬畏之心。万物都要遵循自然规律去运行，这就是老子所说的“道”。违背宇宙运行法则，就是违背“天道”，也违背了“人道”。“人道”和“天道”实为一体，都于“道”之内。只有遵循“道”的法则，才能形成和谐的宇宙生态观念。宇宙万物都是由“道”产生，人本就是和天地一体，只有彼此相互顺应，彼此和谐才能达到可持续发展。道家的“天人合一”思想，让人类找到了人类在宇宙万物中的正确位置，顺应生态自然规律才是人类得以生存和发展的王道。人类应该好好利用自身的主观能动性，顺应自然规律，为生态环境的可持续发展做出贡献。

三、门罗的生态主义思想与道家“天人合一”生态思想的比较

门罗由于其生活环境和经历使得其著作中一直体现着她对自然的关注以及对人类与自然和谐相处的渴望。门罗所倡导的人类与自然的和谐思想是将人类与自然分割开来，用人类的意识去了解自然，用人类的理性思维去认识自然，从而达到人类与自然的和谐共处。道家的“天人合一”认为人可以通过自身的悟性去悟出自然运行规律，掌握宇宙运行法则，之后更好地运用到自己身上，回归自然，融入自然，达到天人合一的境界。

（一）初衷差异

生态主义旨在反对人类对自然的迫害、压迫，将解决全球生态危机作为人类所必须肩负的使命，生态主义的出发点是一种批判，是一种生态伦理学。在当今主流文化中，人类只有克服人类高于自然的偏见，才能真正达到人与自然的平等和谐共处。面对全球环境的日益恶化，人类已经觉醒，认识到了人类只是生态系

统中的一个环节，有责任和义务去改善并维护遭到人类破坏的生态环境，这也是为了人类自身的生存和发展。

道教的思想最初是为了避害，为了人类更好地发展而去寻找宇宙自然变化的规律。宇宙万物无时无刻不在变化，但是事物变化的规律不变。人类只有掌握了宇宙运行的规律，才能更好地发挥人的主观能动性，因势利导，顺应天时地利，使事物朝着更有利于人类的方向发展。道家的生态思想思考的是物我关系，追求的是人与自然的和谐发展。

（二）目标差异

生态主义理论批判二元对立，反对人类对自然的压迫与迫害，试图寻求一种全新的、平等的人类与自然的关系，建立一种不分高低等级的思维理念。这种思维理念是一种复杂、多元的生态理念。这种全新的生态理念认为自然是具有内在价值的存在，而非把自然看待为没有灵魂的物质，批判人类自然对立的二元论，倡导关爱、平等的伦理思想。生态主义认为自然生物彼此都是相互合作、相互关爱、相互平等的关系，人类只有尊重、保护其他物种才能维持人类物种的长足发展，保护其他物种也就是保护人类自身。人类所拥有的其他物种没有的主观能动性并不能脱离自然独立出来，而要在自然的限度之内发挥最大的作用。

道家生态思想与西方生态主义有所区别，道家从一开始就是要寻找自然生态运行的内在规律，而非打破已建立的旧有思维模式。道家认为自然为宇宙万物最高价值，顺应自然即可生，违背自然即灭亡。在这种思想的指导下，道家认为人类不仅仅要为自身的发展去保护自然，更要认清人类自己的位置——自然的一分子。道家思想的最终目标就是“无为”——维持人类与宇宙万物各自的自然状态。由此意义上看，道家善待自然万物也是为了实现人类自身的内在价值。

道家一直所倡导的“清心寡欲”的境界实则是张扬人最自然最本真的状态，无须刻意强求，顺其自然。在现代社会，金钱名誉使人沉迷，身外之物让人类贪得无厌，无限索取。然而现代人类只看到眼前利益，看不到强求得来的东西终会失去，回到最初，人类也终将自食恶果。如果人类懂得了节制、知足则可以达到顺其自然、与世无争的本真境界，更易实现人类社会的和谐，以及人类与自然的和谐发展。

（三）创新理念差异

西方生态主义之所以具有革命性意义在于它对现代人早已接受的现代科学观进行了前所未有的挑战，彻底摒弃了人类中心理论的价值观，深层挖掘了全球生态危机的历史根源。人类对于生态主义者来说只是一种自然存在，其肩负着保护全球生态系统的重任。生态主义者更强调宇宙万物的和谐并存与发展。

道家与生态主义不同的是它未打破或建立新的伦理价值观。道家的生态观更多是顺势而生，尊重宇宙万物的本源，发掘宇宙规律，而没有打破旧有观念，建立新的思维。道家的“自然”并非现代人类所说的生态自然，而有自然而然的意思。世上万事万物皆有其自身的运行规律，是自然而非人为所能左右的。所谓“辅万物之自然而不敢为”就是指人类发挥自身作用去顺应自然而非违背自然天道，不以人力去强求。道家思想自始至终倡导无为，而非创新。但这也不能让我们就误解老子的“无为”之意，认为其只让人类消极对待事物，毫无创新可言。对于人类和自然之间的关系，道家思想是指导人类在不违背宇宙运行法则的前提下，以朴素的价值观，内化人类，改变自身，以适应自然的变化发展。道家思想是一种丰富的辩证哲学思想，万物皆变，其“道”又是永恒不变，以不变应万变。道家最可贵之处就是它在几千年前就揭示了人类发展的轨迹、现代人类文明的副作用，警示了现代人类该对自己的所作所为进行反思。

总之，门罗在其作品中所倡导的生态主义是对二元对立思维模式的挑战，其追求公平的理念和中国道家思想中从整体出发，寻求平等的角度不谋而合。但二者也有其差异性，生态主义所倡导的打破二元对立虽然指出了问题的根源在于人类的思维方式，但没有方法去改变目前人类所面临的种种灾难这一境况。道家思想却有着西方生态主义所不具备的整体全面的思维价值观，这也为我们人类重建人与自然的关系提供了有效的指导。

第三节 “女性主义”与“乾坤相生”的思想碰撞

一、门罗的女性主义思想探究

纵观加拿大的历史，其间有一段很长时间被英国、法国、美国所控制，因此加拿大在政治、经济、文化等各个方面都存在边缘性、被殖民性。英、法、美的殖民霸权如同两性二元论中的男性霸权，而加拿大处于被殖民的次要地位，就与二元论中的女性地位有相似之处。因此，加拿大的后殖民身份的重建就恰好与加拿大文学中女性身份的重构相仿。另外，加拿大文学领域也受到席卷全球的女性主义运动的影响，对女性的关注就成为加拿大文学的主流。门罗作为加拿大当代女作家，其作品自然无法脱离时代，而其女性身份自然也成为其关注女性地位的主要因素之一。她的创作时期恰逢加拿大女性运动的高涨时期。门罗自然受到其影响，使得其作品对女性问题格外关注。门罗的作品看似平淡却深刻地反映了在当代社会生活的形形色色的女性面对的各种形形色色的问题，她们都在为自己争取自由，追求着和男性平等的权利和地位。门罗在作品中塑造了许多个性张扬、追求自我的女性形象。例如《你以为你是谁》中，门罗深入剖析了现代社会与当代女性的生活现状。作品的出版正值加拿大女性主义思潮的最高峰，这部作品也恰好反映了门罗对加拿大女性主义运动的深刻思考。

门罗曾经提到过她对其笔下的加拿大小镇风光、风土人情都非常感兴趣，这和门罗的成长环境不无关系。她对于一些作家以男性视角去描绘女性特质的手法嗤之以鼻，她认为这样就失去了女性真正所拥有的特质，而是加入了男性思维观念下的女性特征。门罗的此种担忧反而是反映了加拿大社会仍然由男性统治着话语权，男性作家的作品仍旧占据主流，女性作家则只能写一些细枝末节、微不足道的小事。对于无法掌控社会、政治、经济等的加拿大女性现状以及对文学主流掌控的无力之感也使得门罗将自己置于文学主流的边缘地带，选择以琐碎事务表达内心的不平。然而门罗虽受到现代社会制约，却并未接受现实，她用她的智慧以小搏大，将琐碎小事写得深入透彻，表达了现代女性对现实抗争的大主题。

门罗所有的生活经历及受到的文化影响都汇集到她的作品之中，反映成作者强烈的女性主义意识。门罗认为只有彻底去除男性话语权，打破二元对立才能真正解放女性。门罗透过政治、经济等对于女性不公的表象，看到了根源——思维意识，从意识上深入探讨了女性价值。门罗的女性主义意识与激进的女性主义不同，并非压制男性话语权，而是找寻一条出路去维护女性想要的平等、独立、自由的权益。门罗眼中，激进的女性意识从本质上就是错误的，她所追求的平等、公正并非将男性立于女性对立面，而是要找到方法与男性平等、和谐共处。她认为真正的女性意识实则是解放女性束缚和压迫的同时，担负起自己应该担负的责任，做热爱生活的女性。就像《你以为你是谁》中门罗所写的“有人还是认为女人会找到生活出路的。从前，结婚就是出路。近年来，离开丈夫成了出路……我没有这样的出路。在我看来，这样的出路很可笑。我的出路只是过日子，活下去……我喜欢这个观点，我们过日子，活下去，不知道发生了什么，也不知道会发生什么。我们自以为把一切都琢磨透了，可它们偏偏跟我们想的不一样，没有一种想法是永恒的……”这便是门罗所要追求的真正目标——超越自我，回归平凡真实。

二、 道家的阴阳思想

道家的哲学思想是用整体的高度看天地、宇宙、人物，其各具特点又彼此相通，形成一个统一的整体。阴阳是宇宙万物的最基本属性，阴阳互补，阴中有阳，阳中有阴，彼此互动，体现了宇宙万物的本质。道家认为阴阳相互协调，各安其位，你中有我，我中有你，才能使事物阴阳调和，达到和谐境界。道家阴阳相生的观念是将事物从整体出发，不同于西方二元论，将事物分割开来。阴阳双方各具特点，缺一不可，本质上又合而为一。道家思想追求的是阴阳和谐之美，宇宙万物皆有其美妙之处。阴阳互动使万物生生不息，涵盖天地，成为永恒不变的事物本源。道家虽然未曾提出男女平等之说，但其阴阳协调之说已经指出了男女各司其职、彼此和谐、阴阳共生的道理。

在道家思想的范畴内，世间男女亦为阴阳，亦属天地万物之内，皆由“道”所生，二者并无本质区别，拥有平等的地位。老子在其著作中未曾谈及男女地位，却常用代表阴性的词汇来形容“道”，明显表达了老子对于女性的赞美。水常常被比喻成女人，老子说“上善若水”，“水利万物而不争”，皆是用来形容女性的美德。由此看来，道家思想抛弃了世俗“男尊女卑”的固有思维模式，主张男女平等，互惠互利。

道家思想认为“道”生万物，任何动物、生物都包括其中，由此看来，万物皆平等，不分高低贵贱。人类亦是如此，男女皆是由“道”而生，自然也无高低贵贱之分，女性与男性一样，拥有生存发展的权利。道家庄子认为人类社会存在的男尊女卑的现象实则违背了“道”的大义，以人为成见或者个人利益为出发点来看待事物，形成高低贵贱的观念。在道家看来，“道”一直运转不停，宇宙万物，人类社会皆是不断变化。道家庄子就对一成不变的社会等级制度持反对态度，认为其违反了自然变化的规律。人类社会的等级制度，男尊女卑的思想观念在道家看来并不是人类社会一直灌输的天定，而是可以变化的，它可以被打破，这也从另一个侧面表达道家主张男女平等。发源于几千年前中国的道家思想从宇宙本源的高度提出宇宙万物平等的思想，已经与现代高度发展的人类文明几乎达到了同一高度。

道家推崇男女平等的观念，但并未否定男女之间的差异，这种差异既有生理差异，也有性格差异。老子虽然未曾直接谈论男女性别问题，但其《道德经》中一直在用区别两性的词汇以表现男女不同的性格特征。虽然道家承认男女有别，但从未提到过女性价值不及男性价值的观点。尤其女性还是人类生命繁衍的直接承担者，孩子都是由母体生产的，女性的作用与价值绝对不容忽视。从男女特征来看，女性并不亚于男性，甚至在某些方面还处于优势。老子说"知其雄，守其雌，为天下谿"，知雄处于强势，却安于守住雌之柔和，才是宇宙万物应遵循的处事方法。在人类社会的发展进程中，男性拥有的刚毅、强悍的特质并不一定会比女性拥有的柔弱、谦卑的特质更能在处理政治、经济、社会等重大问题中起到更好的作用，雌柔方法更加可取。在中国延续了几千年的男尊女卑的封建男性社会中，道家能够客观认识男女两性差异及价值，平等看待男女两性实属难能可贵。

在"阴阳互补，男女平等"的思想基础之上，道家又进一步提出了"阴阳和合"的两性关系理论，即乾坤和谐，阴阳共生，最终形成有机整体。这种思想建立在承认男女有别的前提下，以追求两性平衡协调。男女两性之间相互关联，彼此依赖，互相促进，最终达成和谐统一的整体。天人一理，在男女构成的人类社会中，男女构成社会最基本的元素——家庭。男女任何一方都无法让人类社会生息繁衍，乃至发展。

男女两方除了彼此依赖、相互依存，还具有彼此影响、彼此激励的关系。道家思想认为"阴极成阳，阳极成阴"，二者互动，亦可相互转化。"和合夫妇之道，阴阳俱得其所，天地为安"，男女两性，彼此相互激励，共同面对生活中的艰难困苦，使家庭达到和谐、美满。道家就男女两性关系上提出了平等、互补、彼此融合的思想，这对于现代社会发展和谐的两性关系、构建美满家庭具有相当重要的指导作用。

三、门罗的女性主义思想与道家的"乾坤相生"哲学思想的比较

女性主义思想与女性主义运动有着不可分割的关系，其倡导的平等思想为两

性关系提供了理论依据。女性主义者一直都在寻求方法反抗男性统治的人类社会，而门罗的女性主义思想柔和得多，并没有这么激进。门罗用其作品表达自己对二元对立的思维方式和父权制男性中心话语权的反抗，试图用多种方法尝试去除二元对立，寻求两性和谐相处的新型关系。而道家的重要哲学思想之一就是贵柔，特别推崇女性特质来作为处世之道。以顺应、不争的原则处理社会问题。老子云："人之生也柔弱，其死也坚强；草木之生也柔脆，其死也枯稿。故坚强者死之徒，柔弱者生之徒。"由此可见，道家始终重视女性价值，认为女性及其特质对人类社会的发展繁荣做出了不可磨灭的贡献。道家对于女性的重视与西方女性主义的观点有着异曲同工之处。

但是起源于东方的道家思想和西方兴起的女性主义思想由于产生背景、目的、高度等不尽相同，除了相似之外必然也有其本质的区别。

（一）初衷差异

女性主义思想的初衷是揭示人类思想领域以及人类社会构成中男女两性之间的价值关系，批判二元对立、父权制男性中心话语权，反对政治、经济、文化、思想等领域对女性的压制，试图寻求可行的方法以达到女性自由、解放的目的。西方女性主义思想的初衷是推翻和批判旧有思想价值观。女性主义思想是一种文化视角，一种思维价值体系。从门罗所要表达的女性主义思想角度来看，她认为当代两性社会是男性为主流，女性只作为男性的附属品而存在。男尊女卑的思想观念仍然是现代社会的主流思想，只有消除这种偏见思想，女性才能获得真正意义的自由、平等。在门罗来看，女性主义者不应该过激地旨在推翻男性统治，而是要实现女性的独立自强，从意识形态上不再依赖、附属于男性，无论是在家庭、职场，还是社会中。在门罗的作品中，她也在试图提供给女性多种方式去实现自我。

而东方道家思想的初衷则只是找到宇宙万物的运行规律，顺势而行，客观认识事物内在本质——"道"。宇宙万物生生不息，繁衍发展都离不开"道"，而"道"又需要阴阳交合才能使物种生息繁衍。在人类社会中的阴阳就代表着男女两性。男女两性在道家看来，缺阴而无阳，缺阳而无阴，二者相互依存，缺一不可。你中有我、我中有你的两性平等关系才是最符合自然规律的、最健康的、最和谐的。

（二）目标差异

女性主义思想对占据人类社会主导的父权制男性中心话语权进行批判和推翻，认识到根源在于思维价值的偏激，试图建立一种全新的、没有贵贱之分的人类两性社会模式。女性主义思想承认女性这一客体具有独立的内在价值，主张打破男性意识统治的思维体系，倡导关爱、平等的伦理价值观。

与之不同，道家思想从最开始只是为了寻求两性内在价值。道家认为顺道而生，逆道而亡。男女两性只有处于平等的地位才有和谐发展的人类社会。道家的男女平等的价值观旨在尊重自然规律，而非把人类主观意识强加到其中。人类是宇宙万物中的一员，应把自身作为自然的产物，遵循自然法则。只有遵循自然法则，人类社会才能达到和谐、美满的状态。

（三）创新理念差异

女性主义思想最具创新性的意义在于它将女性的社会性别作为研究对象，注重挖掘女性地位、特征、价值、利益，用性别的视角分析两性关系，挖掘两性不平等思维价值的深刻历史根源，并试图寻找各种途径改变二元对立父权制思维。

道家从未建立全新的两性价值观，而是尊重自然规律，尊重事物内在价值属性，尊重两性本质特征，未去打破或推翻旧有的观念，创建新的规范。对于阴阳问题，道家主张认识内在本质，改变自身以适应人类社会的发展。

总之，门罗所要表达的破除二元对立男性中心话语权，建立追求自我实现、自强独立的新女性形象及平等和谐的现代社会两性关系，都与中国道教思想中阴阳相生，男女平等，彼此促进激励的两性价值观有着异曲同工之处，但是二者也不全然相同。无论东方还是西方，都在逐渐重视两性平等、和谐发展这一社会趋势，都在为达到平等发展的目标努力寻求出路。

参考文献

[1] CHARLOTTE P G. The yellow wallpaper and other writings[M]. New York：Bantam Books Press，1989.

[2] 洛索姆 W V. 波伏瓦与萨特 [M]. 朱刘华，译. 沈阳：春风文艺出版社，2000.

[3] ARMOGATHE D. Le deuxième sexe de simone de beauvoir[M]. Paris：Hartier Press，1997.

[4] 帕特南 R. 女性主义思潮导论 [M]. 艾晓明，译. 武汉：华中师范大学出版社，2002.

[5] 费尔斯通 S. The dialectic of sex [M]. New York：Bantam Books Press，1970.

[6] 郭丽丽，洪晓楠. 另一种科学 另一类哲学——女性主义立场论科学哲学评析 [J]. 自然辩证法通讯，2005（2）：50-57+111.

[7] PURAN J. Philosophies of science/feminism theories[M]. California：University of California Santa Barbara，Vest View Press，1998.

[8] 华勒斯坦 I. 学科・知识・权力 [M]. 刘健芝，译. 北京：三联书店，1999.

[9] ECOFEMINISM. See also maria mies and vandana[M]. London：Zed Books Press，1993.

[10] SHIVA V. Ecology and the politics of survival in India[M]. New Delhi：Sake Press，1988.

[11] SALLEH A. Ecofeminism as politics：nature，marx and the postmodern[M]. London：Zed Books Press，1997.

[12] SALLEH A. Ecosufficiency and global justice：women write political ecology[M]. London and New York：Pluto Press，2009.

[13] WARREN K. The power and the promise of ecological feminism[J]. Environmental Ethics，1990（12）：125-146.

[14] 戴雪红. 后现代主义时代女性主义的发展 [J]. 山西大学师范学院学报，1999（1）：41-43.

[15] 李银河. 女性权力的崛起 [M]. 北京：文化艺术出版社，2003.

[16] 祖群英. 后现代女性主义的思想解读 [J]. 中共福建省委党校学报，2006（8）：91-94.

[17] 陈汤龙，李莉. 逃离“被吃掉”命运——《可以吃的女人》之生态女性主义剖析 [J]. 黑龙江教育学院学报，2012，31（5）：124-126.

[18] 普鲁姆德 V. 女性主义与对自然的主宰 [M]. 马天杰，李丽丽，译. 重庆：重庆出版社，2007.

[19] 张芳. 近三十年来国内外艾丽丝・门罗研究述评 [J]. 桂林航天工业学院学报，2013，18（2）：236-240.

[20] 徐斌. 国内玛格丽特・阿特伍德长篇小说研究综述 [J]. 南京师范大学文学院学报，2009（2）：31-36.

[21] 庆庆. 爱丽丝・门罗：从家庭主妇到诺奖得主 [N]. 北京日报，2013-10-17（18）.

[22] 陈凤. 无法逃离的人生境遇——艾丽斯・门罗《逃离》中女性命运探析 [J]. 文学界（理论版），2010（7）：64-65.

[23] 姜欣，时贵仁. 爱丽丝・门罗小说的生态女性书写 [J]. 当代作家评论，2014（2）：178-184.

[24] 门罗 A. 逃离 [M]. 李文俊，译. 北京：十月文艺出版社，2004.
[25] ATWOOD M. The edible woman[M]. Toronto：McClelland and Stewart Limited，1969.
[26] ATWOOD M. Oryx and crake[M]. New York：Knopf Doubleday Publishing Group，2003.
[27] PACEY D. Creative writing in Canada[M]. Toronto：Ryerson，1964.
[28] SINCLAIR L. The Canadian idiom，in our sense of identity[M]. Toronto：Ryerson，1954.
[29] MOODIE S. Roughing it in the bush[M]. Toronto：McClelland and Stewart，1989.
[30] HALIBURTON T. The clockmaker：or the sayings and doings of samuel slick of slickville[M]. Toronto：McClelland and Stewart，1958.
[31] WOODCOCK G. George Woodcock' s introduction to Canadian fiction[M]. Toronto：ECW，1993.
[32] ATWOOD M. Survival：a thematic guide to Canadian literature[M]. Toronto：House of Anansi，1972.
[33] RIEGEL C，WYILE H. A sense of place：re-evaluating regionalism in Canadian and American writing[C]. Edmonton：University of Alberta Press，1997.
[34] TOWES M. A complicated kindness[M]. Toronto：Alfred A. Knopf Canada. 2004.
[35] HARRISON D. Unnamed country：the struggle for a Canadian prairie fiction[M]. Edmonton：University of Alberta Press，1977.
[36] MANDEL E. Another time[M]. Erin：Press Porcepic，1977.
[37] KROETSCH R. Creation[M]. Toronto：New Press，1970.
[38] WOODCOCK G. The meeting of time and space：regionalism in Canadian literature[M]. Edmonton：NeWest，1981.
[39] FRYE N. "The conclusion" to literary history of Canada：Canadian literature in English[M]. Toronto：University of Toronto Press，1965.
[40] 阿特伍德 M. 生存：加拿大文学主题指南 [M]. 秦明利，译. 北京：中国文联出版公司，1991.
[41] 朱徽. 加拿大英语文学简史 [M]. 成都：四川大学出版社，2005.
[42] 刘意青. 存活斗争的胜利者 [J]. 外国文学研究，2002（1）：143-154+176.
[43] HUTCHEON L. The Canadian postmodern：a study of contemporary English-Canadian fiction[M]. Toronto：Oxford University Press，1988.
[44] 肖淑芬. 庐隐：中国现代文学史上第一位女权主义作家 [J]. 扬州大学学报（人文社会科学版），2006（6）：21-26.
[45] 傅俊. 加拿大文学简史 [M]. 上海：上海外语教育出版社，2010.
[46] 赵慧珍. 19 世纪加拿大英语妇女文学及其发展 [J]. 兰州大学学报，1995（2）：133 138.
[47] 郭继德. 加拿大文学简史 [M]. 郑州：河南人民出版社，1992.
[48] 陈秀君.《绿山墙的安妮》生存主题的女性主义解读 [D]. 宁波：宁波大学，2009.
[49] 郭继德. 当代加拿大文学的一位缔造者——罗伯逊・戴维斯 [J]. 当代外国文学，2003（2）：91-95.
[50] 耿力平. 从《沼泽天使》看女性的自然属性——埃塞尔・威尔逊小说中的女性主义命题研

究 [J]. 解放军艺术学院学报，2010（3）：55-58.
[51] 逢珍. 加拿大英语文学发展史 [M]. 上海：上海外语教育出版社，2010.
[52] 郑莉. 文学与历史的互动——玛格丽特·劳伦斯马纳瓦卡小说的新历史主义解读 [J]. 安徽文学（下半月），2009（10）：224-225.
[53] 书玉. 艾丽丝·门罗：短篇中的人生 [J]. 书城，2013（12）：100-108.
[54] 张冬梅，傅俊. 阿特伍德小说《使女的故事》的生态女性主义解读 [J]. 外国文学研究，2008（5）：144-152.
[55] 邓远亮. 追寻女性的精神“桃源”——评艾丽丝·门罗的短篇小说《逃离》[J]. 中国教育学刊，2014（5）：113-114.
[56] 季君君. 论生态女性主义之“和而不同”思想 [C]// 中国外国文学学会，华中师范大学文学院，美国内华达州立大学《文学与环境跨学科研究》杂志，等.2008 文学与环境武汉国际学术研讨会论文集. 武汉：华中师范大学出版，2010.
[57] 赵媛媛，王子彦. 生态女性主义思想述评 [J]. 科学技术与辩证法，2004（5）：35-38.
[58] ADAMSON N. Femining organizing for chance：the contemporary women’s movement in Canada[M]. Toronto：Oxford University Press，1988.
[59] HANCOCK G. An interview with Alice Munro[J]. Canadian Fiction Magazine，1982（43）：102.
[60] 蓝仁哲. 加拿大文化论 [M]. 重庆：重庆出版社，2008.
[61] FRYE N. Northrop Frye on Canada[M]. Toronto：University of Toronto Press，2003.
[62] 傅俊. 傅俊文学选论 [M]. 上海：复旦大学出版社，2007.
[63] 弗莱 N. 批评之路 [M]. 北京：北京大学出版社，1998.
[64] 袁霞. 生态批评视野中的玛格丽特·阿特伍德 [M]. 上海：学林出版社，2010.
[65] 哈切恩 L. 加拿大后现代主义——加拿大现代英语小说研究 [M]. 重庆：重庆出版社，1994.
[66] 周怡. 艾丽丝·门罗：其人、其作、其思 [M]. 广州：花城出版社，2014.
[67] 波伏娃 S D. 第二性 [M]. 北京：中国书籍出版社，1998.
[68] 福柯 M. 规训与惩罚——监狱的诞生 [M]. 刘北成，译. 北京：三联书店，1999.
[69] 刘喆. 布迪厄的社会学思想研究 [D]. 武汉：武汉大学，2005.
[70] 肖瓦尔特 I. 她们自己的文学 [M]. 韩敏中，译. 浙江：浙江大学出版社，2012.
[71] BRESSLER C E. Literary criticism：an introduction to theory and pranctice [M]. 2nd ed. Upper Saddle River：Prentice Hall，1999.
[72] RAO E. Strategies for identity：the fiction of Margaret Atwood[M]. New York：Peter Lang，1995.
[73] 易布思 F. 二十世纪文学理论 [M]. 北京：三联书店，1988.
[74] 杨莉馨. 西方女性主义文论研究 [M]. 南京：江苏文艺出版社，2002.
[75] 王诺. 欧美生态文学 [M]. 北京：北京大学出版社，2003.
[76] 阿特伍德 M. 浮现 [M]. 蒋丽珠，译. 南京：南京大学出版社，2008.
[77] 丁洁雯. 玛格丽特·阿特伍德生态小说研究 [D]. 北京：北京语言大学，2007.